무지개
문어

무지개
문어

이선주 ✛ 장편소설

바른북스

목차

1

무지개 문어

곱고 화려한 몸이 잿빛으로 변해간다는 걸 눈치챘을 때, 문어는 생각했다.

　'내 무늬가 흐릿해진 건, 맞아. 그것들 때문이야. 어제도 그것들 때문에 온종일 발이 퉁퉁 부어 있었잖아.'

　문어의 선명했던 무지개색 무늬는 흐릿해진 지 꽤 오래였다. 요즘은 바닥에 돌 대신 플라스틱 조각으로 가득 차게 되면서 문어의 빨판은 붓지 않은 날이 없었다. 얕은 해변에서 부드러운 모랫바닥을 걸으며 흥얼거리길 좋아하던 그는 이상하고 뾰족한 것들이 쌓인 모랫바닥을 보며 한숨을 푹푹 내쉬었다. 문어는 조각들을 피하다 보면 진이 다 빠질 지경이었고, 웬만한 체력으로는 버티기가 힘들었다.

'점점 죽어가는 잿빛 바다. 그리고 나의 친구들. 나는 어떻게 될까. 내가 할 수 있는 게 있기나 할까.'

바닥이 비칠 만큼 얕은 바닷속을 거니는 무지개 문어가 햇빛을 받아 은은하게 빛났다. 물결에 몸을 맡길 때마다 문어의 몸은 다양한 색깔로 변했다. 생각에 젖은 그가 잠깐 바닥으로 가까워진 순간, 날카로운 무엇인가에 다리를 베였다. 끈적이는 문어의 피가 바다로 흘렀다. 그러나 문어의 피는 투명했고, 아무도 그가 피를 흘렸다는 사실을 알 수 없었다. 끙끙거리던 문어 앞에 나타난 것은 다름 아닌 칠게였다. 그는 문어와 가장 절친한 친구 중 한 명이었다. 칠게는 평소와는 달리 힘이 없었다. 거기다 입에는 거품을 문 채로 나타난 것이다.

"무슨 일이야?"

문어가 심각해진 얼굴로 물었다.

"그게 말이지."

칠게의 입에서는 하얀 거품이 쉴새 없이 흘러나오고 있었다. 그는 입을 떼는 것조차 버거운 모양이었다.

"어제 배가 너무 고파서 정신을 잃어버릴 것 같은 거야. 안 되는 걸 알면서도 바닥에 있는 빨간 플라스틱 조각을 주워 먹어버렸지 뭐야. 그때부터 몸이 너무 아파. 배도 아프고 온몸이 팅팅 붓고. 나는 곧……."

칠게는 바닥을 지지하는 것도 힘든지 물에 둥둥 떠 있기를 택했다. 문어는 덜컥 겁이 났다. 얼마 전에도 가장 친한 친구 몇 명을 벌써 심해로 떠나보냈기 때문이다. 인간이 죽으면 하늘나라로 가듯, 바닷속 생물들은 그들이 죽으면 심해로 떠났다고들 했다.

"안 돼. 너까지 가면 난 혼자 어떡하라고. 약한 소리 하지 마. 금방 괜찮아질 거야! 지금까지 잘 살아남았잖아. 우리는."

문어는 벌써 눈물이 고이려고 했다. 그러나 눈물을 보이는 순간, 정말로 그가 영영 떠나게 될까 두려워 애써 참는 중이었다.

"아니야. 너와 나는 달라. 넌 다른 생물들과는 다르게 특별하잖아."

칠게의 목소리는 문어의 바람과는 다르게 점점 작아지고 있었다.

"네겐 아주 거대한 힘이 숨겨져 있어. 아직 발견하지 못했을 뿐. 그 힘은 바다를 살리고도……."

칠게의 목소리는 이제 거의 들리지 않았다. 칠게의 입에서 나온 거품은 칠게를 삼킬 듯 불어났다. 극도로 불안해진 문어는 칠게가 잠들지 않길 바라며 급한 마음에 고래고래 소리를 질렀다. 칠게는 간신히 목소리를 내며 문어에게 제발 가달라고 했다. 마지막은 혼자 잠들고 싶다고, 자신의 좋았던 모습만을 기억해 주길 바란다며, 남은 힘을 쥐어짜 바닥을 기어가기 시작했다. 수많은 돌 틈 사이로 절뚝거리며 멀어져 간 칠게를 바라보며 문어가 할 수 있는 일은 아무것도 없었다. 바닷물은 가차 없이 문어의 눈물을 싣고 재빨리 달아났다.

그는 슬픔 뒤에 찾아온 분노로 애꿎은 자신의 다리만 물어뜯고 있었다. 바다를 이렇게 만든 건 누구일까. 대체 무엇일까. 그는 기억을 더듬어 보았다. 깊고 어두운 심해 속에서 한 줄기 빛을 따라 나온 지 벌써 수천 년쯤 됐을 것이다. 태어났을 때의 기억은 없다. 자신이 기억나는 장면은 오로지 어둠만이 가득했던 심해였다. 어린 문어는 어느 날, 심해에서 솟아오른 알 수 없는 상승 급류에 휩쓸려 빛이 드는 바다에서 살게 되었다. 어둠만이 전부였던 곳에서 살던 문어는 빛에 적응하기까지 몇 개월의 시간이 걸렸다. 서서히 눈을 뜨자, 눈부시게 아름다운 광경의 바다가 펼쳐져 있었다. 문어는 직감으로 알 수 있었다. 더 이상 자신이 심해로 돌아가지 못하리라는 사실을. 그는 이 과정이 꽤 미스터리하다고 느껴졌으나, 알 수 있는 건 아무것도 없었다. 받아들이는 것 외에 달리 방법이 없던 문어는 이 아름다운 바다에서 오랫동안 행복하게 살아가리라 마음먹었다.

수천 년 동안, 바다는 평온하기만 했다. 무지개 문어는 어떤 색깔로도 변화할 수 있었으며 몸을 숨길 수 있었다. 그래서인지 딱히 천적이 없었다. 백상아리도, 그 누구도 문어를 해칠 수 없었다. 문어는 에메랄드빛 바다가 온전히 자신만을 위한 세계임을 확신했다. 이 평온함이 영원할 것이라 믿어 의심치 않았다. 그러나 언젠가부터 바닷속에 조금씩 처음 보는 것들이 늘어나기 시작했다. 처음에는 그것이 무엇인지조차 몰랐다. 한번은 무언가가 자신의 몸을 마구 옥죄어 오기 시작했는데, 나중에 알고 보니 버려진 그물망이었다. 가까스로 몸을 빼내기는 했지만, 그물망에 다친 상처는 고스란히 자국으로 남았다. 지금은 그 자국이 하나가 아니라 수십 개가 되어버린지 오래였다. 처음에는 한두 가지의 새로운 물건들이 바닷속에 쌓여갔다. 호기심 많은 문어는 처음에 그것들이 쌓일 때 행복했다. 매일 보던 물고기와 돌 말고 새로운 걸 볼 수 있다는 사실에. 그 행복은 헛된 것이었음을 깨닫는 데는 얼마 걸리지 않았다. 문어는 이제 그것들을 그만 보고 싶었다. 인간들이 바다로 던진 물건들은 생태계를 어지럽혔다. 이대로는 자신 또한 죽음에 가까워진다는 것을 느낀 문어는 섬뜩해졌다.

가장 아끼던 친구인 칠게마저 심해로 보내고 난 후, 문어는 아무도 없는 동굴 속으로 들어갔다. 아무것도 보고 싶지 않았고, 먹고 싶지 않았다. 친구 곁으로 떠나고 싶었다. 다시 어둠이 만연했던 심해로 돌아온 기분을 느꼈고, 주변은 한 치 앞이 보이지 않는 짙고 무거운 어둠이 깔려 있었다. 몇 날 며칠을 아무런 미동도 없이 보내는 동안 문어는 곧 자신도 친구들 곁으로 가게 되리라 생각했다. 그렇게 생각하니 되려 편했다. 문어는 무거워지는 눈꺼풀을 그대로 내버려두었다. 그는 심해로 갈 준비를 했다. 더는 살아갈 이유가 없었다.

정신이 아득해지던 순간, 동굴 안쪽에서 예전에 심해에서 느꼈던 상승 급류가 또 한 번 올라오는 것을 느꼈다. 강하게 솟구치는 물살은 문어를 동굴 바깥으로 밀어냈고, 문어는 어쩔 수 없이 다시 얕은 바다로 흘러가게 되었다.

'왜 날 가만히 두지 않는 거야. 당최 살아갈 이유가 없다고 난.'

그러자 문어의 마음속에서 자기의 것이 분명하지만 자기의 것이 아닌 것처럼 들리는 또 하나의 목소리가 분명히 들렸다.

'도시로 가라. 가장 어둡고 탁하며 혼란스러운 그곳에서 너는 질문의 열쇠를 발견할 수 있을 것이다.'

낮고 묵직한 목소리였다. 다시 그 목소리가 듣기 위해 한참을 고요히 내면을 응시한 채 기다렸지만, 침묵뿐이었다. 그런데 어떻게 저들이 사는 세상으로 간단 말인가. 문어는 실로 이해가 되질 않았다. 아무리 제 몸을 숨기고, 몸 색깔을 이리저리 바꾸는 게 가능하다지만 그는 문어였다. 수천 년 전부터 오직 바다에서만 살아온 무지개 문어. 그는 어쩌면, 한 번도 시도해 보지 않았을 자신의 특별한 능력이 있는 게 아닐까 하는 의문이 처음으로 들었고 이상하게도 그 의문에 관한 확신이 강하게 들었다. 안 그래도 몸이 동굴에 들어가기 전과는 확연히 달라진 느낌이었다. 흐릿했던 무지개 무늬가 선명한 색채로 돌아와 있었고, 어느 때보다 반짝였다. 어쩌면 자신이 인간으로 변할 수 있게 된 걸지도 몰랐다. 그를 인간 세상으로 보내기 위해서 심해의 신은 그를 바다의 대표주자로 내세운 것인지도. 그래서 새로운 능력을 선사한 걸지도 모른다는 생각을 지울 수 없었다.

문어는 도시로 가야겠다고 마음먹었다. 가장 많은 인간을 만날 수 있는 곳으로. 바다는 특히 해가 뜨거운 여름날 몸살을 앓는 날이 잦았는데, 대부분 도시에서 온 인간들이 남기고 간 쓰레기 때문이었다. 그들의 웃음소리는 바닷속 생물들에게 그저 기괴하게 느껴질 뿐이었다. 즐거움은 인간들 몫이었으나, 아픔은 바다와 토양, 그 속에 사는 생물들 몫이었다.

문어는 떠나간 수많은 얼굴들을 떠올렸다. 순수하기만 했던 그의 친구들을 심해로 보낸 인간들을 눈앞에서 직접 본다고 생각하니 벌써 치가 떨려왔다.

한참 생각에 빠져 있던 문어 곁으로 물고기 한 마리가 지나갔다.

'어? 쟤는? 몇 달 전 횟집 수조에서 유일하게 살아나온 돌돔?'

처음 봤을 때의 돌돔은 곳곳에 상처가 나 있는 상태였다.

그 또한 곧 죽어도 이상하지 않을 상태였다. 돌돔은 갑갑한 수조 속에 살아왔던 터라 넓은 바다에서도 좁은 구역만을 헤엄쳐 다녔다. 그리고 3개월이 흐른 뒤에야 바다에 적응했는지 이제는 살이 올라 통통했고, 비늘에도 윤기가 돌았다. 아무리 바다에 쓰레기가 늘어났다고 해도 수조보다는 훨씬 살기 좋은 게 분명했다. 문어는 수조에서 인간들의 이야기를 가장 가까이서 들었을 돌돔에게 인간에 관한 이야기를 물어보기로 했다.

"안녕?"

돌돔은 흠칫하며 뒤로 물러났다. 그리곤 큰 눈을 끔뻑이며 자신의 앞에 선 무지개 문어를 올려다보았다.

"너는 무지개 문어? 얼마 전에 네 절친 소식 들었어. 심해로 갔다며. 네가 요즘 통 안 보이길래 네게도 무슨 일이 생겼나 했지."

돌돔의 입술이 아래로 처짐과 동시에 무거운 한숨을 토해 냈다.

"응. 한동안 동굴에 있었어. 칠게까지 잃고 나니까 도저히 살아갈 힘이 안 나더라고. 지금도 힘든 건 마찬가지야. 요 몇 년간 너무 많은 친구가 심해로 떠났으니까."

"그렇지. 다 인간들 때문이지. 저들은 몰라. 자신들이 어떤 짓을 저지르고 있는지. 자신 하나만을 위해 얼마나 많은 것들이 희생하는지를."

"혹시 나에게 인간들에 관한 이야기를 좀 들려줄 수 있어?"

문어의 물음에 돌돔의 눈은 핏기가 올라 금방이라도 터질 것만 같았다. 그는 온몸을 부르르 떨며 대답했다.

"그건 왜? 난 인간들을 떠올리기만 해도 숨이 막혀."

돌돔은 의심의 눈초리로 문어를 보며 말했다.

"그들이 이렇게 만들었으니까. 되돌리는 방법 또한 알고 있지 않을까? 무모한 생각일지도 모르지. 근데 내가 여기 그냥 남아 있는 건 방관자나 다름없어. 나는 내가 할 수 있는 일을 하고 싶어. 내 마음도 그렇게 말하고 있고. 오히려 바다를 예전으로 돌이킬 수 있는 열쇠는 그들에게 쥐어져 있는지 모르지. 어쨌든 우리보다 고등생물인 건 부정할 수 없는 사실이니까. 나도 정말 화가 나. 주체할 수 없을 정도로. 그러니까 더는 가만히 있을 수 없어."

"그래서 네가 도시에라도 가겠다는 거야?"

"응. 맞아."

돌돔은 문어를 완전히 정신이 나간 듯 취급했고, 더 이상 대화하려 들지 않았다. 순간 문어에게 이상한 환영이 보이기 시작했다. 바닷가 바로 앞에 있는 한 횟집이었다. 횟집 앞에는 파란색 파라솔이 펼쳐진 테이블이 열 개 정도 있었고, 테이블은 전부 만석이었다. 횟집 안 상황도 별다를 게 없었다. 수많은 사람이 빼곡하게 들어앉아 왁자지껄 떠들고 있었고, 음식과 술 냄새가 진동했다. 모랫바닥 위 자주 보던 초록색 병이 테이블 위에 수십 개씩 놓여 있었다. 바깥에 놓인 여러 개의 수조도 보였다. 수조 속에는 가지각색의 물고기들이 헤엄을 치고 있었는데, 유독 익숙한 물고기 한 마리가 보였다. 돌돔이 었다! 돌돔은 가족과 함께였는데, 그의 엄마, 아빠, 그리고 동생과 형까지. 총 다섯 마리의 돌돔이 기력 없이 수조 안을 둥둥 떠다니고 있었다. 갑자기 횟집 주방에서 덩치가 크고, 험악한 인상의 누군가가 커다란 뜰채를 들고 나왔다. 쿵. 쿵. 점점 가까워지는 무거운 발걸음 소리에 돌돔은 고개를 돌렸고, 눈 깜짝할 새 자신의 엄마와 아빠가 뜰채에 실려 가며 파닥거리는 모습을 보게 되었다. 너무 절망스러웠지만 어린 돌돔이 할 수 있는 건 없었다. 마지막에는 어린 돌돔만 남겨놓은 채 그의 형제들까지도 모두 뜰채에 실려 갔다. 돌돔은 소리 없이 눈물을 흘렸지만, 그의 눈물은 수조 속 거품에 가려져 아무도 볼 수 없었다. 그렇게 며칠을 시름시름 앓던 중, 엄마와 함께 손을 잡고 지나가던 여자아이 한 명이 돌돔을 발견했다. 돌돔은 그 아이와 눈이 마주친 순간, 이상하게도 움직일 수 없었다. 그녀의 눈빛은 처음 보는 순수하고 투명한 눈빛이었다. 아이는 돌돔을 집중해서 바라보았고, 엄마의 손을 놓고서 살금살금 수조 곁으로 다가오는 것이었다. 그녀의 엄마는 어느새 바다 가까이 걸음을 옮겨 자신의 모습을 작고 네모난 기계 속에 담고 있었다. 아이는 수조 옆 작은 바가지를 밟고 올라와 아무도 모르게 돌돔을 꺼내어 부리나케 해변 쪽으로 달리기 시작했다. 돌돔은 숨이 막혔지만, 알 수 있었다. 소녀가 그를 바다로 데려가고 있다는 사실을. 본래 돌돔이 있어야 할 자리로 돌려보내려 한다는 사실을.

돌돔의 환영이 끝나자 문어는 돌돔이 왜 그렇게까지 분노했는지 알 것 같았다. 그러나 그가 작은 아이에게만큼은 다른 마음을 지녔다는 것 또한 알 수 있었다. 그는 인간들을 경멸했지만, 동시에 실낱같은 희망도 품고 있던 것이다.

"이제 알 것 같아. 네가 왜 그토록 그들을 싫어하는지도. 나도 인간들이 싫어. 대부분은 파괴에 익숙해져 있고, 이기적이니까. 그래도 널 구해준 아이처럼 괜찮은 인간이 있을지도 모르잖아."

돌돔은 깜짝 놀란듯했다. 그리고는 한참 아무 말이 없었다. 문어에게 인간 세상에 관해 들려줄 이야기는 많았지만, 그가 횟집에서 들은 이야기와 틀어놓은 TV에서 흘러나오는 이야기들은 죄다 부정적인 이야기뿐이었고, 썩 듣기 괜찮은 이야기는 얼마 되지 않았기 때문이다. 그리고 문어가 아무리 능력이 뛰어나고 특별하다고 해도 그 위험천만한 인간 세상에서 얼마나 버틸 수 있을지가 의문이었다. 사실은 걱정되는 마음이 컸다. 무지개 문어를 영영 잃을 수도 있을 것 같았으므로. 무지개 문어는 바다 그 어떤 곳에서도, 바깥에서도 듣고 보지 못한 특별하고 아름다운 생물체였다. 바라보기만 해도 바닷속 생물들은 문어의 아우라에 취해 오랜 시간 그의 곁에 머물다가 떠나고는 했다.

"솔직히 썩 내키진 않지만, 네가 그렇게 원한다면 내가 아는 건 모두 이야기해 줄게."

"정말 고마워. 그리고 혹시 도시에 관한 이야기도 좀 들을 수 있을까? 나는 그들이 사는 중심으로 들어가고 싶거든. 최대한 많은 인간이 사는 곳으로. 그곳에서 나는 인간으로 살아갈 거야. 생각보다 오랜 시간이 걸리겠지만, 지금이 아니면 할 수 없어. 그리고 너도 알다시피 지구와 바다는 빠른 속도로 피폐해지고 있어. 되돌릴 시간이 얼마 남지 않았다는 걸 너도 잘 알잖아."

그날부터 돌돔과 문어는 매일 만나기 시작했다. 돌돔은 그에게 인간 세상에 관해 자신이 아는 모든 것들을 알려주었다. 며칠 안에 끝날 것 같던 인간 세상에 관한 공부는 끝이 없었다. 문어는 돌돔뿐 아니라 해변 근처에 사는 물고기들과 인간이랑 가장 밀접하게 접촉한 해파리 떼에게 가서 많은 이야기를 듣게 되었고, 모든 정보를 모아서 기억해 두었다. 특히 해파리들은 한 인간과 접촉하게 되면 그 인간의 전 생애를 읽을 줄 아는 능력이 있었다. 그래서 인간 세상에 대해 훨씬 세세하게 알 수 있었으므로 도움이 많이 되었다. 해파리들 역시 더럽혀지고 뜨거워진 바다로 인해 불편함을 호소하고 있었다. 복수심에 불타오른 그들은 똘똘 뭉쳐 해변으로 나가 인간들을 쏘고 공격하기 시작했다. 덕분에 해파리들이 자주 출몰하는 해변에는 인간들이 얼씬조차 하지 않아 비교적 깨끗하게 유지되고는 했다. 인간들을 몰아내는 데 성공할 때마다 해파리들은 매우 흡족해했다.

문어는 1년간 해온 공부를 통해 인간 세상으로 나갈 준비를 마쳤다. 이제 문어는 인간이 되기만 하면 되었다. 그동안 자신을 숨기는 능력이나 색깔을 바꾸는 능력 외에 한 번도 다른 모습으로 변했던 적이 없던 문어였지만, 왠지 인간으로 변하는 게 그렇게 어렵지만은 않을 거란 확신이 일었다. 그것은 그에게 주어진 사명임이 틀림없었다.

문어는 온 정신을 한곳에 모았다. 집중. 그리고 또 집중. 숨을 크게 마신 후 크게 내쉬기를 반복했다. 1시간, 2시간, 나중에는 시간마저 가늠되지 않을 정도가 되었고 주변은 고요하게 느껴졌다. 문어는 점점 의심이 들었다. 이 모든 게 자신이 품은 헛된 희망이 아닌가 하는 생각이 스멀스멀 피어나 그를 혼란스럽게 했다. 오랫동안 아무런 변화가 없었기 때문이었다.

눈을 뜨고 집중을 포기하고 싶은 마음이 불쑥 솟구쳐 올랐다. 그러나 가느다란 실 같은 희망이 문어를 붙잡고 놓아주지 않았다.

'조금만 더 기다려 보자. 될 거야, 분명히.'

몸에 아무런 감각이 없었다. 어떤 게 나의 다리이고 눈인지 가늠조차 되지 않았다. 쥐가 너무 오래 난 나머지 온몸이 다 마비가 된 느낌이었다. 모든 걸 포기하고 눈을 뜨려던 순간, 이상한 느낌이 들었다. 자신의 몸에 있는 세포 하나하나가 분열하여 무엇인가를 만들어 내고 있는 게 분명했다. 실제로 문어의 몸은 한 번도 만져본 적 없는 육체로 바뀌어 가고 있었다. 미끈거리는 피부 대신 매끄럽고 부드러운 살결로 이루어진 하얀 피부가 보였다. 그리고 일곱 개의 다리는 어느새 두 개의 팔과 두 개의 다리로 합쳐지고 길게 뻗어나가기 시작했다. 코는 얼굴 한가운데서 불쑥 솟아 나왔고, 숨겨져 있던 하나의 입은 짧고 두툼한 입술 두 개로 나누어졌다. 얼굴 양쪽에서는 없었던 귀가 생겨났으며, 귓불은 꽤 두툼했고, 컸으며 아래로 늘어져 있었다. 30cm에 불과하던 몸길이가 무려 180cm 가까이 늘어났다. 문어는 자신의 몸이 마치 젤리처럼 부드럽게 늘어나는 것을 생생히 느낄 수 있었다.

거의 24시간에 걸쳐 인간의 몸으로 탈피하는 데 성공한 문어는 다시 태어난 듯한 기분이었고, 곧 탈진할 것만 같았다.

그동안 멀리서만 지켜봐 온, 이야기로만 전해 들은 '남자 인간'의 몸. 그토록 꿈꿔온 순간이었다. 동시에 두려워했던 순간이기도 했다.

이제 그는 인간 세상으로 나갈 것이다. 한동안 이곳으로 돌아오지 못한다고 생각하니, 가슴이 시렸다. 그렇지만 자신의 사명을 다하고 난 후, 반드시 돌아오리라 다짐했다. 그가 다시 돌아왔을 때는 그 어느 때보다 맑고 투명하게 빛날 바다이리라 생각했다. 그는 돌돔을 살린 소녀와 같은 인간들을 만나기를 간절히 바랐다. 그래서 얼른 바다로 돌아올 수 있기를 고대하며 그는 천천히 해변으로 걸어 나가기 시작했다. 비틀거리며 바닷속에서 육지로 걸어가는 그의 모습을 본 이는 아무도 없었다.

문탁호

도시에 살기 위해서는 돈이란 게 필요했다. 그러나 돈을 벌기란 결코 쉬운 일은 아니었다. 다행인 점은 무지개 문어는 특별한 생물이라는 것이었다. 며칠쯤 먹지 못해도 몸에 필요한 영양분들을 체내에서 충분히 생성해 냈고, 햇빛만으로도 대부분 에너지를 얻었다. 문어는 돈을 벌기 위해 평범한 인간보다 많은 일을 곧잘 해냈다. 잘 곳이 없어 어느 찜질방에서 일을 하며 숙식을 해결했고, 새벽에는 택배원으로 일했다. 문어와 같이 일하는 사람들은 힘들게 일하는 그를 보며 안타깝게 여겼지만, 문어는 생각보다 행복했다. 생각 없이 바쁘게 일을 하다 보면 하루가 지나갔고, 피곤한 하루 끝에 찜질방 안에 있는 목욕탕에 몸을 담글 때면 부러울 게 없었다. 그리고 따스했던 바닷속이 떠오르기도 했다. 문어는 바다에 대한 그리움을 목욕탕으로 대신했다. 목욕탕 안의 쓰레기를 치우는 것 또한 그의 일이었는데, 목욕하러 온 건지 쓰레기를 버리러 왔는지 헷갈릴 정도로 매일 버려지는 쓰레기의 양은 엄청났다. 갖가지 팩, 음식물 쓰레기, 음료 캔과 플라스틱병, 일회용 샴푸와 린스 비닐 등등. 문어는 생각했다. 자신이 인간들의 세상에 영향을 끼치려면 여기서 계속 일할 게 아니라 영향을 끼칠 수 있는 회사로 들어가야겠다는 생각을. 그러려면 그는 또 공부하고 배워야 했다. 회사는 그냥 갈 수 있는 곳이 아니었다.

문어는 자연과 환경을 최우선으로 생각하며, 세계에서 가장 영향력이 큰 회사인 L 회사에 들어가기 위해 부지런하게 공부를 하고, 회사가 필요로 하는 인재상이 되기 위해 틈날 때마다 노력했다. 문어는 똑똑했으므로 인간들이 몇 시간 걸려 해낼 공부를 단 몇 분 만에 외울 수 있었다. 그는 단 1분 1초도 허투루 보낼 수 없었다. 지구의 종말을 가리키는 시계가 자정까지 단 몇 초도 남지 않았기 때문이었다. 문어가 살아온 이래 최초였다. 환경 오염이 극심해진 후로 지구는 몸살을 앓았고, 이제는 극한에 다다른 것이었다.

문어는 어마어마한 경쟁률을 뚫고 약 1년여 만에 L 회사의 신입으로 입사하게 되었다. 그는 오로지 바다를 살리자는 생각 외에는 아무런 생각도, 목표도 없었다. 보통의 인간들이라면 방방 뛰고 신이 났을 테지만, 문어는 부쩍 불안하기만 했다. 여전히 자신이 갈 길이 멀다고 느껴졌기 때문이었다. 그렇게 두려움과 책임감, 낯선 마음을 안고 문어는 출근이란 걸 하게 되었는데, 문어는 이제 더 이상 바닷속의 문어가 아니었다. 그는 L 회사의 사원 '문탁호'였다.

그는 찜질방에서 일하는 게 행복했으나, 이제는 회사 기숙사로 가야만 했다. 그새 찜질방과 그곳에서 만난 사람들과 정이 들어버렸다. 찜질방 사람들은 탁호를 잘 챙겨주고 좋아했다. 그러나 한편으로는 비밀이 많고, 의문이 많이 드는 사람이라고 생각했다. 그러나 모두 의심은 뒤로한 채, 새롭게 취직하게 된 그를 진심으로 축하해 주었다. 새벽마다 했던 택배 일도 고되었지만, 즐거운 순간도 분명 있었다. 그는 이런 경험을 해볼 수 있음에 감사한 마음마저 들었다.

출근 첫날이었다. 그는 설렘과 동시에 불안하기도 했다. 어마무시한 크기의 L 회사 건물을 올려다본 그는 놀랄 수밖에 없었다. 아무리 고개를 올려다보아도 건물의 끝을 가늠할 수 없었기 때문이었다. 압도적인 건물 크기, 출근하는 수많은 인파 사이에서 그는 정신이 혼미해질 지경이었다. 문 사원은 한 발 한 발 조심스레 회사 안으로 옮겼다. 마치 숲속을 재현해 놓은 듯한 회사 로비를 보며 입가에 미소를 머금었다. 곳곳에 화분이 놓여 있었고, 전체적으로 우드 인테리어로 꾸며놓은 로비는 딱딱해 보이는 건물 외관과는 달리 따뜻한 느낌마저 들었다.

'이런 곳이라면 분명, 나와 같은 생각을 하는 사람들만 있을 거야. 이런 사람들과 함께라면 지구 종말 시계를 1시간 전으로라도 되돌릴 수 있겠어.'

탁호의 마음은 설렘으로 가득 찼다. 그러나 그것이 섣부른 판단이었음을 깨닫는 데는 단 며칠도, 아니 단 하루도 걸리지 않을 거란 사실을 그는 알지 못했다. 그는 따스하기만 했던 찜질방 사람들을 떠올렸다. 좋은 사람들을 만난 것은 초심자의 행운에 지나지 않았다는 사실 또한 전혀 알 수 없었다.

그는 인파로 가득 찬 엘리베이터를 타고 올라갔다. 잠깐이었지만 숨이 막혔다. 사람들은 대부분 한 손에 플라스틱 컵을 들고 있었는데, 안에는 대부분 시커먼 커피 아니면 탄산음료나 주스 같은 것들이었다. 그들은 모두 신기하리만치 같은 표정을 짓고 있었다. 동공에는 아무런 초점이 없었고, 한결같이 무뚝뚝한 표정을 짓고 있는 것이었다. 마치 복제 인간 여럿을 보는 것 같았다. 탁호는 도통 그 이유를 가늠할 수 없었다. 자신과 같이 전부가 싱글벙글한 표정일 거라 예상했는데 완전히 반대였다. 일부러 이런 표정을 지어야 하는 교육이라도 받은 건가 싶었다.

엘리베이터는 10층에서 멈췄고, 사람들이 쏟아지듯 내렸다.

탁호는 곧장 대강당으로 갔다. 강당 문은 활짝 열려 있었고, 강당 안에는 "L.I.N의 빛나는 미래가 되어주신 신입사원 여러분을 환영합니다."라고 적힌 팸플릿이 걸려 있었다. 안으로 들어서니 많은 자리가 비어 있었고, 탁호는 꽤 일찍 온 편에 속했다. 접이식 철제 의자가 규칙적으로 놓여 있었는데, 족히 수백 개는 되어 보였다. 천장은 매우 높았고, 그래서인지 더 넓어 보이는 느낌을 주었다. 정각이 되기 20분 전, 한두 명의 사람이 자리를 채우기 시작했고, 탁호는 쑥스러운 눈길을 주고받으며 눈인사를 나눴다. 자신의 바로 옆에 앉은 한 명은 조금 긴장한 듯 보였고, 그 뒤로 들어온 한 명은 호기심이 왕성한 것 같았다. 이느덧 흘러가지 않을 것 같던 시간이 지나 정각이 되었고, 한 자리도 빠짐없이 전부 착석한 상태가 되었다.

강당 앞 무대에서는 '김동훈'이라고 자신을 소개한 이가 회사 관련 프레젠테이션을 하기 시작했다. 회사에 관한 전반적인 설명이었다. 그는 지루한 표정과 높낮이 없는 억양으로 말을 했는데, 그의 목소리는 마치 커다란 모기가 말을 하는 것만 같은 느낌을 주었다. 대부분은 초롱초롱한 눈빛으로 프레젠테이션을 지켜보았으나, 몇몇은 눈꺼풀이 무거운지 자꾸만 눈을 감는 게 보였다. 탁호는 전자였다. 그는 회사의 신념과 가치를 가장 눈여겨보았는데 그 신념이란 이러하였다.

우리는 자연에서 왔고, 자연으로 돌아간다.

우리가 누리는 것들은 모두 사라진다.

'흠. 이런 신념을 모든 인간이 가지고 살아간다면, 지구는 금방 예전 모습을 되찾을 수 있을 텐데. 대부분 그렇지가 않은 거겠지? 그래도 여긴 희망이 존재하는 게 틀림없어. 나와 같은 생각을 하는 이들로 가득한 게 분명해.'

탁호는 희망의 빛줄기를 단숨에 발견한 것 같아 잔뜩 기대감에 부풀었다. 그는 앞으로의 회사 생활이 매우 기대되었다. 어쩌면 찜질방에서보다 더 행복한 일상을 보낼지도 모른다. 돌돔이 도시를 너무 부정적으로만 본 것인지도 모른다. 어쩌면 돌돔의 정보는 잘못되었을 수 있겠다는 생각을 했다. 프레젠테이션이 길어질수록 다들 하품을 했지만, 탁호는 여전히 반짝이는 눈빛을 잃지 않았다. 거의 3시간에 걸친 설명회가 모두 끝나고, 각자의 사무실과 자리로 배정받게 되었다. 탁호 옆자리는 대강당에서부터 눈에 띄었던 그녀였다. 그녀는 호기심이 무척 많아 보이는 눈빛을 하고 주변을 둘러보고 있었다.

"안녕하세요. 문탁호입니다. 잘 부탁드립니다."

탁호가 쑥스럽게 웃으며 인사를 건넸다.

"아, 탁호 님. 아까 옆에 계셨죠. 반가워요. 저는 이은정이라고 합니다. 잘 부탁드려요."

은정이는 친근한 인상을 주었고, 목소리에는 선함이 묻어났다. 탁호는 그녀와 왠지 모르게 절친한 친구가 될 것 같은 예감이 들었다.

탁호와 은정은 짧은 시간 안에 많은 이야기를 나눴다. 둘은 처음 만났음에도 스스럼없이 대화를 이어나갈 수 있었고, 서로 친근감을 느꼈다. 이런저런 이야기를 쉴 새 없이 나누는 동안 둘은 같은 92년생이라는 것을 알 수 있었다(실제 문어는 거의 영겁에 가까운 시간을 살아왔으나, 인간 세계에서의 그는 92년생으로 살아가게 되었다. 그렇게 한 별다른 이유는 없었다). 은정은 유난히 친화력이 좋았다. 그래서인지 탁호도 편안한 마음으로 대화할 수 있었다. 탁호는 은정이 나비고기(농어목 나비고기과의 바닷물고기. 버터플라이피시라고도 한다. 가슴지느러미가 유난히 커서, 펼치면 나비 날개처럼 되므로 이 이름이 붙여졌다. 출처 - 네이버 지식백과)같다는 생각을 했다. 둘은 자연스럽게 말을 놓게 되었다. 은정이 말했다.

"근데 탁호? 하니까 갑자기 타코야끼가 생각났어. 탁호. 타코. 나 타코야끼 되게 좋아하거든. 얼마 전에는 진짜 문어를 사서 집에서 타코야끼 한번 만들어 볼까 진지하게 고민했잖아."

은정이는 떠올리기만 해도 즐거운지 장난스럽게 웃었다. 탁호는 순간 자신이 타코야끼가 된 상상을 하니 섬뜩한 기분이 들었다. 탁호는 별안간 흘러내리는 땀방울을 얼른 닦아내며 말했다.

"타코야끼를 좋아하는구나. 음, 그것 말고도 세상엔 맛있는 게 많잖아. 그리고 혹시 문어 다큐멘터리 본 적 있어? 문어는 기억력도 좋고, 똑똑해서 사람이랑 교감도 가능하다고 하더라고."

실제 다큐 이야기이기도 했으나, 자신의 이야기이기도 했다.

"안 그래도 얼마 전에 그 다큐 봤어! 그거 보니까 문어 먹는 게 전보다 망설여지긴 하더라. 탁호 넌 뭐 좋아해?"

"나는 거의 다 잘 먹어. 회나 날것을 제외한 것만 빼면 말이야. 인간 세상에 와서 먹은 음식으로는 짜장면이 제일 맛있더라."

은정은 의아한 표정으로 탁호를 보며 말했다. 탁호는 순간 뜨끔했다.

"인간 세상? 하하. 탁호 너 진짜 무슨 만화에서나 나오는 말을 쓰네. 특이한데 재밌는 구석이 있네."

은정이 쿡쿡 소리를 내며 입을 가린 채 웃었다. 별로 대수롭지 않은 것 같았다.

"아, 내가 요즘 판타지 소설을 너무 자주 읽었더니 나도 모르게 참. 하하하. 내가 생각해도 웃기네. 인간 세상이라니! 진짜 황당하네. 참."

탁호는 등에서 땀이 등줄기를 타고 흘렀지만, 애써 웃는 표정을 지었다. 탁호의 미소는 누가 봐도 어색했지만, 정작 은정은 아랑곳하지 않았다.

　그녀는 이제 자신의 책상을 정리하고 일을 해야겠다며 의자를 당겨 앉았다. 아무리 인간과 도시에 관한 공부를 하고 1년 넘게 인간 세상에 있었다고 해도, 자신이 문어라는 정체성을 여전히 버리지 못한 문탁호였다. 이 대화를 계기로, 그는 완전한 인간이 되어야겠다고 다짐했다.

　그는 자리에 앉아 자신에게 주어진 일에 집중하기 시작했다. 탁호에게는 단 몇 분이면 끝날 일이었지만, 그는 인간들과 똑같이 행동해야 했으므로 은정의 속도와 같이 일을 끝내기로 했다. 그녀는 집중을 잘했고, 오랜 시간 자신에 일에 집중하는 그녀가 멋지다는 생각이 절로 들었다. 그녀가 타코야끼를 너무나 좋아한다는 것만 빼면 그는 그녀에게 마음을 완전히 열었을지도 모르지만, 아까 들은 대사가 여전히 생생한 그였다.

　탁호는 일을 하던 중 도무지 이해가 가지 않는 게 있었다. 업무 보고를 할 때 굳이 A4용지를 뽑아 가져와서 보고하라는 내용이었다. 탁호가 공부한 바에 의하면 1장의 A4용지를 쓸 때마다 무려 10L의 물이 사용된다고 했다. 그럴 때마다 이산화탄소가 발생하고, 온 국민이 하루에 종이를 1장만 쓰면 나무 4천 5백여 그루를 살릴 수 있었다. 그런데 자연 친화적인

가치를 그토록 추구하는 회사에서 A4용지를 이토록 남용하다니. 탁호는 이런 모순이 이해가 가질 않았다.

"저 대리님. 여쭤볼 게 있는데요."

탁호는 다짜고짜 대리가 앉은 자리로 가 물었다. 대리는 피곤했던지 감았던 양쪽 눈을 천천히 치켜뜨며 말했다. 그의 표정은 단단한 돌처럼 굳어 있었다.

"뭡니까?"

"아침에 회의실에서 들은 회사의 가치는 분명 자연 친화적인 데 가치를 둔다고 말씀하셨었는데, A4용지를 왜 이렇게 많이 사용하는 거죠?"

탁호의 말을 들은 김 대리의 미간이 뒤틀리며 찌푸려졌다.

"그건 회사한테 물어봐야죠. 왜 나한테 물어봅니까. 그리고 솔직히 그런 거 신경 쓰는 데가 있기는 할까? 다들 요새 친환경 추구하니 마니 하지만, 막상 까보면 아닌 데가 훨씬 더 많을 걸? 아침에만 봐도 느낄 수 있잖아. 회사 근처 카페 가봤죠?"

날카로운 그의 말투는 마치 성게를 둘러싼 가시 같았다. 그의 말에 이곳저곳이 찔리는 느낌이 들어 탁호는 기분이 좋지 않았다.

"네? 아, 아직 못 가봤습니다."

"여기 회사 단지 사람들, 아침마다 카페 들러서 커피 사 오는 꼴만 봐도 알 수 있어요. 텀블러 들고 다니는 사람보다 가벼운 플라스틱 컵 들고 다니는 사람들이 훨씬 많다고. 바쁜 출근 시간만 해도 충분히 기 빨리고 힘든데, 무거운 텀블러를 언제 들고 왔다 갔다 하나? 과연 신입다운 발상이다. 지금 배우고 외울 것도 차고 넘치는데, 한가하게 이런 질문이나 하고 있을 때에요?"

탁호는 아까 받은 자료에 이어 근무 시스템은 이미 다 외웠고, 더는 외울 게 없다고 말을 하고 싶었지만, 꾹 참기로 했다. 대리의 표정이 점점 더 안 좋아졌기 때문이었다.

"네. 알겠습니다. 죄송합니다."

"아. 참고로, 신입이라 잘 모르는 거 같으니까 한 번만 이야기해 줄게요. 이건 사탕수수 A4용지야. 그냥 A4용지가 아니라고. 그런 것도 구분할 줄 모르면서 다짜고짜 와서 따지면 답이 나오나? 우리 회사는 타 회사에 비하면 훨씬 나은 편이라고. 몇 년 전부터 이걸 썼어요. 한 번 써봐. A4용지랑 크게 다를 것도 없고 좋더라고."

대리는 책상 위 놓여 있던 남은 커피를 쪼로록- 하며 귀찮은 듯 대답했다. 탁호는 아예 쓰지 않는 방안을 너무나 이야기하고 싶었지만, 출근 첫날이니만큼 참았다. 벌써 문제를 일으켰다가는 회사에서 쫓겨날지도 모를 일이었다. 조용한 사무실은 탁호와 김 대리의 대화를 주목할 수밖에 없는 환경이었다. 모두가 그를 주목하고 있음을 느낄 수 있었다. 예민한 탁호는 아무도 자신을 바라보지 않아도, 내면의 눈을 응시할 수 있었다. 부끄러워진 탁호는 애써 자신에게 쏟아지는 시선을 무시하며 자신의 자리로 향했다. 자신도 모르게 너무 나댄 것 같아 부끄러운 마음을 감출 수 없었다.

탁호는 어쩔 수 없이 일에 집중해야만 했고, 어느덧 점심시간이었다. 몇몇 사람들은 먼저 점심을 먹기 위해 식당으로 내려갔다. 자신은 어떻게 해야 할지 고민하던 중 옆자리 은정이 말을 걸어왔다.

"탁호야. 배고프지 않아?"

"어? 어. 고프지. 왜?"

탁호는 평소에도 배가 크게 고픈 걸 못 느꼈으나, 밥을 계속 먹지 않으면 이상하게 생각할 게 뻔하므로 거짓말을 할 수밖에 없었다.

"나는 진짜 배랑 등이 붙을 거 같아. 아침을 맨날 먹는데도 이래. 하여튼 내 배꼽시계는 정확하지 않은 날이 없어요. 아니면 기생충 약을 먹어야 하나? 진지하게 고민 중이야."

그 말을 하는 와중, 그녀의 배꼽시계는 자신의 존재를 알리려는 강한 의지를 품고 우렁차게 울려댔다. 꼬르르르르륵. 꼬르륵. 꼬륵. 은정의 얼굴과 귀가 살짝 붉어져 있었다. 탁호는 괜히 다른 말을 하며 못 들은체했다.

둘은 밥을 먹으러 지하 1층에 자리한 구내식당으로 갔다.

식당 안은 막 내려온 직원들로 문전성시를 이루었다.

배식을 받으려 줄을 서 있던 중, 탁호는 오늘 반찬이 무엇인지 보려고 목을 길게 빼서 보았다. 해물이 없었으면 하는 바람에서였다. 지금은 인간이라고 해도, 문어로 살아온 기간이 비교할 수 없을 만큼 길었기 때문에 해물은 여전히 먹기가 꺼려지는 게 사실이었다. 특히 생선구이와 같은 것은 여전히 그의 간담을 서늘하게 만들기 충분했다. 다행히 해물 반찬은 없었다. 마음이 편해진 그는 자신 앞에 앉은 은정이 먹는 속도에 맞춰 밥을 먹기 시작했다. 처음으로 그녀를 자세히 관찰할 수 있는 시간이었다. 그녀는 머리숱이 굉장했다. 머리카락의 길이는 어깨에 막 닿을락 말락 한 길이었다. 탁호는 순간 자신도 모르게 편의점에서 보았던 삼각김밥이 떠올랐지만, 굳이 말로 하지는 않았다. 무쌍의 큰 눈, 아담하고 볼록한 코와 작고 도톰한 입술이 오밀조밀한 인상을 풍기게 했다. 은정이 시선을 느꼈는지 고개를 들었고, 탁호는 얼른 눈길을 피해 식판을 바라보았다.

"탁호 넌 어느 동네 살아?"

"나는 기숙사 B동."

탁호는 순간 바다라고 말할 뻔했다.

"아 그래? 기숙사에 살 줄은 몰랐네. 그럼 원래 고향이 어디야?"

"응. 저 멀리 시골 바닷가 마을. 아마 말해도 모를 거야."

"우와! 바닷가에서 왔다고?"

은정이 신난 목소리로 큰 목소리를 내자 몇몇 사람들이 돌아보았다. 탁호의 귀가 불그스레하게 변했다.

"미안. 미안. 너무 호들갑이었지. 사실 내가 바다를 너무 좋아해서. 난 태어나서 줄곧 도시에서만 살았는데, 나이가 들수록 자꾸만 바다 근처에서 살고 싶어지는 거 있지? 강릉이나 제주도라든지. 아! 작년에 남해도 갔는데, 진짜 좋았어. 오기 싫더라."

탁호는 은정의 눈빛이 유난히 반짝이는 것 같다고 생각했다. 그는 혹시나 그녀가 돌돔을 꺼내어 살려준 소녀가 아닐까 하는 엉뚱한 상상을 했다.

"바다가 왜 그렇게 좋아?"

"음. 그냥. 바다를 보고 있으면 어떤 걱정도 아무것도 아닌 게 된다고 할까. 나는 복잡하거나 힘든 문제가 있으면 혼자서 바다로 떠나. 신기하게도 그럴 때마다 날씨 요정이 나타나서 항상 맑고 푸른 바다를 보고 왔지 뭐야. 근데 한 번쯤은 비 오고 흐린 바다도 보고 싶어. 아, 눈이 오는 바다도. 생각만 해도 낭만적이지 않아?"

은정은 턱에 꽃받침을 만들고서 몸을 이리저리 흔들었다. 탁호는 매사에 밝고 기뻐하는 은정이 조금은 신기하게 여겨졌다. 은정의 말을 들으니 탁호는 바다 생각이 났다. 푸르고 맑고, 깊은 바다. 자신의 터전이었던 바다가 떠올랐다. 바다는 바닷속 생물뿐 아니라 인간에게도 기댈 수 있는 곳이 되어주는 게 틀림없었다. 그래서 쉬는 날이면 다들 바닷가로 모여드는 거겠지. 하며 그는 생각했다. 유유히 헤엄치던 푸른 바닷속이 문득 그리웠다.

은정은 밥양을 조금 받은 탓인지, 생각보다 밥을 먹는 속도가 빨랐다.

"밥을 왜 이렇게 조금만 달라고 했어?"

"에이. 이 정도면 적당한 거지. 요즘 사람들이 너무 과잉으로 먹는 거야. 이제는 결핍이 아니라 과잉이 문제인 시대라니까? 그리고 난 음식물 쓰레기 남기는 거 되게 싫어해. 어릴 때부터 그렇게 배운 것도 있고."

"이렇게 말하는 인간……. 아 아니, 사람은 처음 보는 것 같아. 다들 더 많이 먹거나 버리기 바쁘던데."

"그래? 그렇게들 음식 귀한 줄 몰라서야. 쌀 한 톨 없어서 굶어 죽던 시절이 불과 100년도 안 됐다는 걸 아는 사람이 몇이나 되겠어. 알려고 하지도 않을뿐더러."

은정이 처음과 같이 깨끗해진 식판을 들고 일어났다. 그녀는 식판을 정리하며 탁호에게 옥상에 올라가 보자고 했다.

"너 그거 들었어? 우리 회사 옥상이 그렇게 뷰가 좋대! 다들 이 뷰 때문에 그만두고 싶어도 못 그만두는 정도라던데?"

"그 정도야? 완전 기대되는데?"

탁호는 정말로 기대가 됐다. 옥상에 관한 이야기는 처음 듣는 것이었다.

"응. 우리도 커피 사서 한번 가보자."

우리는 1층으로 올라가 회사 근처 카페로 갔다. 점심인 만큼 많은 사람이 나와 줄을 서 있었다. 은정은 미리 들고 온 텀블러를 직원에게 건넸고, 그녀는 원래 커피 가격에서 500원의 할인 혜택을 받았다. 탁호는 텀블러가 없었고, 커피는 괜찮을 것 같다고 말했다. 그와 그녀는 들뜬 마음을 안고 옥상으로 향했다.

회사 건물 가장 꼭대기 층에 있는 옥상은 굉장히 넓고 탁 트여 있었다. 갖가지 식물과 꽃들로 장식된 정원이 아름답게 펼쳐져 있었고, 세 명의 관리사분들이 직접 물을 주고 가지치기를 하고 계셨다. 정원 사이사이 체리색 나무 벤치들이 놓여 있었고, 둘은 겨우 그중 하나에 자리를 잡았다. 수십여 개의 벤치가 놓여 있었으나, 빈 곳이 없었다.

"와. 하늘 너무 예쁘다. 오늘도 날씨 요정 제대로 일하네."

은정은 즐거운 목소리로 말했다. 그리고는 커피를 한 모금 마셨다.

"그러게. 뭉게구름까지. 완벽하다."

탁호는 옆에 앉은 은정을 보며 좋은 사람을 알게 된 것 같아 감사한 마음이 들었다. 만난 지 하루도 채 되지 않았지만, 그녀는 분명 좋은 사람 같았다. 말을 할 때나 하지 않을 때나 마음이 편안했기 때문이었다.

"근데 요즘 하늘이 너무 예뻐서 걱정이야."

은정은 아까와 다르게 걱정스러운 표정을 지으며 말했다.

"응? 너무 예뻐서 걱정이라니? 그게 무슨 말이야?"

"요즘 노을을 보면 우리나라 같지가 않잖아. 마치 보라카이에서 봤던 하늘 같아. 노을이 뭐랄까 붉은색이 선명하고, 노랗고, 예쁘긴 한데 한편으로는 걱정이 돼. 요즘 우리나라 날씨도 점점 이상해지고 있잖아. 마치 더운 나라 날씨처럼. 장마도 너무 길어졌고. 그게 아니면 엄청난 열대야가 연속으로 이어지거나. 더운 나라에서만 보던 하늘을 우리나라에서 볼 수 있다는 건, 사실 그렇게 좋은 일은 아닌 것 같아. 나라마다 오랫동안 고유한 날씨가 있는데, 그 경계가 서서히 무너져 간다는 증거니까. 겨울은 겨울답고, 봄은 봄다운 계절을 맞이한 게 언제인가 싶어."

탁호는 그동안 하늘을 올려볼 생각을 않았고, 전혀 눈치채지 못했다. 바다에서도 하늘을 올려보는 일은 없었기 때문에 더 알 길이 없었다.

"나는 요즘 하늘을 볼 일이 없어서 전혀 몰랐네. 음. 네 말을 듣고 보니 확실히 좋은 것만은 아닌 거 같아. 은정이 넌 하늘을 자주 올려다보나 봐?"

"응. 맞아. 난 어릴 때부터 하늘 보는 걸 좋아했어. 예전엔 티 없이 깨끗한 하늘을 좋아했는데, 지금은 구름이 있는 것도 좋고, 노을 지는 하늘도 좋고, 다양한 하늘의 모습이 좋아. 이것 좀 볼래?"

은정은 자신의 핸드폰에 있는 '하늘♡'이란 폴더를 열었고, 탁호에게 내밀었다. 폴더 안에는 다양한 하늘 사진들로 가득했다. 하늘 외에도 자연, 바다, 동물 등의 폴더가 만들어져 있었다. 그녀는 자연을 진심으로 사랑하는 사람 같았다.

"여긴 내가 제일 좋아하는 강릉. 바다랑 하늘 진짜 너무 예쁘지?"

"그러네. 진짜 최고다. 어딜 갈 때마다 날씨가 좋은 거야, 아니면 날씨가 좋을 때만 사진을 찍는 거야?"

"대부분은 다 날씨가 좋더라고. 내 옆엔 늘 날씨 요정이 있는 게 분명하다니까?"

은정의 입가에 미소가 떠올랐다. 그녀의 미소는 마치 여름날 담벼락에 핀 능소화를 떠올리게 했다. 불어오는 바람을 맞으며 아름다운 풍경을 바라보고 있자니 나른한 행복이 느껴졌다. 은정도 마찬가진 듯했다. 그러나 누군가 앞으로 지나가면서 둘의 평화를 깨뜨렸다. 쓰레기통에 넣어야 할 종이컵을

획 내던졌고, 은정의 치마에 커피가 튀면서 자국이 생겼다.

"아. 뭐야. 제대로 안 들어갔네. 몰라. 저 사람들이 치우겠지 뭐. 가자."

뒷모습을 보니 둘과 같은 팀 대리인 김 대리였다. 김 대리는 아무렇지도 않다는 듯 믹스커피가 잔뜩 묻은 종이컵을 바닥에 내동댕이친 채로 걸어갔다. 은정과 탁호는 인상을 찌푸렸다.

"아니, 뭐 저런 사람이 다 있어? 저러면서 어떻게 대리가 됐냐. 어휴. 그건 그렇고 왜 미안하다고 사과를 안 하는 거야? 진짜 노 매너야. 아무리 상사라고 하지만."

은정은 떨어진 종이컵을 집어 다시 쓰레기통에 넣었다. 그녀의 손에도 남은 믹스커피가 묻었고, 그녀는 찐득거리는 손을 바라보며 기분 나쁜 표정을 지었다.

"이것 봐! 종이컵을 쓸데없이 두 개를 겹쳐 썼네. 아이고. 머리야. 진짜 이런 사람들 때문에 환경이 다 망가지는 거라니까? 아낄 줄을 모르고."

"그러니까. 휴. 은정이 네가 괜히 고생이네."

탁호와 은정은 툴툴거리며 사무실로 돌아갔다. 평온했던 점심시간이 짜증으로 마무리되니 기분이 좋지만은 않았다. 둘은 오후 업무를 시작했다. 탁호는 잠깐 쉴 틈이 나 기지개를 켜며 창밖을 보았고, 강한 비가 세차게 내리고 있었다. 비는 물줄기가 보이지 않을 정도였고, 하늘에 있는 폭포가 쉴 새

없이 물을 쏟아붓는 것만 같았다.

마침내 은정도 창밖을 봤는지 그에게 메신저를 보냈다.

은정: 오늘 나 집에 갈 수 있겠지?
탁호: 응. 걱정하지 마. 퇴근할 땐 그치지 않을까?

탁호는 결코 알 수 없었다. 퇴근길이 지옥길로 바뀌리라는 것을. 그는 피곤함에 눈꺼풀이 무거워졌고, 얼른 기숙사로 가 따끈한 욕조에 몸을 담그고 싶었다. 팀 내 선배들은 퇴근 10분 전부터 짐을 싸기 시작했다. 다들 미리 퇴근하려는 눈치였다. 비교적 자유로운 분위기라 딱히 누가 뭐라 하지는 않았지만, 탁호가 인간 세계에 관해 공부한 바로는 회사란 퇴근은 정시에 해도 눈치가 보이는 곳이었다. 그러나 L.I.N은 자신이 알고 있던 '회사'의 이미지와는 다른 점이 많았다. 탁호는 정시가 조금 지날 때까지 자리를 지켰고, 6시가 조금 지나서야 가방을 싸기 시작했다. 옆에 있던 은정도 일어났다. 그녀가 핸드폰을 보며 심각해진 얼굴로 말했다.

"큰일이야. 지금 지하철 역사 내에 물이 가득 찼대."

"뭐? 그럼 집에 어떻게 가? 버스는 있어?"

"이것 좀 봐."

그녀가 보여준 기사 속에는 짧은 시간 동안 비가 너무 많이 와서 도시 한복판이 물난리가 난 사진 여러 장이 있었다. 몇몇 역사 내는 물로 가득 차 열차 운행이 중단됐고, 물양을 감당할 수 없는 하수도가 폭발하면서 맨홀 뚜껑이 날아가 사람이 다치기도 했다. 그뿐 아니라 버스는 거의 앞으로 나아가지 못하고 멈춰 있었으며, 버스라기보다 배에 가까웠다. 중요한 건 이런 일이 불과 일주일 전에도 있었다는 사실이었다. 시간당 200mm 가까이 되는 비가 쏟아지면서 서울 시내 한복판이 초토화가 되었다. 사람들은 웅성거리며 이제는 기후 재앙이 현실이 되는 게 아니냐고 걱정했다. 그러나 인간들이란 코앞에 재난이 닥쳐도 겨우 깨달을까 말까 한 존재들이었다. 아무리 많은 경험을 해도 언제나 같은 실수를 반복하고야 마는.

"집에 갈 수 있겠어?"

"나 그냥 근처 호텔에서 자야겠어. 아무래도 집에 가기는 무리일 것 같아. 하, 저번주도 이래서 호텔비만 수십만 원을 냈는데. 그렇다고 모텔에서 자긴 싫고. 찬밥 더운밥 가릴 때가 아니긴 한데."

은정은 한숨을 푹 내쉬었다.

"고생이네. 진짜. 이 근방 호텔 다 찬 거 아니야? 얼른 알아보는 게 좋을 것 같은데."

"그치? 얼른 알아보고 숙소 잡아야겠다. 엄마한테도 얼른 전화하고."

그녀의 손이 핸드폰 위에서 바삐 움직였다. 마침내 적당한 숙소를 찾은듯했다. 그녀는 얼른 가봐야겠다며 손 인사를 건넸고, 빠르게 엘리베이터 앞으로 뛰어갔다.

회사 로비는 퇴근으로 인한 인파가 몰려 복잡했다. 모두 바깥을 보며 멍하니 서 있었다. 그럴 수밖에 없었던 게 비가 너무 많이 오는 탓에 앞이 아예 보이지 않았고, 우산이 있어도 다 맞을 게 뻔한 폭우였기 때문이다. 누군가는 핸드폰을 붙들고 사정했고, 누군가는 멍하니 내리는 비를 보며 서 있었다. 몇몇만이 체념한 듯 발걸음을 바깥으로 옮겼다. 이미 물은 종아리까지 차오른 상태였고, 이대로 가다가는 더 심해질 거라 여긴 탁호는 용기를 내어 빗속을 뚫고 가리라 결심했다. 가방을 단단히 부여잡고, 머리 위에 우산 대신 썼다. 핸드폰은 가방 안쪽에 꼭꼭 숨겨두었다. 그가 바깥으로 나가자 세찬 물줄기가 온몸 위로 쏟아져 내렸다. 한 치 앞이 보이지 않았고, 최대한 천천히 걸음을 옮겼다.

몇 분이나 지났을까. 5분이면 족한 거리였지만, 빗줄기와 물살을 뚫고 가는 건 쉽지 않았다.

흙탕물과 사투를 벌이며, 이리저리 날뛰는 맨홀 물줄기를 피하며 가까스로 숙소에 도착한 그는 온몸이 젖은 상태였다. 그는 가방을 열어 핸드폰이 무사한지부터 확인했고, 다행히 방수 가능한 가방이라 핸드폰은 멀쩡했다. 잔뜩 무거워진 옷을 힘겹게 벗어 세탁기에 집어넣은 후 샤워부터 하기 시작한 탁호는 룸메이트가 온 것도 발견하지 못한 채였다.

따뜻한 물로 샤워를 할 때쯤, 현관 바깥에서 문이 열리는 소리가 났다.

"맛있게 드세요."

탁호는 그제야 자신 외에 누가 안에 더 있다는 것을 알아챘다. 배달이라도 온 모양이었다. 부랴부랴 씻고 난 후 화장실 바로 옆에 있던 자신의 방으로 들어가 옷을 갈아입고 나오니 거실에서 룸메이트로 보이는 누군가가 앉아서 배달음식을 먹고 있었다. 탁호는 이 난리 통에도 배달을 시켜먹는 사람이 존재한다는 것과 저 비를 뚫고 배달을 한다는 사실에 놀랄 수밖에 없었다.

"아. 안녕하세요. 처음 뵙겠습니다. 저는 문탁호라고 합니다."

"안녕하세요. 저는 박치명이라고 합니다. 잘 부탁드립니다. 아, 이거 혼자만 먹어서 미안하네요."

"아. 아닙니다. 저는 배가 그렇게 고프지 않아서요. 그런데 어제까지만 해도 별다른 이야길 못 들었는데, 언제부터 오시게 된 건가요?"

탁호가 지금껏 만난 사람들은 늘 무언가 먹고 있으면 와서 먹으라며 꼭 한마디는 건넸던 사람들이었다. 그러나 치명은 뭔가 달랐다. 그는 은정과도 매우 다른 느낌이 들었다. 그에게 서는 싸한 느낌이 들었고, 왠지 가까이하고 싶지 않다는 생각이 본능적으로 들었다. 그러나 처음 만난 사람을 곧바로 판단하는 일은 탁호도 원치 않았으므로 시간을 두고 지켜보기로 했다. 그는 갑자기 들어오게 됐다는 말 이외에 별다른 설명이 없었고, 배달 온 치킨을 우적우적 씹는 게 자신에게 주어진 가장 중요한 일인 것 같았다.

탁호는 방으로 가 호우 상황을 검색해 보았다. 비는 여전히 그칠 기미가 없어 보였다. 상황은 저번주보다 더 심각했다. 비가 마를 시간도 없이 곧바로 많은 양의 비가 내리면서 한강 다리는 이제 거의 잠긴 상태나 마찬가지였다. 그나마 자신은 숙소가 가까웠지만, 퇴근길의 많은 이들은 아비규환 속에 어쩔 줄 모르고 있었다. 기사에서는 그동안 한 번도 내린 적이 없는 전례 없는 폭우라며 만반의 대비를 해야 한다고 했다.

보통은 얼마 만의 폭우라든지 얼마 만의 홍수 이런 식으로 뜨기 마련이었다. 그러나 지금 같은 경우는 거의 처음 있는 일이라며 이런 비가 3일만 계속 되도 서울 전체가 잠기게 될 것이라는 예상도 없진 않았다. 반나절만 내려도 도시가 마비될 정도인데, 3일이라면 모든 게 잠길 만도 했다.

그는 괜히 불안해졌다. 이제 첫 출근인데, 자신이 아무것도 이루지 못한 채 인류가 멸망하고, 이대로 모든 게 끝나는 게 아닌가 싶었다. 불안은 그치지 않고, 시간이 갈수록 점점 커지기만 했다. 그는 바닷속에서 해온 것처럼 자신의 깊은 내면으로 침잠하기로 했다. 불을 모두 끈 채로 침대 위에 앉았다. 크게 숨을 마시고 내쉬기를 반복하며 '여기는 바다야.'라고 생각하자 마음이 한결 가벼워졌다. 귓가에 파도 소리가 들리는 것도 같았다. 그는 여기로 오게 된 자신의 목적을 다시 한번 떠올렸다. 그리고 다시는 돌아올 수 없는 곳으로 떠난 바닷속 친구들을 떠올렸다.

3

악몽 같은 현실,
현실 같은 악몽

그렇게 1시간이 지났다. 천천히 눈을 뜨자 나리에서 올라오는 쥐가 느껴졌고, 그는 아주 천천히 다리를 펴기 시작했다. 1시간이나 같은 자세로 명상과 같은 상태에 빠진 그는 다리에는 쥐가 났지만, 정신은 이상할 만큼 또렷하고 선명했다. 그는 불안에 떨고 있을 때가 아니라는 걸 직감적으로 알았고, 곧장 해야 할 일을 하기 시작했다.

　그는 우선 환경 오염과 관련된 각종 다큐와 영상, 자료들을 찾아보기 시작했다. 그리고 환경 오염을 위해 인류는 어떤 노력을 하고 있는지에 관한 것도 살펴보았다. 영상 중에는 자신이 막 입사한 L.I.N 대표에 관한 영상도 몇 개 있었다. 대표는 현재 해외로 나간 상황이었고, 해양오염 해결을 위한 방안을 찾기 위한 연구와 대체 에너지 사업 확장을 위해 정신없이 바쁜 모양이었다. 그는 인터뷰에서 환경 오염의 심각성과 결국 이 모든 것은 인류에게 되돌아올 것이라며 강력한 경고를 했다. 인터뷰 내용은 대략 이러하였다.

"저는 지금 세계에서 가장 거대한 해양 쓰레기 섬에 와 있습니다. 오염은 이미 상당 부분 진행되었고, 바닷속 생물들은 대부분 기형이거나 죽음을 피할 수 없습니다. 이 물고기들은 전부 우리가 먹는 것들입니다. 이미 인류의 혈액에도 미세한 플라스틱이 수없이 흐르고 있습니다. 인간의 편안함을 위해 많은 동식물이 죽어가고, 희생하는 동안에도 여전히 우리는 많은 것들을 마시고, 먹고, 더 많은 양의 쓰레기들을 내다 버립니다. 아무 죄책감도 느끼지 못한 채 말입니다. 바다뿐 아니라 육지에서도 많은 동식물이 죽고, 멸종되었습니다. 인류가 나타난 이래 멸종 속도는 100배에서 1,000배 가까이 늘었습니다. **이제 우리의 어머니 지구는 더는 젊지 않습니다. 자가치유력 역시 예전보다 훨씬 늦어지고 있습니다. 지금 우리가 사는 지구는 20대의 혈기왕성한 청년이 아니라 노쇠한 노인이라는 것을 기억하십시오.** 이제는 우리가 그동안 받았던 모든 것들을 되돌려주어야 할 때입니다. 이대로 가다가는 인류 모두가 우주에서 사라지고 말 것입니다. 무너져 가는 땅, 그리고 어머니 앞에서 중요한 것은 하나도 없습니다. 돈, 명예, 지위, 인간이 느끼는 모든 사사로운 감정들, 사랑과 우정, 배려, 연민, 자비 등. 이러한 것들은 온전하고 건강한 땅 위에서 행해질 때 진정 의미 있는 것임을 기억하십시오."

탁호는 무거운 마음을 안고 환경 오염에 관한 영상을 연이어 시청했고, 개중에는 너무 보기가 힘들어 시청을 중단한 영상도 많았다. 호주에 난 산불로 동물들은 이상 행동을 보이거나 죽어갔고, 멍한 눈으로 땅바닥에 앉아 모든 걸 포기한 코알라를 보며 탁호는 가슴이 저렸다. 그들의 죄는 과연 무엇일까. 인류와 같은 시대에 태어나 살아간 게 죄라면 죄였다.

영상을 비롯한 각종 자료를 연달아 본 그의 눈이 붉게 충혈되어 있었다. 목은 뻐근했고, 머리는 지끈거렸다. 시계를 보니 벌써 3시간이 흘러 있었고, 목이 말랐던 그는 물을 꺼내러 부엌으로 갔다. 어제까지만 해도 없었던 초파리 몇 마리가 싱크대 근처를 맴돌고 있는 게 보였다. 부엌 불을 켜고 자세히 보니, 치킨 뼈와 각종 음식물 쓰레기가 전혀 분리되어 있지 않은 상태로 싱크대 위에 아무렇게나 올려져 있었다. 비닐 안 상자를 보니 아까 치명이 먹던 치킨 박스가 분명했다. 그는 그어떤 분리수거조차도 하지 않았으며, 치킨 뼈, 음식물 쓰레기, 재활용품 모두를 그냥 비닐째로 버려놓은 상태였다. 더운 날씨로 인해 빠르게 벌레가 생겨난 것이었다. 탁호는 순간, 화가 욱하고 올라옴을 느꼈다. 거실을 보니 치명은 캔맥주 몇 개를 그대로 거실 테이블 위에 올려놓은 채로 방에 들어간 것 같았다. 방으로 들어가 당장 무어라고 소리치고 싶었지만, 그 자체도 피곤한 일이었다. 탁호는 씩씩거리며 남은 캔맥주를 부엌 배수구에 붓고, 치명이 남긴 잔해들을 하나하나 분리해서 담기 시작했다. 그리고 곳곳에 흘린 잔여 음식 찌꺼기들을 깨끗이 닦아 마무리했다. 분명 먹은 건 치명인데, 치우는 건 자신이었다. 당장 따지고 싶었으나, 내일 한 번 더 이런 행동을 했을 때 예의를 좀 지켜달라고 할 작정이었다. 오늘은 여러모로 피곤했던 그였다. 당장은 뭐라 할 기운이 없었다.

탁호는 냉수를 꺼내 벌컥벌컥 마셨다. 이제야 좀 살 거 같았다. 음식은 며칠쯤 먹지 않아도 살 수 있었지만, 물 없이는 절대 살 수 없는 그였다. 탁호에게 물이란 인간에게는 공기와도 같은 거였다. 그는 그대로 침대 속 이불로 파고들었다. 저지할 수 없는 졸음이 몰려왔고, 눈꺼풀은 납덩이처럼 무거웠다. 그날 탁호는 꿈을 꿨다. 행복한 꿈이었다. 자신이 그토록 좋아했던 바다 친구들과 칠게를 다시 만난 것이다. 그들과 함께 자유롭게 바다를 누비며 헤엄치는 꿈이었다. 그들은 모두 행복한 웃음을 짓고 있었다.

다음 날 아침. 부엌 근처에서 인기척이 들렸다. 단잠에서 깨

어난 탁호는 기지개를 켰다. 어젯밤 꾼 꿈이 현실이 아니라는
사실을 깨달은 탁호는 슬펐지만, 그에게는 마주해야 할 현실
이 눈앞에 있었다. 그는 곧장 침대에서 내려와 흐트러진 이불
을 반듯이 폈다. 비뚤어진 베개도 바르게 정리했다. 문을 열고
나가니 룸메이트인 치명이 모닝빵이 잔뜩 든 봉지를 들고 서
있었다. 탁호는 고개를 숙이며 눈인사를 했고, 욕실로 가 이
를 닦았다. 어젯밤 제대로 정리를 하지 않은 치명을 생각하니
불편한 마음이 들었다. 탁호는 거실에 앉아 TV를 보는 치명에
게 아무렇지 않은 척 인사를 건넸다.

"잘 주무셨어요?"

"아. 네. 잘 잤어요. 탁…뭐였는데, 탁호? 맞죠? 큭큭. 그쪽
은요?"

그는 탁호에게는 눈길도 주지 않은 채 TV에 시선을 두고 말
했다. 그의 왼손에는 빵 봉지가, 한 손에는 막 베어 문 빵 조
각이 들려 있었고, 입은 빵을 씹느라 쉴 새 없이 우물거렸다.

"네. 저도 그럭저럭요."

탁호는 어젯밤 캔맥주를 치운 것과 쓰레기 분리에 대해 치
명이 한마디라도 말을 꺼내지 않을까 내심 기대하는 마음이
컸다.

"그럼 출근 준비 잘하세요. 저는 이것 좀 보다가 최대한 늦
게 가려고요."

"아. 네. 그러세요."

탁호의 기대와는 달리 치명은 고맙다는 한마디 없었다. 탁호는 그런 그가 너무 괘씸했지만 한 번 더 그렇게 한다면 참지 않기로 했으므로 일단은 그냥 넘어갔다. 갑자기 배가 꾸르륵꾸르륵하며 아파진 탁호는 화장실로 곧장 들어가 앉았고, 하루 만에 휴지가 거의 반이나 없어진 사실을 확인했다. 치명은 도대체 휴지를 얼마나 많이 쓰는 것인가. 휴지는 분명 어제까지만 해도 새것이나 다름없었다.

화장실에서까지 스트레스를 받은 탁호는 차라리 얼른 출근하는 게 낫겠다 싶었다. 번개같이 세수를 하고, 분노에 찬 양치질을 한 후 빠르게 옷을 걸쳐 입은 채 바깥으로 나섰다. 그때까지도 치명은 같은 자리에서 빵을 우걱우걱 씹으며 웃고 있었다. 그의 목과 턱에서는 땀이 주르륵 흘렀고, 목과 목 사이에는 때인지, 목주름인지 정체를 알 수 없는 검은 선 세 개가 있었다. 그 모습을 보자 더욱 속이 안 좋아진 탁호는 문을 쾅 하고 닫으며 나가버렸다.

숙소 밖은 말 그대로 아수라장이었다. 어디서 떠밀려왔는지 모를 물건들과 뽑힌 나무들, 길가에 세워놓았던 차들이 이리저리 흩어져 있었다. 과연 다른 사람들이 출근할 수 있을까 걱정이 됐다. 그나마 다행인 것은 밤새 오던 비가 그쳤다는 사실 하나였다.

"띠링-"

탁호의 핸드폰이 울렸다. 문자 내용은 이러했다. 출근이 어려운 직원들은 재택근무를 권했고, 출근 가능한 이들만 나오라는 내용이었다. 그는 종아리까지 차오른 물을 힘겹게 헤치며 회사 건물까지 걸어갔다. 회사 내 샌드위치 가게는 문이 굳게 닫혀 있었다. 원래는 새벽부터 여는 곳이었으나 직원들이 미처 출근하지 못한 것 같았다.

사무실로 가보니 은정이 벌써 와 있었다. 괜히 반가운 마음이 들었다. 그리고 무사히 출근한 은정을 보니 안심이 되었다.

"은정아. 왜 이렇게 일찍 왔어?"

"어 탁호야. 호텔에 있으니까 잠을 깊게 못 자겠더라고. 그리고 회사랑 호텔이랑 5분밖에 안 걸리더라고. 난 역시 집이 최고인 듯. 잠도 깨고 할 것도 없어서 먼저 회사에 나왔지. 넌왜 이렇게 빨리 왔어?"

탁호는 박치명이라는 인간에게서 1초라도 벗어나고 싶어서 빨리 왔다는 말이 목 끝까지 차올랐지만, 하지는 않았다.

"아. 나는 회사에 얼른 적응하고 싶어서 일찍 왔지. 아직 배울 게 많으니까."

"열정 신입이구만? 나도 긴장 좀 해야겠는데?"

"열정은 무슨."

"아침은 먹었어?"

"아니. 샌드위치 사 오려고 했는데 오늘 문을 닫았더라고."

"그러게. 오늘 나올 때 보니까 상황이 심상치 않더라. 뉴스 보니까 아주 서울 시내가 다 뒤집혔더라고. 지하철 역사 대부분이 물에 잠겼대. 오늘 이러다 둘만 출근하는 거 아니야?"

"그러니까."

우리는 씁쓸한 웃음을 지으며 각자의 일을 하기 시작했다. 탁호는 은정과 좀 더 수다를 떨고 싶었지만, 괜히 방해될까 참기로 했다. 대신 회사에 관해 좀 더 공부하고, 나아가 이 회사를 통해 어떻게 우리나라뿐 아니라 전 지구적으로 영향을 끼칠 수 있는지 생각해 보기로 했다. 회사는 분명 탄소 중립을 향한 노력과 더불어 신재생에너지 사업, 업사이클링 등 여러 방면으로 환경을 향한 노력을 기울이고 있었다. 그러나 효과는 미미했다. 주변 회사들은 전혀 관심이 없었기 때문이었다. 대부분의 큰 기업들은 자신들의 경제적 이익을 불릴 생각 외에 다른 노력을 하지 않았다. 이익에만 눈이 멀어 잃어가는 것들에 대해서는 눈을 감고 부정하기 일쑤였다. 지금 회사 또한 대표가 자리를 비울 때는 질서가 잘 지켜지지 않는 부분들이 많았다. 대표는 해외로 자주 출장을 갔다. 대표가 있을 때는 지켜야 할 규칙이 많았고, 업무 환경이 불편할 때도 있었다. 우리가 당장 조금 불편하더라도, 더 나은 우리의 미래를 위해서는 그 불편감을 감수해야 한다는 게 대표의 모티브였지만, 대부분 사원은 그렇게까지 하는 것을 귀찮아하고 꺼렸다. 익숙한 편안함에 젖어 아무것도 보려 하지 않기 때문이었다.

기업들은 서로 협업하고, 개개인의 노력도 필요했지만, 그들은 서로의 탓만 했다. 개인은 '나만 노력한다고 해서 뭐가 바뀌어? 기업이 바뀌어야지.'라고 생각했고, 기업들은 '우리가 아무리 나서서 뭘 하면 뭐해. 따라주지 않는 개인들이 훨씬 많은데.'라고 생각했다.

그러나 탁호는 해결해야 할 문제들이 그렇게 어려운 일은 아니란 생각이 들었다. 어려운 것은 각자 '욕심을 내려놓는 일'이었고, 그것은 인간들에게만 어려운 일일 뿐이었다. 조금의 불편함도 감수하지 않으려 하고, 남 탓만을 하는 사회에서 욕심을 내려놓기란 쉬운 일은 아니었다. 인류 모두가 스스로 멸망을 자초하고 있는 셈이었다.

탁호가 해결 방안을 여러 가지로 고민하던 때, 김 대리가 들어오는 게 보였다. 대리는 우리가 있는 줄 전혀 모르는 것 같았다. 대리의 인기척을 들은 은정이 벌떡 일어나 인사를 건넸다.

"대리님. 안녕하세요. 좋은 아침입니다."

"차로 5분이면 오는 거리를 비 때문에 몇 분이나 걸린 줄 모르겠네. 보다시피 좋은 아침은 아니네요."

그는 상당히 언짢아 보였다. 은정과 탁호는 그의 찌푸린 표정을 보자 금세 기분이 가라앉았다.

"안녕하세요. 대리님."

탁호에 이어 은정이 말했다.

"뭔가요? 어제부터 둘이 붙어 다니더니. 벌써 사내 연애라도 하는 건 아니죠?"

김 대리는 검고 둥근 안경을 추켜올렸다.

"은정 님이 먼저 와 있었습니다. 업무 적응도 하고, 배울 게 아직 많다고 해서요. 저는 숙소가 코앞이라 좀 일찍 왔습니다."

"수상한데? 너무 열심히 하진 마요. 그런다고 아무도 안 알아줘."

그가 기분 나쁜 코웃음을 치며 말했다.

"농담이에요. 후후. 적당히 몸 사려가면서 해. 오래 다니고 싶으면."

이상하게 김 대리의 말에는 가시가 있는 것처럼 느껴졌다. 탁호는 매사 기분 나쁘게 말하는 김 대리가 마음에 들진 않았지만, 어쩔 도리가 없었다. 김 대리는 계속 툴툴거리며 자신의 책상 위에 있던 전날 마신 커피 컵을 쓰레기통에 던져 넣었다. 컵 안에는 남은 커피가 그대로 들어 있었고, 쓰레기통에 이리저리 튀며 흔적을 남겼다. 탁호는 언젠가 김 대리가 저런 모습을 대표님에게 걸려 혼쭐이 나면 좋겠다는 생각을 했다. 그리고 저런 사람은 이런 비전을 가진 회사에 전혀 적합

하지 않은 인물이었다. 아무리 일을 잘한다고 해도 말이다. 은정의 표정도 굳어 있었다. 한참을 김 대리 뒤통수를 째려보더니 다시 자기 일을 하기 시작했다.

탁호는 오늘따라 기분이 좋지 않았다. 함께 사는 동거인도, 많은 시간을 함께 보내야 하는 김 대리도 지금껏 자신이 만난 인간들과는 달랐다. 그동안 그는 운이 좋았던 것이었음을 깨달았다. 좋은 사람들을 만나 웃고 행복한 감정을 느낀다는 건, 당연한 일이 아니었다. 기분 나쁜 상태로 일을 하려고 하니 도무지 집중이 안 됐다. 그는 멍하니 모니터만 바라보았다. 사무실에는 타자 소리만 들릴 뿐, 정적만이 가득했다.

김 대리는 아침에 들고 온 플라스틱 컵에 담긴 커피를 단숨에 해치웠고, 그 후로도 탕비실에 가서 오전만 해도 세 번이나 종이컵에 믹스커피를 타 마셨다. 그의 책상은 치우지 않아 쌓인 컵들이 마구 쌓여 있었고, 과자 부스러기와 씹다 뱉은 껌 등이 지저분하게 널려 있었다. 탁호는 차마 그 꼴을 보고 있자니 견딜 수가 없었다. 어젯밤 치명의 모습과 겹쳐지면서 더욱 화가 났다.

"대리님."

김 대리는 이제 대꾸조차 하지 않았다.

"저기요 대리님."

대리는 탁호를 위아래로 훑으며 대답 대신 쏘아보았다.

"원래 회사 내에서 꼭 필요한 경우가 아니면 종이컵 사용은 금지이고, 플라스틱 컵 반입도 안 되지 않나요? 어제도 옥상에서 바닥에 그대로 종이컵 버리셨잖아요. 거기다 남은 커피까지 은정 님 옷에 다 튀었고요."

탁호의 말을 들은 대리는 눈을 감고 코로 숨을 내쉬며 고개를 절레절레 저었다.

"네가 대표야? 뭔데 나한테 이래라 저래라야? 어제부터 굉장히 무례하게 굴고 있는 거, 알기나 하는 거지? 어디서 가르치려 들어. 네가 무슨 지구 지킴이라도 되냐? 그리고 은정 님도 가만히 있는데 네가 와서 할 말은 아니지. 이것 봐. 둘이 사귀는 거 맞네."

"그건 절대 아닙니다. 회사 방침은 지키라고 있는 거고 저는 대리님만큼 회사 비품 막 쓰는 분은 아직 못 봤는데요."

"너 미쳤지? 내가 막 쓰든 말든 무슨 상관이냐고. 네가. 사회생활이 아무리 처음이라지만 기본 개념이 전혀 탑재가 안 됐네."

멀리서 보고 있던 은정이 다가와 탁호에게 그만하라며 신호를 주었고, 탁호는 무언가 말을 더하고 싶었지만 참을 수밖에 없었다.

"내가 왜 이 회사 다니냐고 묻고 싶겠지. 솔직하게 말해줘? 나는 환경 생각할 마음은 눈곱만큼도 없어. 그딴 거 생각할 여유 같은 거 없다고. 나 사는 것만 해도 충분히 머리 아프고 바쁘고 힘들어. 그냥 돈 많이 주고 워라밸 개 좋고, 연차 마음대로 쓸 수 있고, 말 그대로 천국이니까. 그래서 다니는 거야. 내가 뭐 지구 살리려고 이 회사 들어왔겠냐? 주제넘게 굴지 마. 나한테 딴지 걸고 싶으면 네가 나보다 더 잘나면 돼. 내 말이 고까우면 네가 나가든지. 지금 이 회사에 필요한 건 나야. 네가 아니라. 옛날 같았으면 너 같은 애는 숨도 못 쉬어. 지금 세상에 태어난 걸 감사해라. 더 이상 할 말 없으니까 네 자리로 가서 할 일이나 해."

탁호는 분하고 억울했으나, 지금 당장 어떻게 할 도리가 없다는 것도 알았다. 그리고 김 대리와는 더 이상의 대화가 통하지 않는다는 사실도. 한편으로는 두렵기도 했다. 자신이 겪은 인간 세상은 너무도 좁은데, 더 넓은 인간 세상에는 김 대리와 같은 인간들만 있는 게 아닌가 하는 생각이 스쳤고, 소름이 돋았다.

탁호가 이런저런 걱정을 하는 동안, 김 대리는 끊임없이 서랍을 열어 과자를 꺼내 먹었고, 보란 듯이 책상에 쓰레기를 쌓아두었다.

기분 나쁜 오전 시간이 지나고, 탁호는 은정과 점심을 먹으러 갔다. 함께 나가는 탁호와 은정을 보며 김 대리는 보란 듯이 야유의 휘파람을 불었으나, 둘은 애써 모른척했다. 구내식당에는 비건 식단과 일반 식단 중에 골라 먹을 수 있는 날이 있었는데, 그날이 오늘이었다. 은정은 비건을 선택했다. 궁금해진 탁호는 은정에게 질문을 던졌다.

"넌 고기 별로 안 좋아해? 보통 사람들은 고기를 좋아한다던……. 아니 좋아하잖아. 그래서 하루 고기 소비량도 엄청나고. 일반 식단을 보면 대부분 고기가 포함되어 있던데."

"아. 원래는 진짜 좋아했지. 실은 지금도 좋아하긴 해. 근데 아무리 좋아해도 일주일에 한 번 정도만 먹으려고."

"좋아하는 데 왜 안 먹어?"

질문하는 동시에 탁호는 가지 탕수육을 집어 입으로 가져갔다. 바삭한 겉면을 씹자마자 부드럽고 촉촉한 가지가 입안을 가득 채웠다. 새콤달콤한 소스가 더해지니 풍미가 느껴졌다.

"그전엔 주로 육식을 했거든. 솔직히 고기를 먹어서 건강이 나빠진다거나 그런 걸 느낀 적은 없어 난. 약간 더부룩하다던가 소화가 좀 안 되는 느낌 말고는. 한번은 환경 관련 책을 읽다가 알게 된 사실이 있는데."

은정은 밥을 여러 번 꼭꼭 씹으며 말했다. 그녀는 오래 씹고 천천히 식사하는 것을 즐기는 것 같았다.

"별거 아니라 생각하고 살아온 내 습관이 실은 너무 이기적이었다는 거지."

"그게 무슨 말이야?"

"레오나르도 다빈치가 이런 말을 했대."

그녀는 말하는 중간에도 음식을 그냥 삼키지 않았다. 그래서 다음 말이 나올 때까지 일반 사람들보다 조금 더 시간이 걸렸다.

"아, 미안해. 씹느라. 그러니까 다빈치가 '인간과 동물은 음식의 통로이고 도관이다. 다른 동물들의 무덤이자 죽은 존재들의 쉬는 장소로, 다른 존재를 죽여 생명을 얻고 있다.'라고 말이야. 사실 이 말이 당장 와닿지 않을 수는 있어. 우리는 모든 게 너무나 당연해진 세상에 살고 있으니까. 언제나 나 자신이 가장 중요하고 내 행복이 가장 우선이지. 대부분이 그래. 아주 조금만 이타적으로 생각하고 행동한다면, 우리는 좀 더 나은 세상에 살게 될 텐데. 아, 이야기가 잠깐 딴 길로 샜네. 내가 알게 된 내용은 이거였어. 우리가 먹는 고기를 만드는 데에는 실로 엄청난 자원이 쓰여. 상상할 수 없을 만큼 거대한 양의 자원이 들어간단 말이지. 그에 비해 생산되는 육류의 양은 미미하대. 인간이 지구상에서 사용하는 물의 30%는 오로지 고기를 얻기 위해 쓰인다는 거야. 현대의 인간들이 10억 톤에 달하는 곡물을 먹어치우는 동안, 또 다른 곡물의 10억 톤이 동물 먹이로 소비되고 있어. 그렇게 먹여서 우리가 얻는 건 고작 1억 톤의 고기와 3억 톤의 똥과 오줌 따위라는 거지.

전 세계가 고기 섭취량을 절반만 줄인다면, 즉 매주 하루씩만, 하루에 한 번도 아니고 일주일에 단 한 번. '고기 없는 날'을 정해서 지키기만 한다면 올 한 해 배곯는 사람들을 모두 먹일 수 있는 1억 2천만 톤의 식량용 곡물이 여분으로 생기게 된대. 우리는 영양실조로 시달리는 8억 명의 인류와 이 지구를 나눠 쓰고 있어. 우리만의 지구가 아닌데도 우리는 그들을 무시하고, 굶어 죽어가는 그들을 방치하고 방관하는 셈이야. 죽음 앞에서 충분히 많은 인류를 구해낼 수 있는 데도, 그런 노력조차 하지 않는 거지. 같이 쓰는 땅인데도. 그러는 데다가 육류를 먹고 소비하는 데만 그치지 않아. 많은 양의 고기를 버리고, 낭비하기도 하지. 내가 읽은 책에서 가장 기억에 남았던 문장은 이거였어. '굶주림은 지구의 부족한 공급 능력 때문이 아니라, 생산한 것을 제대로 나누지 못하는 우리의 실패로 등장한 문제다.' (호프 자런,《나는 풍요로웠고, 지구는 달라졌다》중에서) 나는 그동안 너무 과한 소비와 낭비를 해왔어. 얼마나 내가 이기적이었는가를 자꾸만 돌아보게 돼. 내가 태어나고 자란 이 땅에서 앞으로 지낼 시간이 얼마 남지 않았다는 게 매년 피부로 느껴져. 그 후로 나는 자연스럽게 육식을 줄이게 됐어. 나뿐만 아니라 우리 모두를 위해서 말이야. 누군가는 비난하겠지. 그래도 나는 상관없어. 내 마음이 옳다고 여기는 일이라면, 그걸 따라야 한다고 생각해."

은정은 길게 말을 하느라 아예 내려놓았던 수저를 다시 들고 밥을 먹었다. 그녀는 거짓 없는 순수한 눈빛으로 말했고, 그녀에게서 흘러나온 말들은 탁호의 가슴속에 하나하나 깊이 새겨졌다. 탁호는 생각했다. 자신이 아닌 그녀야말로 지구를 위해 무언갈 해낼 수 있을 것 같다고. 그리고 그녀를 만날 수 있었던 건, 결코 우연이 아니라는 사실을 느낄 수 있었다.

"은정아. 넌 진짜 대단하고 멋지다. 내가 만난 사람 중에 가장 멋있는 거 같아. 매일 아침 플로깅한 지도 오래됐다며. 거기다 3개월에 한 번씩 바닷가 플로깅도 하는 데다가 등산 플로깅도 자주 하고. 거기다 무거운 텀블러며 유리 용기며, 늘 챙겨 다니잖아. 장바구니는 물론이고. 진짜 대단해."

"응? 플로깅? 어떻게 알았어?"

은정은 밥을 펐던 숟가락을 다시 내려놓고, 놀란 눈으로 물었다.

"어제 네가 SNS 알려줬잖아. 이렇게 하는 거라고. 아이디 만드는 것도 네가 도왔잖아."

은정은 멋쩍은 웃음을 보이며 머리를 긁적였다.

"아. 맞네! 내가 어제 네 거 만들면서 내 아이디도 추가해 줬구나. 이것 참 쑥스럽구만."

"네가 올린 게시물 다 봤지. 진짜 멋지더라! 최고. 최고."

탁호가 은정을 향해 양쪽 엄지손가락을 치켜세우며 활짝

웃었다. 은정의 볼이 붉게 물들었다.

"아니야. 난 아무것도 한 게 없어. 네가 날 너무 좋게 봐주는 거지. 난 그냥 남들보다 조금 더 환경에 관심 많은 평범한 사람일 뿐이야."

"근데 생각보다 평범한 사람은 별로 없어."

"그럼? 다들 특별하다는 뜻인가?"

"아니. 대부분 자기만 생각하면서 살지만, 그 사실을 인식조차 못 하는 사람이 많거든. 넌 자신을 늘 객관적으로 보잖아. 겸손하고. 스스로 과대평가하는 사람은 많지만, 진심으로 겸손한 사람은 잘 없어. 그러니 넌 평범한 걸 뛰어넘은 거지."

그녀는 부끄러운 듯 시선을 떨어뜨렸고 입가에 미소가 번지는 걸 탁호는 흐뭇하게 바라보았다.

"어유. 야. 됐어. 넌. 너무 날 긍정적인 시선으로 바라봐 줘서 몸 둘 바를 모르겠다. 내가 얼마나 모순적인 부분도 많은데. 근데 탁호 너도 환경에 관심이 좀 있어? 아까 대리님한테 가서 그렇게 말하는 거 보고 깜짝 놀랐어. 근데 그냥 내버려둬. 그런 사람한테 이래라저래라 해봤자 오히려 반발심만 커질 뿐이니까. 자신이 직접 경험해 보고 느끼지 않으면 사람은 바뀌지 않아. 절대로. 탁호야. 그건 오지랖이야. 오지랖. 괜히 분란만 일으킨다구. 그냥 그러려니 하는 게 최고야. 그런 사람들은."

"알겠어. 나도 너무 무례하긴 했지. 조언해 줘서 고맙다. 앞으론 진짜 조심해야겠어. 아, 나도 환경에 관심이 많아. 특히 해양오염에 관해서. 너도 바다가 좋다고 했지? 난 아무래도 바다 근처가 고향이니까 바다가 병들어 가는 모습을 보면 너무 안타깝거든. 어렸을 때부터 내 삶의 터전이기도 했고."

"그래서 네가 그렇게 환경에 관심이 많았구나. 이 회사에 들어온 이유도 그런 이유 때문이겠네?"

"그렇지. 난 내가 분명 지금 일어나는 문제들을 해결할 능력이 있다고 믿어."

은정은 자신 있게 말하는 탁호를 신기한 듯 바라보았다. 그가 거짓말하는 것처럼 느껴지지는 않았다. 은정은 그와는 반대로 지금껏 자기 자신을 의심하며 살아왔다. 자신이 세상을 위해 할 수 있는 거라곤 자신의 생활 방식을 조금 건강하게 바꾸는 것 말고는 딱히 할 수 있는 게 없다고 생각했다. 그리고 그렇게 해서 세상이 눈곱만큼도 바뀌지 않으리라고 생각해온 사람이었다. 그러나 이상하게 탁호의 말을 듣고 있으면, 마음이 따뜻해지면서 그녀 자신도 무언가를 일구어 낼 수 있는 사람이지 않을까 하는 생각이 잠깐이나마 들었다. 탁호는 말수가 없는 편이기는 했으나, 그의 말에는 분명한 힘이 있었다. 단단하고 밀집된 자기만의 생각이 있는 사람, 유연한 고집이 있을 것 같은 사람. 은정에게 있어 탁호는 그런 사람이었다.

탁호는 채소를 천천히 씹어 삼키는 은정의 모습을 보며 자신도 천천히 씹기 시작했다. 찜질방에서 일했을 때는 밥을 삼키다시피 한 날들이 대부분이었다. 탁호에게 음식이란 에너지 유지를 위해 시간마다 섭취하는 그 무엇의 이상도 이하도 아니었다. 그랬던 그는 처음으로 제대로 된 음식 맛을 느낄 수 있었다. 레토르트 음식과는 확연히 다른 맛이 느껴졌다. 그 음식들은 입에 넣는 순간에는 무척이나 맛있게 느껴졌지만, 금방 질렸고 소화도 잘되지 않았다. 그러나 채소는 반대로 초반에 거의 아무 맛이 나지 않는 것처럼 느껴지다가, 씹으면 씹을수록 이상하게 단맛이 났다. 고소하기도 했다가, 달기도 했다가, 이내 입안은 향긋한 풀 내음으로 가득해졌다. 씹을수록 풍미가 더 짙어졌다.

"어? 탁호 너 항상 빨리 먹는 것 같더니, 웬일로 나랑 비슷하게 먹었대?"

"아. 네가 항상 천천히 먹길래 나도 한번 그렇게 먹어봤어. 근데 진짜 다르긴 하네."

"뭐가?"

"빨리 먹을 때는 음식 맛을 전혀 못 느꼈거든. 완전히 자극적인 음식 말고는. 그런데 그런 음식들은 자극적인 만큼 소화 기관에도 부담을 주니까. 천천히 먹으니까 재료 본연의 맛이 뭔지 드디어 알겠어. 이제부터 진짜 천천히 먹어야겠다. 천천히 먹는 게 이렇게 좋을 줄 몰랐어. 항상 빨리 먹는 사람들이

랑만 밥을 먹었거든. 그만큼 사는 게 바빴으니까. 그분들도 마찬가지였을 테고."

탁호는 만족스러운 듯 입꼬리를 올렸다. 은정도 그런 탁호를 보며 환한 눈웃음을 보냈다.

"넌 정말 특이한 사람 같아. 상사한테 자기 생각을 막 전달하질 않나, 가끔 무슨 인간들 이러면서 외계인인 것처럼 말하질 않나, 별거 아닌 거에 되게 좋아했다가 또 진지했다가. 너 같은 사람은 정말 처음 봐."

탁호는 은정의 말이 칭찬인지, 아니면 자신을 욕하는 건지 분간이 되질 않았다. 어떤 표정을 지을지 몰라 난감한 표정을 짓는 그를 보며 은정이 말했다.

"아. 특이하다는 말 취소. 특별한 사람! 특별해 넌. 아무튼, 좋은 사람이야 넌. 그거 하난 분명해. 후후."

탁호는 기분이 좋았다. 아침에는 모든 게 엉망진창인 것 같았지만, 편하고 좋은 사람과 함께 있으니 그런 생각이 더는 들지 않았다. 탁호와 은정은 서로를 식판을 들고 일어나며 동시에 말했다.

"오늘도 옥상 고?"

둘은 옥상에 올라 막 갠듯한 하늘을 바라보았다. 투명한 상아색을 띤 햇살이 구름 사이로 고개를 빼죽 내밀고 있었다.

옥상은 어제 내린 비로 한바탕 난리가 났지만, 빠르게 수습이 되어 금방 전 모습을 되찾은 모양이었다. 시원한 바람이 공평하게 둘의 귓가를 스쳤다. 분명 어제까지만 해도 여름의 기운이 충만했는데, 여름이 떠난 후 곧바로 가을이 문을 열고 들어온 것 같았다. 둘은 말없이 둥둥 떠가는 구름을 바라보았다. 둘은 충만한 고요를 느꼈다. 그러나 곧바로 침묵을 깨는 소리가 들렸다. 옥상 귀퉁이 쪽이었다.

"옥상은 갖가지 식물과 곤충들을 보호하기 위한 구역입니다. 여기서 이러시면 안 된다니까요! 당장 1층으로 내려가세요!"

"아이, 잠깐만요. 내가 왜 그까지 내려가야 합니까? 사람이 먼저 아니냐고요! 아, 알았어요. 이것만 피고 갈게요. 아 이것만요. 이거 전자 담배야. 내가 뭐 꽁초를 버리는 것도 아닌데, 진짜 왜 이러실까."

둘은 소리가 나는 쪽으로 가까이 다가가 보았다. 회사 사원으로 보이는 한 남자와 옥상정원 관리자로 보이는 사람이 실랑이를 벌이고 있는듯했다. 탁호는 담배를 손에 쥔 남자가 왠지 익숙하다 싶었는데, 자세히 보니 그의 룸메이트 박치명이었다. 치명은 탁호와 눈이 마주치자 비딱하게 고개를 숙이며 인사를 했다.

"안녕하세요. 내 룸메이트 탁호 씨! 여기서 다 뵙네요. 좀 있다 집 가면 또 볼 텐데. 하하. 너무 자주 마주치는 것도 좀 그렇죠? 사람은 어느 정도 거리가 있어야 하는데 말이야."

치명은 입술을 씰룩이며 한쪽 입꼬리를 올렸다. 그리고는 담배 연기를 보란 듯이 정원 관리사를 향해 연신 뿜어냈다. 탁호는 퍽 기분이 상했다. 그는 실랑이를 벌이고도 아랑곳하지 않았다. 여전히 전자 담배를 손에서 놓지 않고 있었으며, 일부러 보란 듯 정원 쪽으로 연기를 잔뜩 뿜어냈다. 관리자는 잔뜩 인상을 찌푸리며 얼른 내려가라며 소리를 질렀고, 치명은 여유롭게 웃으며 인사했다.

"탁호 씨. 그럼 저녁에 또 봅시다. 옆에 여자분은 그렇고 그런 사이이신가? 회사 들어온 지 겨우 며칠 만에 능력도 좋으셔. 하하하. 오해하지 마세요. 부럽다는 이야깁니다. 아무튼, 전 먼저 가보겠습니다."

치명은 히죽대며 둘의 시야에서 멀어져 갔다. 은정은 보기만 해도 인상이 찌푸려지는 사람인 것 같다는 생각을 했다.

"저 사람 뭐야?"

은정이 미간을 잔뜩 찌푸리며 불쾌해진 얼굴로 궁시렁거렸다.

"내 룸메."

"뭐? 저런 사람이랑? 탁호야. 어쩌냐. 너 그냥 자취하는 게 나을 것 같은데."

"안 그래도 어제 좀 스트레스였어."

"안 봐도 눈에 훤하다. 무슨 일이 있었던 거야?"

"별건 아니고. 자기가 배달시킨 거며, 쓰레기며 하나도 치우질 않더라고. 치워줬는데 고맙다는 말 한마디 없고. 좀 특이한 사람이구나 싶었는데, 오늘 옥상에서 저런 모습 보니까 더 멀리하고 싶어지네."

"뭐야. 쓰레기를 네가 왜 치워줘. 저런 사람은 그런 거 해줘도 고마워하기는커녕 버릇 된다니까? 집 가서도 고생이겠네."

"벽을 좀 두고 지내면 되겠지 뭐. 신경 안 쓸래."

"그래. 가까이 해봤자 득 될 거 없지."

은정은 탁호를 걱정스러운 눈빛으로 바라보았다. 탁호는 은정의 그런 눈빛이 마음에 들었다. 둘은 어느새 파래진 하늘 아래 한참 동안 이야기를 나누었고, 그는 그녀와 함께 있으면 그저 즐거웠다. 이야기 소재가 끝이 없었다. 말없이 있을 때도 전혀 불편함을 느끼지 못했다. 마치 예전부터 알고 지낸 사이처럼.

늦여름의 끝을 알리듯 시원한 바람이 그들의 귓가를 스쳤다. 은정의 까맣고 윤기 나는 단발머리가 바람을 타고 흘렀고, 탁호는 머리카락에서 눈을 떼지 못했다. 문득 그에게 어두운 바닷속, 일렁이는 물소리를 들으며 잠들었던 때가 떠올랐다. 더없이 평온했던 그 순간이. 탁호는 생각해 보면 한순간도 바다를 잊은 적이 없었다. 도시는 화려하고 즐거웠으나, 절대로 편안해지지는 않았다. 그는 직면한 문제들을 해결하고, 얼른 집으로 돌아가야만 했다. 바다가 자신의 정화능력을 되찾을 수 있도록 어떻게든 해결 방법을 찾아야만 했다.

탁호는 자신의 책상으로 돌아와 오후 업무와 일과를 순식간에 해치운 후, 회사에서 얻을 수 있는 각종 자료와 연구 결과들로 자신만의 '지구 보존 프로젝트'를 만들기 시작했다. 회사 내에서는 환경 오염 극복과 더 살기 좋은 세상으로 나아가기 위해 갖가지 방법을 연구 중이었다. 건물 2층 전체는 에너지에 관한 연구를 하도록 설계되어 있었다. 탁호는 퇴근하기 전 2층에 들러야겠다고 생각했다. 왠지 그곳으로 향해야 한다는 느낌이 강하게 들었다.

지구 보존 프로젝트는 생각보다 쉽지 않은 작업이었다. 개인과 기업 모두가 발 벗고 나서도 늦었다고 생각이 될 정도였다. 자신이 공부한 자료와 회사 내에서 얻은 정보들을 통틀어 아무리 긍정적으로 검토해 보아도 결과는 참혹했다. 다음 세대에게 지금의 지구를 물려주기는 불가능해 보였다. 그 전에 인류가 먼저 멸종하리란 것이 확실했다. 일순간 두려움과 공포가 온몸을 감싸는 게 느껴졌다. 그러나 사람들은 그저 평온해 보였다. 인간은 멍청한 건지, 알면서도 모르는 척하는 건지 도무지 알 수 없었다. 이 사실을 그나마 인식하고 있는 건 회사의 CEO와 은정뿐인 것 같았다. 탁호는 치명과 대리를 떠올리며 과연 이 지구에 희망이란 게 존재할 것인지에 관한 의문을 가졌다.

탁호는 쉬지 않고 일을 했고, 은정도 마찬가지였다. 사무실을 둘러보면 다들 하품을 하거나, 기지개를 켜는 등 지루해할 때도 있었지만, 둘은 활기가 넘쳤다. 화장실을 가는 시간도 잊은 채 일을 하다 보니 어느새 퇴근 시간이었다. 탁호가 퇴근할 준비를 하자, 은정이 놀란 눈으로 쳐다보며 말했다.

"뭐야? 오늘 일 엄청 많았는데? 벌써 끝?"

"아, 응. 오늘 좀 가볼 데가 있어서. 빨리 끝냈지."

"그래도 그렇지. 야. 대단한데? 탁호 너 진짜 일잘러다. 일잘러. 대리님 긴장 좀 해야겠어. 언제 너한테 자리를 내줄지 모르겠는데?"

은정은 대리 쪽 책상을 바라보며 쿡쿡거렸다.

"은정아. 난 대리가 목표가 아니야."

"그럼? 과장? 뭐야?"

"나는 지구 전체의 CEO가 되는 거야."

"엥?"

은정은 벙찐 표정을 짓더니 이내 큰 소리로 하하하 웃었다. 은정의 웃음소리로 사무실 사람들의 시선이 그들을 향해 쏠렸다. 은정이 말했다.

"미안해. 널 놀리려던 게 아니고. 정말 생각지도 못했던, 뜬금

없는 대답이 나와서. 그리고 순간 지구특공대 이런 단어가 떠올랐지 뭐야. 그래서 웃었어. 기분 나쁘게 했다면 정말 미안해."

은정은 진심으로 미안해하는 눈치였다.

"아. 전혀 기분 나쁘지 않아. 나도 말해놓고 놀랐어. 왜 이런 말을 했지? 하면서. 충분히 웃을만해."

"근데 진짜 궁금한 건 지구의 CEO가 되면 뭘 하게? 상상할 수 없을 만큼의 돈을 벌고 싶은 거야? 아니면 지구 전체를 지배하고자 하는 권력? 뭐 때문에 그런 생각을 하는 거야? 그러려면 이 회사는 그런 꿈을 이뤄줄 것 같지는 않은데. 뭐 나름 대기업이긴 하지만, 지구의 CEO라는 꿈을 이뤄주기에는 좀 많이 부족한 것 같아서."

은정이 고개를 갸웃하며 말했다. 탁호는 망설이다 자신의 마음을 숨김없이 말하기로 했다. 은정에게는 왠지 마음속 깊은 곳까지 그 진심이 전해질 것만 같았기 때문에.

"죽어가는 바다를, 지구를 살려내고 싶어서."

은정은 탁호를 알 수 없는 표정으로 바라보았다. 둘 사이에는 침묵만이 흐를 뿐이었다.

탁호는 곧장 2층으로 향했다. 퇴근 시간이라 대부분 불이 꺼져 있는 다른 층들과 달리 2층은 환했다. 재생에너지 연구실만 5개가 있었고, 나머지는 실험실, 제조실 등 다양한 업무를 할 수 있는 공간이 갖춰져 있었다. 여기저기 둘러보다 건물 중앙으로 걸어간 탁호는 거대한 수조를 발견했다. 수조는 천장 높이만큼 컸고, 원통형으로 만들어져 있었다. 수조 안에는 그에게 익숙한 물고기들뿐만 아니라 다양한 색깔의 물고기들과 특이한 생김새를 가진 물고기들, 새끼상어를 비롯한 갖가지 해양 생물이 함께 헤엄치고 있었다. 수조 아래에는 각양각색의 산호와 해조류들이 인공 파도에 의해 휘날리고 있었다. 수조는 실제 바닷속을 거의 완벽하게 재현해 놓은 모습이었다.

수조 앞에는 수조에 관한 설명글이 알루미늄 판석에 꼼꼼히 새겨져 있었다. "이 수조는 자연과 99.9999% 일치합니다. 바닷속을 완벽하게 재현해 내기 위해서 우리는 수많은 노력을 기울였습니다. 이 수조 안 생명체들은 실제 바다에서처럼 똑같은 편안함을 느낍니다. 그러나 지금, 전 세계 바다의 생명체들은 대부분 폐사 상태에 놓여 있습니다. 모든 생명체를 존중하는 일은 우리의 의무입니다. 살아 숨 쉬는 것은 인간뿐만이 아님을 잊지 말아 주세요." 탁호는 판석 앞에 서서 한참이나 인공 바다를 들여다보았다. 음침하고 익숙한 그 목소리를 듣기 전까지는.

한 연구실에서 부연 연기가 새어 나오고 있었다. 아주 미세한 연기였고, 아무런 냄새도 나지 않았다. 연구실 문은 살짝 열려 있었다. 탁호는 연기의 정체가 무엇인지 궁금했고, 자연스럽게 그쪽으로 걸어갔다. 문틈으로 새어 나오는 목소리는 점심에도 듣던 목소리였다. 순간 그는 마음이 불안해졌다. 목소리만 들어도 소름이 끼치는 건 박치명밖에 없었기 때문이었다. 탁호는 자신의 초능력을 최대한 발휘해야 할 때라고 느꼈다. 무지개 문어 시절, 그 누구보다 청각과 촉각, 모든 감각에 예민했던 그는 인간 세상에 오고 난 후에는 그 능력을 굳이 써야 할 필요성을 느끼지 못했다. 그러나 그의 본능은 바로 지금이라고 말하고 있었다.

"야. 빨리 좀 해. 시간 없어."

"네가 아까 잘못 섞어서 연기 나잖아."

연구실 안은 마치 화학실 같아 보였고, 여러 가지 과학 장비들과 처음 보는 약물들이 투명한 진열장 가득 메워져 있었다. 머리가 짧고 키가 작은 뚱뚱한 남자는 얼굴에 실드 마스크를 끼고 있었기 때문에 얼굴이 잘 보이지 않았고 처음 듣는 목소리였다. 탁호의 청력 상태는 개미가 기어가는 소리도 들을 수 있을 만큼 능력치가 최고조였기 때문에 그들이 하는 소리는 마치 귀에 직접 입을 대고 말하듯 생생했다.

"이 일만 잘 해결하면, 우리 인생 피게 해준다잖아. 그 인간도 웃겨. 예전만 해도 대표랑 죽고 못 사는 사이였잖냐."

"박치명. 쉿. 소리 좀 줄여. 누가 들으면 어쩌려고?"

"솔직히 여기 직원들 이 회사 복지 보고 다 들어온 거지. 진짜 환경이나 생각하고 있을 놈들이 한 명이라도 있을 줄 아냐? 내 말 듣고 오히려 다 동감할걸. 종이 하나 쓰는 거, 휴지 한 장 쓰는 거, 컵 쓰는 거 하나를 다 돈 내고 써야 하질 않나. 눈치가 보이질 않나. 귀찮아 죽겠어. 아주."

"그건 그렇고. 같이 사는 애는 어때?"

"아. 걔? 능력 좋던데?"

"뭔 능력? 신입인데 뭐 일 잘하고 못하고 할 게 있냐?"

"아니. 멍청아. 우리 사이에 능력 좋다는 말이 뭐겠어. 여자잖아 여자. 벌써 한 명 꼬셨는지 옥상에서 시시덕거리고 있더라. 그리고 더 좋은 건 말이야. 내가 이 회사에서 잘 보일 이유는 하나도 없잖아. 굳이 뭐 기숙사며 회사며 신경 쓸 거 하나 없단 거지. 그래서 기숙사에서 술이며 배달이며 막 먹고 대충 놔뒀거든. 그게 꼴 보기 싫었는지 룸메가 치워주더라? 나야 땡큐지. 큭큭."

탁호는 화가 났지만, 지금은 나설 타이밍이 아니라는 사실쯤은 아주 잘 알고 있었다. 그는 주먹을 꽉 쥐었고, 언젠가는 저 자식을 단단히 혼내주리라 다짐했다.

"아무튼, 박치명. 졸렬한 건 여전해. 남이 해놓은 다 된 밥에 재 뿌리는 거, 어릴 때부터 참 잘해."

"그건 너도 마찬가지지. 그리고 이게 우리 특기잖아. 그렇게 돈 버는 거고. 지질하게 월급 받아서 연명하는 것들 보면 불쌍해. 생각을 조금만 바꾸면 충분히 큰돈 벌 수 있는데 말이야. 안 그러냐?"

둘은 바깥까지 들릴 정도로 큰 소리를 내며 하하 웃었다. 그들은 무슨 일을 꾸미는 게 분명했다.

"야. 이제 한 달도 안 남았어. 대표 한국에 언제 들어온댔지? 2주 뒤였나?"

"몰라. 부장이 2주인가 3주인가 그랬던 것 같은데. 까먹었어."

"대표가 돌아오든 말든 우린 주어진 일만 하면 돼."

그들은 그 후로 한참 별말이 없었다. 그저 하는 일에 집중할 뿐이었다. 그들의 대화를 엿듣던 탁호는 궁금증이 마구 불타올랐지만, 차마 그럴 수는 없었다. 무언가 자신을 막고 있는 것처럼 느껴지기 때문이었다. 그는 찝찝한 마음을 안고 연구실을 지나 다시 인공 바다가 있는 곳으로 걸어갔다. 수많은 물고기와 눈을 마주쳤다. 인공 바다는 투명하고 맑았고 끊임없이 흘렀다. 물고기들은 행복해 보였다. 물속에 직접 들어가지 않는 이상 탁호는 물고기들의 이야기를 전혀 알아들을 수가 없었다.

탁호는 찝찝한 마음을 안고 발걸음을 사내 도서관으로 옮겼다. 도서관은 꽤 크고 넓었으며, 책상과 책장은 원목으로 되어 있어 따뜻한 느낌을 주었다. 사람이 생각보다 많았다. 자세히 살펴보니 회사 사람들이 아니라 밖에서 온 학생들이 대부분인 것 같았다. 회사의 도서관은 회사 사람들 외에도 많은 사람이 이용할 수 있도록 개방되어 있었다. 도서관 앞에는 눈에 띄는 문구 하나가 보였다.

"한 치 앞도 보이지 않을 때, 무심코 펼친 책 한 권이 당신을 어딘가로 이끌어 줄 겁니다. 그곳을 내가 원하든, 원치 않든 말이죠."

탁호는 천천히, 눈길이 닿는 대로 직감에 따라 책을 고르기 시작했다. 그는 다양한 분야의 책을 가져와 구석 자리에 앉았다. 그는 자신의 프로젝트를 위해 공부해야 할 게 산더미라는 사실을 알았고, 1초도 낭비할 수 없었다. 다행히 그가 가진 특유의 능력으로 책을 읽는 일에는 큰 무리가 없었지만(탁호는 300쪽짜리 한 권을 5분이면 독파할 수 있었다) 지식을 바탕으로 다가올 미래를 위해 계획을 세우는 데는 꽤 시간이 걸리는 일이었다. 회사 내 도서관은 오래된 책부터 현재 나온 책들까지 매우 방대한 책을 보유한 상태였고, 그것은 탁호에게 큰 도움이 되어주었다. 그는 틈날 때마다 도서관에 와야겠다고 생각했고, 은정에게도 같이 오자고 제안할 생각이었다. 여러 책을 읽어보니, 오염된 지구를 걱정하는 이들은 항상 존재해 왔다는 사실을 알 수 있었다. 그러나 아무리 그들이 외쳐도 당장 목숨을 위협할 만한 상황이 일어나지 않는 이상 일반 사람들은 오로지 자신만 생각할 뿐이었다. 탁호는 인간들의 어리석음을 한탄했다. 잃고 난 후에야 소중함을 아는 게 대체 무슨 소용이란 말인가. 그는 책을 읽는 내내 한숨을 쉬었다.

지구에는 바다뿐 아니라 숲에도 정말 다양한 생물이 살고 있었다. 그중 인간에게 알려진 생물은 극히 소수였다. 생물의 다양성은 어마 무시했다. 탁호는 지금껏 바다에만 있었던 자신이 얼마나 무지한 생물이었는가를 실감했다. 각종 균류와 조류, 미생물, 연체동물, 환형동물, 절지동물, 유선형동물, 결합류, 지네류 등 알려진 가짓수만 해도 수만 종이 넘었다. 그러나 과학자들이 알아낸 종들은 일부에 불과했고, 이들 중에서도 우리가 모르는 사이 많은 개체가 소리소문없이 증발하고 있었다. 그것은 대부분 인간이 일으킨 산업혁명에 의해서라는 것을 많은 과학자와 생태연구가들이 증명하고 있었다. 그들이 서로 생태계에서 어떻게 상호작용 하는지 인간들은 수만 분의 1도 알지 못하고 있었다. 알려고도 하지 않았고, 그저 회피하려고만 들었다. 그러면서 위대한 자연의 주인인 양 위세를 떨며, 파란 별을 멸망으로 부추기는 가장 열악한 종이었다. 인간이 알지 못하는 수많은 종의 하나가 완전히 전멸한다면, 이 세계가 어떻게 뒤바뀔지는 아무도 알 수 없었다. 그것이 엄청난 현상을 초래할 것이라는 소수의 과학자가 하는 말은 인간의 끝없는 욕망과 에고 속에 파묻힌 지 오래였다.

빈번해지는 이상 기후, 점점 좁아지는 해변의 모래, 예고 없는 큰 산불이 수시로 보도되었지만, 인간들은 이상한 희망에 사로잡혀 있었다. 막연한 불안감은 그저 불편한 감정 중 하나일 뿐이었으며 그것을 회피하기 위한 더 큰 욕망에 사로잡혔다.

고작 20만 년의 역사를 지닌, 정신과 육체가 나약한 인간이란 존재는 어쩌다 파괴자가 된 것일까. 수억 년의 세월을 겪으며 살아온 거북이보다 한참을 뒤떨어지는 세월과 경험을 지닌 이들이 감히 자연과 신에게 도전장을 내민다는 사실에 그는 화가 치밀었다. 아주 먼 옛날 인간들은 지금과는 확연히 다른 시를 썼고, 그림을 그렸으며, 노래를 불렀다. 주로 그것들은 별과 달, 바람, 숲과 바다에 관한 것들이었다. 그러나 지금은 달랐다. 선정적이거나 부정적인, 타락한 노래가 난무했다. 글과 그림 모두 마찬가지였다. 인간들은 지구뿐 아니라 자신의 정신세계까지도 파괴했다. 인간은 그런 존재였다. 에고의 지배를 받는 단순하고 나약한 존재. 탁호는 수많은 자료가 대부분 인간 사회에서 비롯된 문제로 인해 지구가 파괴되어 간다는 것을 증명하고 있다는 점을 명백히 알게 되었다. 그러나 문제 또한 인간만이 해결할 수 있는, 멈출 수 있는 것이란 사실 또한 알았다. 참으로 아이러니했다. 탁호는 공부하면 할수록 자신이 왜 회사원이 되고자 했을까 하는 의문이 들었다. 문득 자신은 오히려 생태학자나 과학자가 됐어야 마땅한 게 아닌가 싶었다. 생태계의 상호작용을 면밀하게 알아야 어떻게 든 지금 일어나고 있는 문제들이 더 커지지 않도록 하는 데 작은 도움이라도 될 수 있지 않을까 싶었다. 세계에는 다양한 과학자들이 존재했으나, 대부분은 자신의 명예와 부를 일구고 자 하는 데 그치는 과학자들이 많았다. 진실하고 정의로운 과 학자는 날이 갈수록 줄었다. 그런 이들에게는 최소한 살아갈 수 있는 경제적 여유나 그 밖의 여유가 전혀 주어지지 않았기 때문이었다. 그렇다고 이제야 그 길을 걷기엔 또다시 많은 시 간을 투자해야만 했다. 아무리 인간들보다 뛰어나다고 해도 그 길은 결코 쉬운 일이라 할 수는 없었다.

탁호는 마음을 돌려 자신에게 '주어진' 운명을 그대로 받아 들이는 동시에 자신의 위치에서 해낼 수 있는 것에 집중키로 했다. 바다에서 그 어떤 생물과도 같지 않은 운명을 타고난 자신을 끝내 받아들였던 것처럼.

족히 100권은 넘는 책들을 책상 위에 한가득 쌓아놓고 보 는 탁호를 지나가던 몇몇 사람들이 신기하다는 듯 눈길을 주 었다. 그러나 그는 아랑곳하지 않았고, 목표치를 다 읽은 후에 야 자리에서 일어났다. 다 읽고 나니 몸이 찌뿌둥했고, 창밖을 바라보니 새카만 어둠이 완전히 내려앉은 후였다.

　약간의 출출함이 느껴졌다. 문득 신선한 재료로 만든 저녁을 먹고 싶다는 생각이 들었다. 회사 근처에는 은정이 말했던 유기농 마트가 있었다. 마트 안은 많은 사람으로 북적였다. 모든 채소와 과일이 신선했고, 깔끔하게 정돈되어 있는 모습을 보고 탁호는 왠지 기분이 좋아졌다. 채소 코너에서 애호박 하나와 깐 양파, 대파 한 단을 샀고, 생필품은 만능 간장과 참기름 한 통, 동물 복지 달걀 열 구를 샀다. 그리고 은정이 추천해 주었던 유기농 차 몇 가지를 바구니에 담았다. 내용물은 적었지만, 꽤 비용이 들었다. 그는 미리 에코백이나 장바구니를 챙겨오지 않은 것에 후회했다. 어쩔 수 없이 종이 가방을 구매해서 받아오긴 했지만, 다음번에는 꼭 장바구니를 챙겨야겠다는 생각을 했다. 늘 텀블러 가방과 에코백을 제 몸처럼 지니고 다니던 은정이 떠오르면서 새삼 그녀가 얼마나 대단한지를 실감했다.

　탁호는 집에 가서 저녁을 먹을 생각을 하니 괜히 기분이 들떴다. 다만, 들어갔을 때 치명이 없었으면 하는 마음이었다. 그리고 집이 혹시나 더러워져 있지는 않을지 걱정도 됐다. 좋았던 기분을 망치기 싫었던 그는 얼른 밤하늘을 올려다보았다. 그가 살아온 바닷가 마을은 밤이면 별이 쏟아져 내렸다. 그러나 도시는 겨우 한두 개가 반짝일 뿐이었다. 그것도 아주 자세히 봐야 보일락 말락 할 정도였으니, 도시에 사는 사람들은 하늘을 올려다보아도 작은 위로조차 받지 못할 것이란 생각이 들자 그들이 측은하게 느껴졌다. 탁호는 바다에 밤이 내려앉아 아무런 빛조차 들지 않을 때면, 얕은 물가로 가 바위에 붙어 있는 걸 좋아했다. 바위의 감촉을 느끼며 달과 별을 바라볼 때면 괜히 마음이 시리고 외로웠다. 그는 그 느낌이 싫지 않았고, 정확히는 사랑했다. 기분 좋은 공허. 그리고 고독. 수많은 고독의 밤이 지금의 탁호를 만들어 낸 것이나 다름없었다.

지금은 그의 옆에 있는 가로등 불빛이 너무 눈이 부셨고, 별빛은 사라진 것처럼 보였다. 갑자기 밤하늘에 새빨간 빛이 번지는 것 같더니, 하늘이 이상하게 변했다. 번개나 천둥은 아니었다. 레이저만큼 작던 새빨간 빛은 점점 하늘을 뒤덮었고, 마치 하늘에 불이 난 것처럼 보였다. 주변을 둘러보니 아직 아무도 눈치채지 못한 것 같았다. 불길함은 탁호의 마음에 서서히 번졌다. 불안한 그는 그저 받아들이는 것 외에 아무것도 할 수 없다는 사실을 알았다. 시뻘건 하늘에서는 아무런 소리도 들리지 않았다. 이상하리만치 고요했다. 바다에서 누렸던 고요는 평온했지만, 지금은 완전히 다른 느낌이었다. 손에 쥔 종이 가방은 어느새 축축해져 금방이라도 끊어질 것 같았다.

마침 탁호 옆을 지나가던 한 할머니가 하늘을 올려다보았다. 그녀는 별다른 표정이 없었다. 무심해 보이기도 했고, 한편으론 심각해 보이기도 했다. 해탈한 것처럼 보이다가도 화가 난 듯 보였다. 그는 할머니의 표정을 전혀 읽을 수 없었고, 앞으로 생길 일에 관해서도 아무것도 알 수가 없었다. 그저 불안함만이 그를 가득 짓누를 뿐이었다.

"운명의 수레바퀴여. 운명인 거여."

"네?"

갑자기 나타난 할머니는 하늘을 뚫어지게 바라보았다. 그리고는 웅얼웅얼하며 알아들을 수 없는 말을 내뱉기 시작했다.

"업보지. 다 뿌린 대로 거두는 거여. 인간들은 늘 똥이나 싸질러 놓고, 자기가 이 세상에서 제일 특별한 줄 알지. 작은 보탬이라도 되는 양 아주 오만한 착각을 하고 살잖여."

탁호는 도무지 할머니의 말을 이해할 수 없었다. 분명 할머니의 목소리는 작았지만, 너무나 선명하게 들려서 오직 세상에 그와 할머니 둘뿐이라는 착각이 들 정도였다.

"그런데 자네는 요즘 보기 드문 눈빛이구만."

할머니는 날카로운 눈빛으로 탁호를 뚫어지도록 쳐다보았다.

"사람이 아닌 게지?"

탁호는 너무 놀라 뒷걸음질을 쳤다. 그는 할머니를 바라보기가 힘들었다. 분명 밤인데도 눈이 너무나 부셔서 할머니를 똑바로 바라볼 수가 없었다. 가로등 불빛 때문이라기에는 심하게 밝은 빛이 어디선가 계속 뿜어져 나왔다.

"때로 우리는 온몸을 조여오는 공포심을 느껴야 할 때가 있어. 그렇게 강력한 경험이 아니면 새로운 무언가가 탄생하기 힘들거든. 늘 평화로워야 한다는 생각이 얼마나 위험한 일인지! 아무것도 모르는 무지한 것들. 요즘 것들은 고개를 드는 법이 없지. 손바닥 안에 기계만 쳐다보고 댕긴단 말이여. 근데 자네 한 명만 고개를 쳐들고 있더만? 아, 저것은 사람이 아니겠구나 한 거여. 번개는 천둥보다 빨러. 소리 없이. 느낌도 마찬가지여! 그래도 감사하야재. 신이 선물을 여러 개 줬는디, 그중에 하나가 직감이란 거여. 직감. 근데 요즘 것들은 그 직감을 어떻게 느끼는지조차도 몰러. 다 잊어부렀어!"

할머니는 혀를 쯧쯧 차더니 순식간에 어디론가 사라져 버렸다. 탁호는 벌어진 입을 다물지 못한 채로 한참을 멍하니 서 있었고, 가로등 아래 할머니가 있던 자리에는 아무도 없었다. 마치 꿈을 꾼 것 같았다. 그는 다시 하늘을 올려다보았고, 밤하늘은 아무 일도 없었다는 듯 새카맸다. 별은 여전히 보이지 않았다. 도무지 이해할 수 없었으나, 다시 발걸음을 옮기는 것 외에 딱히 할 수 있는 건 없었다.

그는 숙소로 돌아갔다. 집에 도착하자마자 축축해진 종이 가방끈이 툭 하며 떨어졌다. 거실에서는 어제와 똑같은 자세로 치명이 TV를 보고 있었다. 그는 탁호를 잠깐 곁눈질로 바라본 뒤, 리모컨으로 채널을 이리저리 돌렸다.

"어, 오셨어요? 뭘 잔뜩 사 들고 들어오셨네. 근데 표정이 왜 그래요? 무슨 안 좋은 일이라도?"

그는 무심한 표정으로 과자 봉지에 손을 넣으며 말했다.

"아뇨. 괜찮습니다. 그럼."

탁호는 매우 피곤함을 느꼈고, 빨리 요리를 해서 간단하게 먹고 잠을 자야겠다는 생각을 했다. 요 며칠간 신경 쓰이는 일이 많아 피곤해서 헛것을 보았다고 그는 생각했다. 탁호는 빠르게 요리를 해 밥을 거의 마시듯 먹었고, 은정이 일하는 중간에 챙겨준 비타민C를 욱여넣으며 식사를 마무리했다. 거실에 있는 치명은 TV를 보며 계속 낄낄거렸고, 테이블 위에는 쓰레기들이 어지럽게 흩어져 있었다. 주방도 마찬가지로 더럽혀져 있었지만, 탁호는 더는 신경 쓰고 싶지 않았다. 극심한 피로감이 그를 덮쳤다.

미지근한 욕조 속에 몸을 푹 담갔다. 물속에서는 되도록 아무런 생각도 떠올리지 않으려 애썼지만, 그럴수록 불타는 하늘과 할머니의 목소리가 더 선명하게 떠올랐다. 그는 크게 심호흡을 했고, 욕조 속으로 완전히 잠겼다. 사방은 고요했고, 멀리서 치명의 웃음소리가 아주 작게 들릴 뿐이었다. 시간이 지날수록 욕조인지, 자기가 살던 바닷속인지 분간이 되질 않왔다. 몸이 붕 떠 있는 것만 같았고, 이 기분이 싫지 않았다. 되도록 긴 시간, 이 느낌이 계속되었으면 했다.

그의 몸이 붕 뜨는가 싶더니, 순식간에 하늘 위를 날고 있었다. 사방은 캄캄했고, 하얀 새털구름이 드문드문 보였다. 그는 구름을 헤치며 하늘을 날았고, 몸이 점점 땅과 가까워지려 한다는 것을 느꼈다. 지면과 몸이 가까워지자 점처럼 보이던 건물들이 그제야 보이기 시작했다. 처음 보는 건물들이었다. 탁호는 어느새 건물을 빠져나와 검은 밤하늘 속을 날고 있었다. 그런데 아까와는 다른 분위기의 밤하늘이 펼쳐지기 시작했다. 새카만 연기가 온 하늘을 뒤덮었고, 땅에서는 뻘건 불길이 하염없이 치솟고 있었다. 하늘 높이 날던 탁호의 몸은 점점 땅과 가까워졌고, 20층 아파트 높이에서 그는 모든 것을 살펴볼 수 있게 되었다.

빽빽한 빌딩 숲과 익숙한 건물들. 탁호가 지금 사는 도시의 모습과 별반 다를 게 없어 보이는 이곳은 모든 것이 불에 타고 있었다. 탁호는 급격히 불안해졌고, 사람들의 모습을 찾아 이리저리 헤매기 시작했다. 아무리 날아도 사람은 보이지 않았다. 그는 더욱 빠른 속도로 날았고, 자신이 가진 온도 측정 능력으로 인간의 체온과 같은 생물을 발견하려고 애를 썼지만, 그 어떤 생명체도 발견할 수 없었다. 그는 곧장 자신이 살던 바닷가로 빠르게 날아갔다.

바다 근처에 도착하자 바다 냄새와 함께 코를 찌르는 냄새가 났다. 그는 냄새 하나하나를 구분해 냈고, 그것은 피비린내를 포함한 죽음의 냄새라는 사실을 알 수 있었다. 그는 도저히 해변 가까이 내려갈 용기가 나지 않았다. 그러나 그의 의지와는 다르게 몸이 점점 해변 쪽으로 내려가는 것을 느꼈고, 해변과 바다는 온통 새카맸다. 평평해야 할 모래사장은 울룩불룩하게 뒤덮여 있었고, 해수면 위에도 무엇인가로 잔뜩 뒤덮여 있었다. 악취는 더욱 심해졌고 그는 메스꺼움을 참을 수 없어 연신 헛구역질을 했다.

모래사장과 해변은 구분 짓기가 어려울 정도였다. 그는 하는 수없이 발을 땅에 내려놓을 수밖에 없었다. 그는 두려움과 공포에 쌓인 채 서서히 땅으로 몸을 낮추어 내려갔고, 바닥에 발을 내려놓자 물컹하고 미지근한 무엇인가가 발에 닿았다. 그는 평평하지 못한 지면 때문에 휘청였으나, 가까스로 중심을 잡았다. 가까이서 보니 그 정체가 무엇인지 또렷이 보였다. 그는 너무 놀란 나머지 아무런 소리도 나오지 않았다.

그의 발에 밟힌 물컹거리는 것들은 모두 사체였다. 작고 큰 인간들뿐만 아니라 바다에서 떠밀려 온 거대한 상어와 고래, 온갖 물고기들, 갈매기들이 뒤섞여 있어 자세히 보지 않으면 분간이 가지 않았다. 주변은 쥐 죽은 듯 고요했다. 이렇게 된

지 아주 오랜 시간이 지나지는 않은 것 같았다. 탁호는 크게 호흡을 하며 가까스로 자신을 안심시켰다. 이들 중에 살아서 꿈틀거리는 게 없을까 하는 실낱같은 희망으로 역한 냄새를 참으며 한동안 돌아다녔지만, 희망의 불빛은 점차 꺼져만 갔다. 어떻게 된 일인지 영문도 모른 채 그는 살아 있는 생명체만을 찾으며 사방을 헤맸다.

해수면 위도 상황은 마찬가지였다. 둥둥 떠오른 시체들로 가득한 바다는 보기만 해도 끔찍했으며, 시간이 지나자 허연 달빛이 바다 위를 환하게 비추었다. 덕분에 탁호는 보고 싶지 않은 장면을 또렷하게 볼 수 있었다. 그는 지친 나머지 큰 바위 위로 날아가 앉았다. 달빛은 무심하게도 밝았다. 그는 하염없이 바다와 모래사장을 바라보았다. 얼마쯤 시간이 흘렀는지, 자신이 도대체 어디서 뭘 하는 건지 도통 알 수 없었다. 하늘은 시시각각 변했고, 보라색이었다가 까맣게 변했다가 별이 커졌다가 작아졌다가 했다. 구름은 빠른 속도로 움직였고, 때때로 회오리바람처럼 솟구쳐 오르기도 했다. 오직 달빛만이 고요하게 빛났다.

우우웅. 지이잉. 순간 그는 이상한 기운을 느꼈다. 그는 에너지의 파동을 느낄 수 있는 존재였기에, 멀리 떨어져 있는 생명체의 작은 움직임도 느낄 수 있었다. 아주 작지만 잔잔한 파동이 확실하게 느껴졌고, 아까 그가 서 있던 모래사장에서 느꺼지는 게 분명했다. 탁호는 곧장 다시 해안가로 날아갔다. 아까까지만 해도 느껴지던 파동이 서서히 옅어지더니 그가 해안가에 도착하자 아주 약하게 느껴졌고 곧 멈춰버릴 듯했다. 그는 마음이 급해졌다. 온 신경을 기울여 온몸이 땀에 젖을 정도로 집중한 그는 신호의 출처를 찾을 수 있었다. 해안가의 동쪽 끝, 방파제가 쌓인 곳이었다. 곧장 날아간 그는 잔뜩 쌓인 변사체를 치우기 시작했고, 바닥에 깔린 작은 인간 아이를 발견했다. 인간 아이의 숨이 곧 끊길 것 같았다. 키는 150cm도 채 안 되어 보였다.

"괜찮아? 얼른 꺼내줄게. 정신 차려야 해!"

탁호는 작고 마른 인간 아이를 가까스로 꺼내었고, 작은 아이의 손은 무언가를 꽉 잡고 놓지 않고 있었다.

"도대체 뭘 잡은 거야? 그만 놔야 해! 그래야 네가 편안해질 수 있어."

아이는 숨이 넘어갈 것 같으면서도 무언가를 꽉 잡고 놓지 않았다. 가까이서 보니 그것은 누군가의 손이었다. 세월의 흐름이 여실히 느껴지는 메마른 손. 자글자글한 주름이 가득한 손. 시선을 손에서 팔로, 팔에서 어깨로, 어깨에서 얼굴로 옮기는 순간. 탁호는 이 얼굴을 어디선가 분명 본 적이 있다고 생각했는데, 쉽게 떠오르지는 않았다. 어린아이가 손을 잡은 건 노인이었다. 그녀 역시 작고 마른 몸을 갖고 있었다. 탁호는 머리가 깨질듯한 아픔을 느꼈다. 소녀가 불현듯 입을 열었다.

"…해요."

"뭐? 조금만 더 크게 이야기해 줄 수 있니?"

"……해…야… 해요…."

"힘드니까 천천히 말해도 돼."

탁호는 조마조마한 마음을 아이에게 들키지 않으려 애써 웃음을 지었다.

"……곧…이에요……."

아이의 숨소리가 거칠어졌고, 이내 쌕쌕거리기 시작했다. 가늘게 붙은 숨을 겨우 붙들고 있는 것 같았다. 아이의 몸은 한순간 축 늘어졌고, 그때 탁호의 눈과 마주쳤다. 소녀의 눈에는 커다란 두려움 외에 아무것도 없었다. 그리고 무언가를 간절하게 바라는 것처럼 보였으나, 그녀는 눈을 감아버렸고, 그녀의 바람이 무엇이었는지 영원히 알 수 없게 되었다. 마침내 할머니 손을 꼭 붙잡았던 힘이 스르르 풀렸다. 탁호는 미동조차 없는 그녀를 굳은 얼굴로 바라보았고, 그녀가 꼭 쥐고 놓지 않았던 손의 주인을 다시 한번 바라보았다. 탁호는 노인의 얼굴을 보며 소스라치게 놀랄 수밖에 없었다. 붉은 하늘. 운명의 수레바퀴! 이상한 소리를 중얼거리던, 가로등 옆의 그 늙은이였다! 탁호는 온몸에 털이 솟는 것을 느꼈다. 그는 순간 욕조에 들어간 기억이 났다. 지금 그가 있는 곳은 그의 꿈이 틀림없었다. 그는 꿈에서 깨기 위해 발버둥을 쳤고, 몸을 사정 없이 뒤틀었다. 그러자 심장이 쿵 내려앉는 느낌이 들면서 번 쩍하며 눈이 떠졌고, 욕실 천장이 흐릿하게 보였다. 그는 곧장 물속에서 나와 숨을 헉헉거렸다. 꿈이라기엔 너무나 생생했다. 꿈에서 느낀 공포 또한 너무 생생해서 당최 마음을 가다듬을 수가 없었다. 더군다나 오늘 퇴근길에 본 할머니가 꿈속에 좋 지 않은 모습으로 등장한 일이 가장 마음에 걸렸다. 그는 찝 찝한 기분으로 욕조에서 나와 몸도 닦지 않은 채 물을 뚝뚝 흘리며 자기 방으로 걸어갔다. 그를 본 치명은 이상하다는 눈 길로 그를 바라보다 다시 TV를 보며 더욱 큰 소리로 낄낄댔 다. 탁호는 방으로 와 꿈에서 본 것들을 노트에 펜으로 기록 하기 시작했다. 너무 피곤해서 무언가를 쓸 힘조차 없었지만, 온 힘을 쥐어짜 내서라도 왠지 기록해야만 할 것 같았다. 자 신이 본 것은 과연 미래가 아닐까 하는 생각을 했다. 그는 하 나도 빠짐없이 쓰기 시작했다. 처음으로 느껴본 고통스러운 감정과 두려움, 공포에 관한 것까지도.

탁호는 눈이 부신 듯 손으로 얼굴을 가렸다. 어젯밤 커튼도 치지 않은 채 책상 위에서 잠들어 버린 그였다. 바깥에서는 새들이 아침을 알리고 있었다. 탁호는 침대에 일어나 앉아 자 신이 할 수 있는 최대한 크게 기지개를 켰다. 모든 걸 털어내

버리려는 듯이. 그는 곧장 세면대로 향했고, 구석구석 이를 닦았다. 얼굴에서 뽀득뽀득 소리가 날 정도로 세수를 했다. 그는 부엌으로 가 정수기의 따뜻한 물을 가득 담아 마셨고, 어젯밤 사 온 유기농 차를 마시기 위해 한 번 더 컵에 물을 따랐다. 그는 식탁에 앉아 뜨거운 김이 홀랑홀랑 피어오르는 차를 가만히 바라보았다. 한 모금, 한 모금 향과 맛을 음미하며 차가 자신의 몸속으로 들어가는 과정을 천천히 지켜보았다. 그는 이 시간이 마음에 들었다. 탁호는 어느새 찌뿌둥함과 이별한 듯했고, 생기가 돌았다. 도시에 온 후, 그는 바다에 있을 때보다 훨씬 많은 피로감을 느꼈다. 그는 치명이 최대한 늦게 일어났으면 했다. 치명은 지금 느끼는 고요함을 단숨에 깨부수기에 충분한 사람이었으므로.

컵을 정리한 후, 그는 방으로 가 주섬주섬 옷을 입었다. 가장 좋아하는 파란색 운동복을 꺼내 입었다. 그는 주변 산책을 하다가 그대로 출근해야겠다고 생각했다. 회사는 자유로운 복장을 허용했기 때문에 다소 편한 차림의 사람들을 심심치 않게 볼 수 있었다. 그는 가방에 텀블러와 필통, 노트, 지갑 등 간소하게 짐을 쌌고, 치명이 깨기 전 얼른 나서야겠다고 생각했다. 발을 들고 살금살금 걸어 나와 현관문을 조심히 닫았다. 그는 문을 닫으며 오늘은 부디 평온한 하루를 보낼 수 있기를 기도했다.

대홍수와 산불

탁호는 평소 출근길 말고 완전히 다른 쪽으로 걸어가기 시작했다. 회사 방향과는 완전히 반대 방향이었다. 그는 조금 빠르게 뛰기 시작했다. 햇빛을 받아 반짝이는 건물들의 유리창이 보였고, 도로 양옆으로 줄 지어선 잎이 넓은 가로수들이 빠르게 지나갔다. 한동안 비슷한 풍경이 계속되었다. 그는 한 방향으로만 달렸다.

힘차게 달리던 중, 숨이 찬 그는 잠시 멈춰 이마에 맺힌 땀방울을 닦았다. 그가 낀 마스크 안은 이미 습기로 가득했다. 입과 인중으로 땀이 주룩 흘렀다. 잠시 마스크를 내려 소매로 땀을 모두 정리한 그는 시원한 공기를 만끽하며 호흡을 가다듬었다. 탁호의 앞에는 작은 입간판 하나가 놓여 있었다.

"카페 선심(善深)"

나무로 만들어진 입간판에는 카페 이름과 함께 어떤 문구가 적혀 있었다.

"선하고 깊은 마음으로 커피를 내립니다. 이 커피 한 잔이 하루의 시작을 기쁘게 만들어 주길 바라는 마음입니다."

왠지 문구를 보고 마음이 끌린 선호는 유리로 된 문을 밀고 카페 안으로 들어갔다. 문이 열리자 맑고 고운 종소리가 카페 안에 울려 퍼졌다.

"어서 오세요."

머리카락이 어깨에 닿을락 말락 한 키가 큰 마른 남자가 카운터 앞에서 고개를 숙였다. 탁호는 더욱 고개를 숙여 인사를 했다. 남자는 가게 주인인 것 같았다. 카페 안은 탁호 외에 손님이 아무도 없었고, 진한 커피 향으로 가득했다.

메뉴는 단출했다. 커피 메뉴 몇 가지와 티 종류, 직접 만든 요거트가 다였다. 어떤 메뉴를 고를지 괜히 신중해졌다. 그는 바로 앞에 선 사장님이 기다릴까 조금 미안한 기분이 들었지만, 아침에 마시는 커피는 왠지 대충 고르고 싶지가 않았다. 마음을 읽은듯한 사장은 천천히 고르라 말했고, 아침에 먹을 수 있는 간단한 요깃거리와 디저트에 관해서도 친절히 설명해 주었다.

"음. 저는 여기 이 원두로 내린 드립으로 주세요. 따뜻한 거요."

"네. 다른 건 괜찮으세요?"

탁호는 고개를 갸우뚱하며 고민했다.

"저기 크루아상은 방금 막 나온 건가요?"

"네. 안 그래도 고객님 들어오실 때 막 나온 거라 따끈하고 맛있을 겁니다."

그는 웃음을 지었다. 눈가에 주름이 일었는데 탁호는 그 주름이 정말 매력적이라는 생각이 들었다.

"네. 그럼 저것도 같이 할게요. 커피는 여기 이 텀블러에 담아주시겠어요?"

"네. 알겠습니다. 텀블러 하시면 500원 할인 적용되셔서 총 6,500원 결제 도와드리겠습니다."

탁호는 카드를 내밀었고, 사장은 쿠폰에 도장을 찍어 내밀었다. 쿠폰에는 파랑새 모양의 도장이 찍혀 있었다. 그의 손목에는 작고 푸른 나비 두 마리가 그려져 있었다. 나비는 막 날아가도 어색하지 않을 정도로 선명했으며 푸른색을 띠고 있었다.

"커피 맛있게 내려드릴게요."

그는 그리고 또다시 눈가에 주름이 잡힐 정도로 미소를 지었다.

"시간이 조금 걸리니까 편하게 앉아 계세요. 자리까지 가져다 드리겠습니다."

그는 돌아서 앞치마를 한 번 더 묶었고, 안쪽으로 들어가 커피를 내리기 시작했다. 탁호는 이 공간이 주는 느낌이 참 좋았다. 처음 와본 공간이지만 이상하게 편안하고 설레는 기분이 들었다. 오늘 하루는 요 며칠과는 다르게 기분 좋은 일이 연속으로 생길 것만 같은 느낌이었다. 커피를 내리는 동안 아담하고 작은 카페 내부를 찬찬히 둘러보았다. 화이트와 밝은 느낌의 원목으로 잘 어우러져 안정감이 드는 인테리어였다. 카페 곳곳에는 아기자기한 소품들이 놓여 있었고, 한쪽 구석에는 비싸 보이는 작은 책장이 하나 있었는데, 소설책으로 가득했다. 책장 위는 그림이 하나 걸려 있었는데 황금빛 노을로 물든 바다였다. 그 그림을 보고 있자니 알 수 없는 기분이 들었다. 희망이 마구 솟구치는 것 같으면서도 이상하게 씁쓸한 기분이 들었고, 자신도 처음 느껴보는 기분에 당황스럽기까지 했다.

그림을 바라보며 한참 빠져들어 있을 때, 어느새 사장은 소리 없이 그의 앞에 와 있었다. 인기척이 전혀 느껴지지 않을 정도로 그의 움직임은 가벼웠다.

"그림이 마음에 드시나 보네요."

"바다를 무척 좋아해서요. 이렇게 아름다운 황금빛 바다 그림은 처음 보는 것 같아요."

탁호는 그림에서 눈을 떼지 않으며 말했다.

"저도 바다를 너무나 좋아한답니다. 특히나 서해안을 좋아하죠. 이 그림은 서해안의 어딘가에서 그린 거래요. 작가가 그곳에서 본 노을을 잊을 수 없어 서울로 오자마자 이 그림을 그리기 시작했다죠. 그림을 완성하고, 작가는 자신의 그림에 도저히 만족할 수가 없었대요. 그래서 그 바다를 다시 찾아갔는데 그 노을을 절대로 볼 수가 없더라는 거죠. 그 후에도 여러 번 찾아갔지만 헛수고였대요. 아무리 가도 그때의 찬란한 느낌을 주는 노을은 절대로 볼 수 없었던 거죠. 작가는 자신의 그림이 만족스럽지 않았지만, 자신이라도 그 노을을 기록해 놓을 수 있는 존재라는 것에 감사하기로 했대요. 그때부터 자신의 그림을 사랑할 수 있게 됐다고 하더라고요."

그는 상념에 젖은듯한 눈길로 그림을 지그시 바라보았다. 그는 잠시 말을 멈춘 후, 호흡을 가다듬었다. 그리고 다시 말을 이었다.

"신은 인생에서 잊을 수 없는 선물을 주죠. 그리고 그 선물을 통해 자신이 나아가야 할 길을 명확히 알려주기도 하고요. 자신의 존재 자체를 망각하고 사는 사람들이 너무 많잖아요.

저도 그런 사람 중 하나였고요. 그렇지만 이제는 그냥 살지 않으려고 해요. 커피 하나에 정성을 다하는 일도 저에게 주어진 소중한 재능이고, 선물이라 생각하거든요. 제가 별소리를 손님께 다하네요. 마음속으로만 간직해 왔던 말인데, 참 이상하네요. 누구에게도 이런 말을 한 적은 없는데 말이죠."

그는 머쓱한 듯 허허하고 웃었다. 탁호는 그에게서 느껴지는 따뜻한 기운을 느꼈다. 그는 카페 이름처럼 선하고 깊은 에너지를 가지고 있는 인간이 분명했다. 도시에서 만난 대부분 인간은 진회색이거나 안개처럼 뿌연 에너지장을 가지고 있었다. 그러나 사장은 드물게도 선명하고 노란 에너지장을 가지고 있었다. 마치 오랫동안 자연 속에서 살아온 사람처럼.

"공감합니다. 저 또한 두려움에 갇혀 존재의 의미를 잊을 때가 많거든요. 그럴 때마다 신이 제게 준 재능과 제가 해야 할 일을 잊지 않으려 노력합니다. 그리고 이렇게 사장님을 만난 것도 어쩌면 신의 계획일지도 모르겠네요."

둘은 서로의 마음을 안다는 듯한 눈빛으로 마주 보았다.

탁호는 한결 가벼워진 마음으로 카페를 나왔다. 진하고 향긋한 커피 냄새가 그의 코를 자극했고, 참지 못한 그는 마스크를 내리고 텀블러 뚜껑을 열어 한 모금을 천천히 마시며 음미했다. 커피에서는 진한 초콜릿과 견과류를 섞은 맛이 났고,

마지막에는 상큼한 과일 향이 올라왔다. 그가 인간 세상에 와서 마셔본 커피 중, 가장 향긋한 커피였다. 얼른 한 모금을 더 마셨고, 다시 한번 커피의 맛과 향에 감탄했다. 과연 하루의 행복을 충분히 만족시킬 만한 커피였다.

그는 커피를 들고 아까와는 다르게 천천히 걷기 시작했다. 그는 골목길 안쪽으로 걸어갔다. 대로변의 시끄러운 자동차 소리가 점점 멀어져 갔다. 골목 안쪽으로는 낮고 작은 주택들이 거리를 두고 지어져 있었다. 대부분 마당이 있는 집들이었다. 마당 안쪽으로는 주인의 취향을 엿볼 수 있는 나무가 적게는 한 그루부터 많게는 열 그루 넘게 있는 곳도 있었다. 이제 막 물이 들기 시작한 나뭇잎들은 누군가 색종이 조각을 잘라 하늘에 널어놓은 것처럼 보였다. 그는 골목골목을 천천히 누비기 시작했다. 집의 담벼락은 대부분 깨끗하며 관리가 잘되어 있었다. 녹이 슬거나 위압감을 주는 구조물은 하나도 없었다. 그는 오늘 걸어서 출근하길 잘했다는 생각이 들었다.

걷다가 인기척이 느껴져 위를 올려다보니 하얗고 커다란 개 한 마리가 자신을 내려다보고 있었다. 개는 담벼락 위로 고개를 쑥 내민 채 지나가는 사람들을 구경하는 모양이었다.

"안녕?"

탁호는 오른손을 들어 개를 향해 흔들어 보였다. 개는 멍! 하고 한 번 짖었다. 탁호는 개가 분명 자신의 이름을 대답했으리라 생각하며 기분 좋은 웃음을 지었다. 그리고는 손을 흔들며 다시 걸어갔다. 그는 틈틈이 마스크를 내려 커피를 한 모금씩 마셨다. 홀짝홀짝 마시다 보니 회사에 도착하기도 전에 벌써 바닥이 보일 지경이었다.

골목길은 점점 좁아졌다. 그는 계속 걷다 막다른 길에 다다르진 않을까 걱정했지만, 마음은 이상하게도 그 좁은 골목길을 가라고 재촉하고 있었다. 성인 두 명이 겨우 지나갈 만한 골목길이었다. 다행히 아무도 반대편에서 걸어오는 이는 없다. 이른 시각이기 때문이리라. 이번에는 개가 아닌 고양이 한 마리가 지붕 위에서 자신을 지켜보고 있는 것이 느껴졌다. 고양이는 빛나는 회색 털을 가지고 있었으며 날렵해 보였다. 눈동자는 파랗고 투명했다. 이상하리만큼 신비감이 느껴지는 고양이었다. 고양이는 그를 보며 처음에는 경계하는 것처럼 보였으나 이내 앉은 자세를 취하더니 자신의 손과 머리를 마구 핥기 시작했다. 탁호는 그 파란 눈의 고양이가 인간 세상에 내려와 모든 것을 지켜보는 신과 같은 존재가 아닐까 하는 이상한 생각을 했다. 그러자 고양이가 핥던 행위를 멈추고 그를 뚫어지게 바라보았고, 탁호는 가로등 밑에서 만난 할머니를 만났을 때와 비슷한 감정을 느꼈다. 그것은 일종의 두려움이었다.

그는 다급해진 마음으로 좁은 골목길을 빠져나왔다. 오른

쪽으로 돌자 왼편에는 상상도 못 한 장면이 펼쳐졌다. 아주 크고 맑은 호수가 있었는데 호수 주변으로는 버드나무를 비롯한 수많은 나무가 둘러싸여 있었다. 그리고 나무로 만들어진 산책로가 있었는데, 몇 안 되는 사람들이 운동복을 입고 주변을 걷고 있었다. 탁호는 홀린 듯이 호수의 산책로로 들어섰다. 그는 호수를 처음 봤다. 그가 알던 바다와는 완전히 다른 느낌이었다. 물의 양은 바다보다 현저히 적었지만, 바다에서는 느낄 수 없는 잔잔함과 고요함이 느껴졌다. 그는 햇살이 나무 사이로 쏟아져 내리는 것을 천천히 음미하며 가만히 호수를 바라보았다. 그의 안에서 시끄럽게 반복되던 생각이 전부 사라졌고, 자신을 둘러싼 모든 게 가짜인 것처럼 느껴졌다. 그는 한참을 그렇게 호수를 바라보았고, 들리는 것은 자신의 숨소리뿐이었다. 숨소리마저 들리지 않게 되었을 때, 탁호의 마음 깊은 곳에서 들려오는 작은 목소리를 들을 수 있었다.

'아무것도 두려워하지 마. 내가 언제나 네 곁에 있으니까.'

오늘 마주쳤던 풍경이 선명하게 떠올랐다. 그리고 커피를 내려주신 사장님, 그를 내려다보고 있던 하얀 개, 파란 눈을 가진 회색 고양이, 그리고 호수까지. 그를 둘러싼 주변의 모든 게 자신을 지켜보고 있다는 게 느껴졌다. 그는 일어나는 모든 일이 결코 우연은 아니라는 것을 직감적으로 느끼고 있었다. 어느새 자신의 호흡이 다시 크게 들렸고, 새들이 지저귀는 소리가 점점 크게 느껴졌다. 참새들은 쩍쩍거리며 이 나무, 저 나무 사이를 오갔고 까치를 비롯한 다양한 종류의 새들이 호수 위를 빙빙 돌고 있었다.

그는 이제 정말로 회사에 가야겠다는 생각을 했다. 시계를 보니 여전히 이른 시각이기는 했지만, 아무도 없는 회사에 가장 먼저 출근해서 누리는 여유가 참 좋았다. 그는 자신이 왔던 대로변 쪽을 향해서 다시 뛰기 시작했다. 조금씩 땀이 나기 시작했고, 선선했던 아침 바람은 차갑게 다가왔다.

저 멀리 있던 회사 건물이 차츰 가까워져 갔다. 길가에서 만난 미화원분들을 보며 인사를 건넸고, 미화원분들 또한 반갑게 인사해 주셨다. 탁호는 사무실에 가서 미리 직원들이 오기 전 깨끗하게 청소를 해놔야겠다는 생각이 들었다. 미화원이 지나간 자리와 그렇지 못한 자리를 보니 확연히 차이가 났기 때문이었다. 그 자리를 바라보는 마음 자체가 달랐다. 깨끗한 곳은 보기만 해도 기분이 좋았고, 그렇지 못한 곳은 마음마저 더러워지는 기분이 들었다.

그는 어느새 회사 근처에 와 있었다. 탁호가 다니는 회사의 옆 건물은 온통 통유리로 지어져 있었는데 햇빛을 받아 건물 일부는 황금처럼 빛났다. 높이가 아주 높아 고개를 들고 바라보면 도통 어디까지 솟아 있는지 알 수가 없었다. 건물에 넋이 나가 있던 중, 탁호는 건물 바닥에 흩어져 있는 무언가를 발견했는데 자세히 보니 검고 작은 무언가가 꿈틀대고 있었다. 탁호는 좀 더 가까이 가보기로 했다.

반질반질한 대리석 위, 꿈틀거리던 것의 정체는 새였다. 참새도 있고, 처음 보는 새들도 여럿 있었다. 스무 마리쯤 되어 보였는데 대부분은 꿈쩍도 하지 않거나, 날개를 몇 번 발작적으로 퍼덕이더니 금세 움직임을 멈췄다. 놀란 마음으로 지켜보던 와중 "쿵" 하는 소리가 들렸고, "쿵, 쿵" 하는 소리가 연이어 들렸다. 새였다. 작고 여린 새들이 몇 번이나 투명한 유리창에 부딪혀 생을 마감하는 모습을 탁호는 미간을 찌푸린 채로 바라보았다. 생명이 이렇게나 허무하게 눈앞에서 사라져가는 것을 그는 지켜볼 수밖에 없었다. 뒤에서 인기척이 느껴져 돌아보니 건물 관리인으로 보이는 나이 지긋한 남성이 새 한 마리, 한 마리를 줍고 있었다. 그는 한 마리를 주울 때마다 눈을 꼭 감으며 작고 낮은 소리로 중얼거렸는데 뭐라고 하는지 들리지는 않았다. 탁호는 그에게 다가갔다.

"안녕하세요. 아침에 산책하다가 우연히 이런 장면을 보게 되어서요. 혹시 뭐하고 계신 건지 여쭤봐도 될까요?"

그 남성은 계속해서 새를 주웠고, 마지막에 부딪힌 새까지 줍고 난 후 눈을 감고 또다시 중얼거림을 반복했다. 그제야 그는 고갤 들어 탁호를 바라보았고, 탁호는 그가 대답하기를 기다렸다.

"아. 저는 건물 관리인입니다. 이 건물의 외벽이 유리창으로 지어지고 난 후에는 이렇게 매일 많고 적은 숫자의 새들이 죽어가고 있습니다. 사실 오늘은 아주 운이 좋은 편이지요. 원래는 더 많은 숫자의 새들이 부딪히니까요."

그는 메마른 입술과 목소리로 말했다.

"참 안타깝네요. 여기 회사 사람들은 새가 죽어가는데도 아무런 감정도 느끼지 못하는 걸까요? 혼자 이 일을 다 하고 계신 것 같은데."

"아무래도 각자 먹고살기 바쁘다 보니 새 따위는 생각할 여념이 없는 거겠지요. 안타까운 현실이지만, 저로서는 특별한 방도가 떠오르질 않네요. 저 또한 그저 직장인일 뿐이니까요."

탁호는 저절로 한숨이 나왔다.

"그런데 혹시 아까 새들을 한 마리씩 쥐고 무어라고 하시는 것 같던데, 어떤 특별한 의미가 담긴 걸까요?"

"아. 그거요. 그냥 작은 기도를 했을 뿐입니다. 흠흠."

"기도요?"

"네. 새들이 다음 생에는 매연도 없고, 거대한 유리창도 없는, 평화로운 자연 속에서 태어나길 바라는 마음에서요. 이 작은 새의 죽음을 애도할 수 있는 건, 그 순간을 직접 목격한 저와 함께 날아가던 새들뿐이니까요. 저 또한 하찮은 인간에 불과하지만 이렇게라도 하지 않으면 정말로 못난 인간이 될 것 같아서요."

그는 멋쩍은 웃음을 보이며 이제는 가봐야 한다고 했다. 탁호는 이런 사람이나마 있기에 지구가 근근이 살아나가는 게 아닌가 싶었다. 탁호는 깊은 마음으로 새들을 애도하며 다시 회사 건물로 발걸음을 옮겼다. 그의 어깨에는 걱정과 책임의 돌이 조금씩 쌓여가고 있었다. 이 세상은 너무나 문제가 많아서 대체 무엇부터 해결해야 좋을지 도무지 알 수 없었다. 그러나 이것은 서막에 불과했다. 탁호가 알지 못하는 문제들은 서로 복잡하게 뒤엉켜 지구 곳곳에 자리하고 있었다. 전체 인류가 노력하지 않는 이상 지구는 곧 멸망해도 이상하지 않을 정도였다.

아무도 없는 텅 빈 사무실은 적막했다. 그러나 그 적막감이 탁호에게는 위안과도 같았다. 도시 속에서의 적막은 빛 한 줄기 들지 않던 밤바다에서 고독을 누리던 순간과 비슷하게 느껴지기 때문이었다. 그는 아침에 계획했던 대로 사무실 청소를 시작했다. 구석구석 빠짐없이 쓸고 닦았고, 누구도 신경 쓰지 않는 부분까지 신경 썼다. 직원들의 각자 공간인 책상만 빼고는 사무실 전체를 정리하다시피 했다. 물론 큰 청소는 건물 담당 청소 아주머니께서 해주시긴 했지만, 탁호는 너저분한 것을 견디지 못하는 성격이었다. 무엇하나 제자리에 놓여 있지 않으면 마음이 산란해지는 것을 느꼈다. 그것은 바다에서도 마찬가지였다. 자신의 보금자리는 물론이고 늘 지나다니던 길에 버려져 있는 쓰레기나 지저분한 해초들을 이따금 정리하고는 했다. 친구들이 그만하라고 해도 직성이 풀릴 때까지 하고 난 후에야 청소를 멈추고는 했다.

창문을 활짝 열었다. 상쾌한 바람이 사무실 안을 휘저으며 즐거워했다. 그는 괜히 뿌듯해진 마음을 안고 자신의 책상 앞에 앉았다. 하얀 책상 위에는 연필꽂이, 펜, 공책, 지금 당장 쓸 것 외에는 아무것도 없었다. 모두 서랍에 들어가 있었기 때문이다. 그는 손으로 책상 위를 한 번 쓰다듬었고, 컴퓨터를 켰다.

그가 인터넷을 켜자마자 가장 먼저 한 일은 세계에서 일어나고 있는 각종 환경 문제들을 파악하는 것이었다. 그리고 그걸 위해서 인간들은 어떤 노력을 구하고 있는지, 어떤 행동을 취하고 있는지 파악해야 했다. 그 문제들은 실로 방대하고 다양해서 탁호 혼자 감내해 내기란 절대 불가능한 일이었고, 실제로 환경 뉴스에 관심을 가지는 사람은 거의 없었다. 대부분은 연예 기사나 사회, 정치 기사에 관심이 쏠려 있었다. 탁호는 의아했다.

'도무지 이해가 가질 않아. 다들 어떤 생각으로 살아가는 걸까. 우리가 설 땅이 없는데 명예를 얻는 일이든, 인기가 많든, 돈이 많든 적든 무슨 소용이 있냔 말이지. 가끔 인간들은 스스로를 지나치게 과대평가하는 경향이 있어. 오만하고 겸손치 못한 종족들이란 말이지.'

탁호는 인간 세계에 와서 분명 감사하고 배울 것도 있었지만, 여전히 마음 한구석으로는 그들을 배척하고 있었다. 좋게 보려다가도 박치명을 비롯한 주변의 몇몇 인물들을 보면서 안타깝게 죽어간 자신의 바다 친구들이 떠올랐기 때문이리라. 그는 중요한 일부 기사를 모아 폴더를 만들어 저장했다. 별로 중요치 않은 기사들과 중요한 기사들을 구분하느라 애를 썼다. 모든 기사와 문제가 그에게는 다 중요하게 여겨졌으므로.

그는 문제와 관련된 기사 외에도 재생에너지 사업과 관련해 탁호 회사를 제외한 타 기업이 어떤 방식으로 회사를 운영해 나가는지도 조사해 보았다. 탁호가 그동안 회사 내에서 알아본 것과는 확실히 다른 차이가 있었다. 그동안 그는 자신이 다니는 회사만이 최고라고 여겼는데, 우물 안 개구리와 같았다는 사실을 이제야 깨달았다. 뭐든 배우고 알기 전까지는 자신이 모든 걸 다 안다고 착각하기 마련이니까. 그는 폴더를 따로 만들어 또다시 저장했고, 그의 폴더는 가까스로 추려냈지만, 그래도 꽤 많은 자료가 모였다.

"탁호!"

누군가 어깨를 치며 그를 불렀다. 은정이었다. 은정은 항상 탁호 다음으로 일찍 출근했다.

"어! 왔어? 오늘은 더 일찍 왔네?"

"너에 비하면 난 지각쟁이지. 근데 아침부터 뭐 해? 환경 기사? 뭐야 이것들은 다?"

"그냥 뭐. 평소에 관심이 좀 있던 것들이라. 하하."

탁호는 마우스로 자신이 보던 기사들과 폴더를 황급히 껐다.

"뭘 또 숨겨? 난 다 봤지롱! 와. 문탁호. 너 진짜 진심이구나. 이 회사에, 이 지구에. 이런 사람은 처음 봤다. respect."

은정은 탁호를 향해 엄지손가락을 들어 보였다. 순간 탁호는 얼굴과 귀에 열이 오르는 게 느껴졌다. 은정은 그 모습을 보며 더 신이 난듯했다. 계속해서 "리스펙! 리스펙!"을 외치며 탁호의 반응을 살폈다. 탁호는 잠시나마 심각하게 생각했던 문제들을 잊고, 은정과 함께 즐거운 수다를 떨었다. 별 이야기는 아니었지만, 소소한 대화마저 편안하고 좋은 사람과 있으니 매우 즐겁게 느껴졌다. 즐거움은 모든 심각함을 잊게 하니까.

둘은 각자의 자리에서 오늘도 열심히 일한 후, 꿀맛 같은 점심을 먹으러 나갔다. 탁호는 점심에 할 이야기가 있다며 나가서 먹자고 제안했다. 근처 샐러드 가게에서 포장한 후, 둘은 회사에서 조금 떨어진 공원에 나가 벤치에서 먹기로 했다.

"오. 이 집 포케 진짜 잘한다. 재료도 다 싱싱하고 너무 맛있는데?"

"그러게. 네 덕분에 이런 곳도 알게 되고. 고마워."

"뭐가 고마워. 같이 먹어주는 사람이 있다는 게 더 고맙지. 같이 먹으면 배로 맛있잖아."

둘은 느긋하고 편안한 마음으로 점심을 먹었다. 회사 밖에서 먹는 점심은 색다른 기쁨으로 다가왔다. 은정은 토끼 같은 입을 오물거리며 입을 열었다.

"아, 탁호 너 아까 할 이야기 있다고 했지 않았어?"

"어. 있어. 우선 이것부터 먹고 천천히 이야기할게. 좀 무거운 이야기라. 먹다가 괜히 기분 안 좋아지면 체할 수도 있고."

"그래? 그 정도라고? 나 웬만해선 잘 안 체하는데. 얼마나 무거운 이야기면 그러실까. 아무튼, 알았어. 맛있게 먹자!"

둘은 천천히 흘러가는 구름을 동시에 바라보았다. 풍경 한 번 보고, 사람들도 보면서 천천히 채소를 씹었다. 찜질방에서 탁호는 늘 급하고 빠르게 먹었지만, 은정을 만나고 나서는 자연스럽게 천천히 먹게 되었다. 음식 본연의 맛이 잘 느껴지는 게 정말 좋았다. 마지막에 남은 방울토마토를 각자 입으로 가져간 후, 꼭꼭 씹었다. 탁호가 말했다.

"은정아. 너 박치명 알지? 전에 옥상에서 만난 내 룸메이트."

"어. 그 기분 나쁜 사람! 그 사람이 왜? 너 막 괴롭히는 거 아니지? 내가 가서 그냥 확!"

"하하. 그런 건 아니고. 좀 지저분하고 기분 나쁜 사람인 건 맞는데, 그것보다 내가 얼마 전에 퇴근하기 전에 연구실 쪽 구경 간다고 건물 2층을 둘러보고 있었거든. 그런데 빛이 새어 나오는 곳이 있길래 가까이 가보니까 익숙한 목소리가 들리는 거야. 박치명인 거지."

"헐. 야. 완전 흥미진진하다. 벌써. 그래서? 그래서?"

은정은 재미있다는 듯 눈빛을 반짝이며 다급하게 물었다.

"실험실? 같아 보이는 곳이었어. 박치명이랑 처음 보는 사람도 같이 있더라고. 근데 그 둘이서 이상한 이야길 하는 거야. 대표가 언제 들어오냐는 둥, 얼마 안 남았다는 둥, 실수하지 말고 정확하게 끝내자는 둥, 자기들은 원래 없었던 사람들인 것처럼 행동하자는 거지. 분명 수상하긴 했어."

"야. 대박인데? 그 인간 관상으로 봐서는 무슨 일을 벌여도 벌일 사람이야. 대체 무슨 계략을 꾸미는 거야?"

순간 뒤에서 누군가 탁호를 툭 하고 건드렸다. 돌아보니 박치명이었다.

"어이. 룸메이트 씨. 안녕하세요? 저희 참 자주 보네요. 룸메이트 아니랄까 봐. 아 옆에 계신 여자분도 저번에 봤었죠? 둘이 애인 맞네. 맨날 붙어 다니는 거 보니. 근데 무슨 이야길 그렇게 쑥덕거려요? 나도 좀 끼워줘요."

그는 능글맞게 웃으며 말했다. 탁호와 은정의 표정은 점점 굳어졌다.

"에이. 뭘 또 정색을 하고 그래. 데이트할 때 사이에 껴서 내가 눈치가 없었네. 그죠? 근데 두 분은 이 회사 마음에 들어요? 난 같은 신입인데 이상하게도 열정이 안 생겨. 애초부터 마음에 안 들었어. 근데 뭐 복지 하나는 끝내주니까. 이를 갈고 들어왔지 내가. 하하하! 내가 너무 또 내 이야기만 했네. 두 분 데이트 잘하고, 저희는 집에서 봅시다. 안녕!"

치명은 두툼한 손을 흔들며 뒤뚱뒤뚱 사라져 갔다. 은정과 탁호는 치명이 자신들의 이야기를 들었는지 그렇지 않았는지 전혀 알 수가 없어서 불안했다. 언제부터 그가 그들 뒤에 와 있었는지 전혀 눈치챌 수 없었다. 그들은 이제 그를 실명으로 거론하지 않고 A라고 부르기로 했다.

"아. 저 인간 들은 거 아니겠지? 탁호야. 조심해. 느낌이 안 좋아. 너한테 해코지라도 하면 어떡하냐."

"괜찮아. 별일 없을 거야."

"아무튼, A가 뭔갈 하고 있었다는 거지? 더 자세히 생각나는 건 없고?"

"대화 말고는 음. 뭔가 이상한 걸 제조하는 거 같아 보였어. 확실하진 않고. 내 추측이야."

"그래? 흠. 일단 개 동태를 잘 파악하는 게 좋겠어. 아니면 오늘 퇴근하고 2층에 다시 한번 같이 가보자. 똑같은 짓을 하고 있을 수도 있으니까."

"그래. 좋아."

둘은 조금 일찍 퇴근 후, 각자 퇴근하는 것처럼 보이려 조금 시간 차이를 두고 나갔다. 둘은 2층에서 조용히 만나 치명이 없는지 살펴보기 시작했다. 곳곳을 돌아보고, 전에 본 실험실에도 가보았지만, 아무런 기척도 없었다. 실험실은 굳게 잠겨 있었다. 단서라도 잡아보려 했지만 허탕이었다. 둘은 아쉬운 마음이었지만, 어쩔 수 없었다. 은정은 집으로 곧장 갔고, 탁호는 도서관으로 향했다.

탁호는 여전히 사람이 많은 자리를 피해 구석에 자리를 잡고 앉아 필요한 책들을 읽기 시작했다. 기후 변화부터 재생에너지와 관련한 수많은 서적을 비롯해 플라스틱, 해양오염, 모든 생태 오염에 관한 책을 독파해 나갔다. 방대한 정보를 머릿속에 빼곡히 박아넣기 시작한 그는 토씨 하나 빼먹지 않고 뇌 속에 모두 저장했다. 그리고 이 정보들을 바탕으로 어떻게 행동해 나가야 할지 시뮬레이션하기 시작했고, 그 내용을 모두 노트에 적어 내려갔다. 방법은 다양했지만, 실질적으로 사용할 수 있는 방법은 거의 없었다. 모든 사람이 노력해야 했고, 상상을 초월하는 액수의 돈이 들었다. 그러나 포기할 수 없었다. 탁호는 도서관 내 사람들이 나가고, 사서가 와서 불을 전부 끝 때까지 도서관에 남아 있었다.

　오늘도 탁호는 일찍 출근했다. 한 달 뒤 있을 신재생에너지 사업 발표회에서 쓸 자료를 모으고 정리해야 했다. PPT도 만들고, 필요한 서류들을 모아 중요 내용을 추려 대리에게 넘기는 게 탁호의 의무였다. 이번에 있을 에너지 사업 발표는 해외에서 돌아온 회사의 대표가 직접 발표하는 것이기도 했고, 수개월 전부터 지금껏 발견하지 못한, 인류가 발견한 최초이자 최고의 신재생에너지가 될 것이라며 회사 안팎으로 강조되어 온 에너지에 관한 발표회였다. 많은 다국적 기업과 국내 회사가 모여 참석할 예정이었으며, 국민의 관심과 기대도 매우 커져 있었다.

　오전과 오후는 온종일 신재생에너지 발표 준비로 다들 바빴다. 탁호는 은정과 인사 외에는 한 마디도 나누지 못했다. 점심도 너무 바빠 10분 안에 겨우 먹고 자리로 돌아왔다. 메일함도 잔뜩 쌓여 있어 메일을 처리하는 것만 해도 꽤 오랜 시간이 걸렸다. 목과 어깨가 결려 잠시 기지개를 켜던 탁호는 창밖을 바라보았다. 노을이 주홍빛으로 하늘을 물들이고 있었다. 해가 점점 짧아지고 있는 게 느껴졌다.

　눈이 뻑뻑하고 침침해짐을 느낀 탁호는 잠깐 숨을 돌려야겠다고 생각했다. 그는 정수기 앞으로 가 투명한 유리컵에 물을 받았다. 유리컵에 깨끗한 물이 가득 찼다. 물을 벌컥벌컥 마신 후, 한 번 더 물을 받아 들이켰다. 그는 이제야 좀 살 것 같은 기분이 들었다. 다시 자리로 돌아와 앉으려는데 대리가 자신을 빤히 쳐다보고 있는 게 느껴졌다. 별로 기분 좋은 눈빛은 아니었지만, 모른체하며 다시 자리에 앉았다.

그 후 빠르게 시간이 흘렀다. 그동안 이렇다 할 일은 일어나지 않았다. 본격적으로 업무가 늘어났고, 중간중간 신재생에너지 사업회에 관한 내용이 재구성되면서 할 일이 더욱 늘었다. 탁호는 한동안 도서관도 2층에도 갈 엄두를 내지 못했다. 박치명은 여전히 집을 더럽게 해놓았으며, 일찍 들어올 때도 아예 들어오지 않을 때도 있었다. 며칠간 연속으로 들어오지 않을 때 탁호는 외려 행복감을 느꼈고, 몇 시간이고 욕조에 누워 있었다.

탁호는 언젠가 대표에게 메일을 보낸 적이 있었다. 자신의 계획과 신념에 관해서, 그리고 회사에 들어오게 된 이유와 대표를 존경하는 마음을 담아 썼다. 대표는 바쁜 건지 아직 메일을 읽어보지 않은 상태였고, 언젠가 읽으리라 생각하며 답장을 기다리는 마음을 접었다.

이제 신재생에너지 발표회가 일주일도 채 남지 않았다. 탁호는 새벽에 일어나 가볍게 조깅을 한 후, 유리에 부딪혀 죽은 새들을 묻어주는 옆 건물 관리원을 도왔다. 이상하게 오늘따라 새가 훨씬 많이 죽어 있었다. 날씨는 더없이 맑고 화창했다. 매일같이 일찍 출근해 온 터라 오늘은 카페에서 조금 여유를 부리다 정각에 맞춰 출근했다. 자신의 책상에 앉기도 전에 사무실 분위기가 어수선하다는 걸 눈치챈 탁호는 무슨 일인지 파악하기 위해 귀에 온 신경을 기울였다.

"아, 대체 누가 그딴 짓을 한 거야? 대표는 어떻게 할 생각이래? 연락은 됐어?"

"얼마 전부터 바쁜 일정 탓인지 연락이 잘 안 되고 있습니다. 계속 연락을 취하고는 있는데……."

탁호는 먼저 온 은정에게 물었다.

"분위기가 왜 이래? 무슨 일 있어?"

"탁호야. 신재생에너지 사업회. 못 하게 됐어."

은정은 심각해진 얼굴로 말했다.

"뭐? 그게 무슨 말이야?"

"우리 회사 제품 중에 친환경 아닌 제품은 하나도 없다고 믿었는데, 글쎄 이번에 옷이며 가방이며 모든 제품에서 죄다 인체 유해 성분이 검출됐어. 이번에 폐플라스틱을 사용해서 만든 신발에서도 나오고, 우리 제품에서 나오지 않은 게 하나도 없대. 지금 기사화되기 직전이야."

탁호는 회사 앞에서 본 각종 카메라를 든 기자들이 이제야 떠올랐다.

"갑자기 이러는 게 너무 이상하지 않아?"

"그러니까. 탁호야. 나도 뭐가 뭔지 모르겠어. 대표가 수년간 연구하고 몰두해서 준비한 신재생에너지 사업이 이렇게 허망하게 취소될 줄이야. 지금 회사도 망하는 거 아니냐는 직원들이 수두룩해."

탁호와 은정, 사무실 사람들이 대책을 강구하는 동안 시간은 흘렀고, 비상 대책 회의가 열렸다. 탁호를 비롯한 신입사원은 참여하지 못했고, 몇몇 중요 직책을 맡은 간부들끼리의 회의였다. 그동안 야심 차게 준비했던 모든 것들이 무너지자 허망하기만 했다. 회의가 열리는 동안 갑자기 사무실에 전화가 빗발치기 시작했다.

"네? 폐수요? 그럴 리가 없는데요?"

대리는 의아한 표정으로 전화를 받았다. 다른 전화기들도 계속 전화가 울리고 있었으나, 대리는 받지 말라는 듯한 제스처를 취했다.

"저희는 무조건 혐기성 폐수처리와 친환경 공법으로만 폐수를 처리하고 있습니다. 그럴 리가 없어요. 제대로 확인해 보십시오!"

그 전화를 끊자 또 다른 전화가 걸려왔다.

"네. 기자님. 정보가 잘못됐어도 한참 잘못된 겁니다. 제대로 알고 기사 내셔야 합니다. 이거 명백한 명예훼손이에요! 그 건 저도 모르죠. 안 그래도 신재생에너지 사업회도 어떻게 될 지 모릅니다. 네. 네. 나중에 다시 전화드리겠습니다."

김 대리의 미간이 심하게 찌푸려졌다. 그는 손바닥을 이마에 얹은 후 말했다.

"아오. 씨. 무슨 일이야 이게."

"대리님. 또 무슨 일 터졌어요?"

은정은 걱정을 가득 실은 눈빛으로 물었다.

"저 경기도에 있는 우리 섬유 공장 있잖아. 거기서 폐수를 무단 방류 했대. 그런 적이 한 번도 없는데. 왜 이런 일이 생기는 거야. 대체!"

대리는 골치 아파 죽겠다며 자신의 자리에 앉아 한참을 혼자 욕지거리를 내뱉었다. 갑자기 닥친 상황에 대리도, 부장님도, 직원들도 어찌할 바를 몰랐다. 그들은 그저 회의가 끝나기만을 바랄 뿐이었고, 모두 패닉 상태였다.

긴 시간 끝에 회의가 끝난 모양이었다. 신재생에너지 사업회는 미룰 수 있는 만큼 미루었다가, 상황이 괜찮아지면 다시 열기로 했는데 그게 언제가 될지는 알 수 없는 실정이었다. 그러나 오늘 일어난 일은 앞으로 일어날 일에 비하면 아무것도 아니었다. 탁호는 불안한 마음으로 막연하게나마 희망을 품었다. 늘 잘되어 왔으니까. 앞으로도 그럴 것이라고 굳게 믿기로 했다. 마음 한편에서 불안의 소용돌이가 휘몰아치고 있다는 걸 애써 무시하면서.

회사는 온종일 어수선하고 시끄러웠다. 은정과 탁호 또한 정신이 없었다. 전화는 점점 더 많이 걸려왔고, 직원들은 진땀을 뺏다. 대표는 여전히 연락이 되지 않았고, 사람들 사이에서는 온갖 소문이 나돌았다. 대표가 이미 이럴 걸 알고 도망갔다는 둥, 애초에 사업회를 앞두고 해외에 나간 게 말이 안 된다는 둥, 대표는 애초에 이 회사를 버린 거나 마찬가지였다며 가지각색의 이유로 대표는 사람들의 입에 오르내렸다.

탁호가 수차례 영상으로 본 대표는 그런 사람이 아니었다. 분명했다. 탁호는 인간에게서 느껴지는 에너지장을 기민하게 느낄 수 있었는데, 거의 자연과 가까운 에너지장을 가진 사람이었다. 물론 직접 만나봐야 정확해지겠지만 그가 가진 눈빛과 말투는 진심이라는 것을 느낄 수 있었다. 그런 그가 도망이라니? 탁호는 믿기지 않았다.

온종일 걸려오는 전화와 쏟아지는 메일 업무로 은정과 탁호는 서로 얼굴도 마주 볼 수 없을 만큼 바빴다. 둘이 숨을 돌릴 때쯤 바깥은 이미 어두워져 있었다. 각자 말하지 않아도 서로가 무거운 마음이라는 것을 알 수 있었다.

"탁호야. 괜찮아? 온종일 밥도 못 먹고. 이게 사람 할 짓이냐. 진짜."

"그러게. 은정이 네가 더 고생했지. 뒷정리는 내가 할 테니까 얼른 집에 가서 밥부터 먹어. 어머님도 걱정하시겠다."

"안 그래도 지금 막 폰 봤는데, 엄마한테 다섯 통이나 와 있더라고. 탁호야. 먼저 가볼게. 미안해. 먼저 가서."

은정은 연신 미안해했고, 급히 짐을 챙겨 사무실 바깥으로 나섰다. 아직도 사무실에는 탁호 외에도 여러 명이 남아 있었다. 누군가는 졸고 있었고, 누군가는 인상을 찌푸리고 있었으며, 누군가는 눈에 아무런 초점이 없었다. 탁호는 점점 지쳐갔다. 모든 걸 포기하고 싶었다. 모든 게 잘되리라고 생각했던 자신의 오만함이 진저리치게 싫었다. 그냥 이대로 지구도, 바다도, 자신이 살아가는 세상도 차라리 없어져 버렸으면 했다. 그나마 믿었던 대표라는 사람도 연락이 없었다. 처음에 가진 희망의 크기는 우주만큼 컸지만, 지금은 바늘귀만큼 줄어든 기분이 들었다. 희망은 점점 그의 안에서 빛을 잃어가고 있었다. 현재를 살아가는 현대인들과 같이.

소란스러운 날들의 연속이었다. 그 후로 두 달이 지났지만 해결된 것은 아무것도 없었다. 룸메이트인 치명은 여전히 거슬렸고 사무실의 김 대리는 날이 서 있다가도 갑자기 기분이 좋아지기도 했다. 오락가락한 그의 기분은 마치 제주도 날씨 같았다. 타지에서 갑자기 연락이 두절된 대표에 관한 이상한 소문들은 꼬리에 꼬리를 물었고, 여러 언론에서는 "벼랑 끝에 선 L 기업"이라며 온갖 유언비어를 퍼뜨리기 시작했다. 마치 이렇게 되기를 기다렸다는 듯이.

탁호는 그나마 은정과 함께 보내는 옥상에서의 티타임이 가장 숨통이 트였다. 은정이 한숨을 쉬며 말했다. 옥상은 대부분 나뭇잎이 다 떨어져 휑한 느낌이 들었다. 매서운 바람이 그들의 얼굴을 할퀴듯 지나갔다.

"탁호야."

은정은 사뭇 진지해진 얼굴을 하고 있었다.

"응?"

"난 진짜 모순 그 자체야."

"갑자기 그게 무슨 말이야?"

"나 어제랑 그제 계속 배달시켜 먹었거든. 말로는 플로깅이니 뭐니, 비건이니 하면서 세상 환경활동가처럼 말하는데 행동은 그러질 못하니까. 나 진짜 떡볶이랑 쌀국수는 못 참겠는 거 있지. 그 두 개는 주기적으로 먹어줘야 살아 있는 거 같은 느낌이 든다니까. 하필 두 가게가 다 집이랑 멀리 있어서 포장하러 가기도 힘들고. 이런 것도 다 핑계겠지만."

은정이 고개를 숙였다. 그녀는 망연자실한 표정을 짓고 있었다. 탁호는 당장 어떤 대답을 해야 할지 몰라 생각하는 중이었다.

"탁호 너. 좀 실망한 표정이다? 그래. 그럴만해."

탁호는 손사래를 치며 아니라고 했으나 은정은 자책을 멈추지 않았다.

"사실 인간 자체가 모순적이라는 생각이 들어. 완전히 자기 자신으로 살아가는 사람이 얼마나 될까. 내가 바라는 모습, 이상적인 모습으로 살아가는 사람이 몇이나 될까 이런 생각을 했어. 그리고 나 실은 얼마 전에 봉사활동에 다녀왔거든. 내가 얼마나 별로인 사람인지 더 깨닫게 된 계기가 되었다고나 할까."

"그게 무슨 말이야?"

"난 모순덩어리였어. 그것도 아주 똘똘 뭉치다 못해 단단하게 굳어진. 온종일 굶다가 라면 하나도 겨우 먹는 아이들, 영하 16도에도 전기장판 하나로 버티는 아이들, 몸이 아픈 아버지 대신 고사리 같은 손으로 폐지를 줍고, 병을 줍는 아이를 비롯해 힘들다고 말하기에는 부족한 어려움 속에 있는 아이들을 보면서 내가 얼마나 행복에 젖은 삶을 사는 한 인간이었나를 알게 됐어. 내가 실천하고자 하는 비거니즘이라든지 플라스틱 줄이기라든지 하는 것들. 그런 것들도 결국 어느 정도 사는 사람에 한해서만 가능한 일이더라고. 무작정 그런 걸 강요하고, 하지 않는다고 비난부터 한 내가 얼마나 어리석었던지. 애들은 건강한 음식을 먹고 싶어도 먹을 수가 없는 실정이었는데 말이야. 난 오로지 내가 처한 상황만 생각했던 거 같아. 그리고 내 생각대로 되지 않는 사람들을 미워하기에만 급급했고. 그렇지 않은 상황에 있는 사람들의 마음을 이해하지 못한 거 같아. 그래도, 적어도 실천할 수 있는데도 불구하고, 충분히 그럴 수 있음에도 불필요한 과소비와 보여주기식에 불과한 삶을 사는 사람들이 정말이지 그렇게 미울 수가 없었어. 미운 마음을 갖는다는 건, 내 안에도 분명 그런 모습이 있기 때문이었겠지. 오로지 식욕과 과시하고 싶은 마음에 중독된 삶. 나는 그런 삶을 살고 싶지는 않았는데, 내가 그런 삶을 살고 있었던 것 같아."

탁호는 어떤 위로를 해주어야 할지 곰곰 생각해 보았다. 너무 오래 생각하면 은정이 오해할 게 분명했다. 자신이 생각했을 때 완전히 마음에 드는 말은 아니었으나, 어쩔 수 없이 일단 대답하기로 했다.

"음. 은정아. 적어도 내가 만난 사람 중에는 자신이 무엇을 잘못하고 있는지도 알지 못하는 사람들이 훨씬 많았어. 넌 자신을 늘 객관적으로 보려 노력하잖아. 그걸로 충분하단 생각이 드는데? 그렇지 않은 사람이 훨씬 많으니까. 거기다 네가 하는 노력은 스스로 아무것도 아니라 생각할지 모르지만, 네가 하는 일들은 실로 대단한 것들이야. 대부분은 귀찮아서 안

하려고 하잖아. 너는 그 귀찮음을 이겨내고 있고. 그러니 너무 자책 마. 내 룸메이트만 해도 아무런 생각 없이 사는걸 뭐. 노력하는 것 자체로 충분해."

"고맙다. 탁호야. 이 회사에서 널 만난 게 제일 행운이다. 매일 좋은 말만 해주고. 나 정말 보잘것없는 사람인데."

은정은 조금 마음이 풀린 듯 시선을 옮겨 탁호를 보았다. 그녀의 눈가가 살짝 촉촉해져 있었다. 그녀는 빙긋 웃어 보였다. 그리고는 금빛 텀블러에 담아온 커피를 한 모금 마신 후 하늘을 올려다보았다. 늘 그랬듯이. 그런데 점점 은정의 표정이 심각해졌다.

"왜 그래?"

탁호도 동시에 고개를 들어 하늘을 봤다. 아침까지만 해도 흐리기만 했던 하늘이 보랏빛으로 변해 있었다. 처음 보는 하늘색이었다. 짙고 검은 구름은 쏜살같이 흘러가고 있었다. 금방이라도 무언가를 쏟아낼 것만 같은 하늘이었다.

"하늘이 갑자기 왜 이렇게 어두워졌지? 무슨 대낮이 아니라 밤 같아."

은정은 심각한 얼굴로 말했다.

"그러게. 저번처럼 비가 미친 듯이 오는 건 아니겠지? 그때 진짜 끔찍했는데."

탁호도 미간을 찌푸리며 말했다. 무릎까지 오던 빗물과 세

찬 바람이 생생하게 떠올랐다.

"일단 들어가자."

"응."

엄청난 비를 머금고 있는 것 같은 먹구름 떼를 보며 불안함을 느낀 둘은 안으로 들어왔다. 들어오자마자 툭, 투둑 하는 소리가 들리더니 이내 쏴아아아 하는 소리로 바뀌었다. 커다란 창을 통해 바깥을 바라보니 시야가 전혀 보이지 않을 정도로 비가 쏟아져 내리고 있었다. 그때와는 비교도 안 될 정도로 많은 비가 쏟아졌다. 하늘에 있는 누군가가 집채만 한 바가지를 들고 쉴 새 없이 물을 쏟아붓는 것 같았다. 앞이 전혀 보이질 않았다.

은정과 탁호는 불안한 마음을 안고 사무실로 자리를 옮겼다. 창밖은 어두컴컴했다. 오후 1시를 막 넘었다는 사실이 믿기지 않았다. 그러나 둘 말고는 아무도 바깥 상황에 관심이 없었다. 계속해서 걸려오는 전화와 밀린 일을 처리하느라 모두가 바빴기 때문이다. 탁호는 계속해서 창밖을 힐끔 바라보았다. 지금까지와는 차원이 다른 비가 쏟아지고 있음을 느꼈기 때문이었다.

중간중간 우박이 함께 쏟아졌다. 크고 단단한 우박이 창문을 때리기 시작했다. 우박의 크기는 점점 커졌고, 창문에 부딪히며 쾅, 쾅! 하는 소리를 냈다. 그제야 사람들은 바깥을 보기 시작했다. 우박은 비에 섞여 내리고 있었다. 처음 보는 광경에 사람들은 어리둥절한 표정으로 바깥을 물끄러미 바라만 보았다. 탁호는 직감으로 알 수 있었다. 지금 벌어지는 이 상황은 절대 아무렇지 않은 상황이 아니라는 것을. 마치 거대한 폭포수와 돌이 하늘에서 그대로 쏟아져 내리는 것 같았다. 회사의 창문은 두껍고 튼튼했으나, 크고 단단한 우박의 충격을 견디지 못하겠는지 몇 개의 창문에는 실금이 갔다. 10분, 15분, 30분. 멈출 것 같았던 기상 이상 현상은 멈추지 않았다. 이제는 모두가 심각한 얼굴로 창밖을 바라보았고, 안절부절못하는 상태가 되었다.

검색포털사이트에 날씨를 검색해 본 사람들은 기상속보를 확인한 후, 당황스러워하며 수군거리기 시작했다. 짧은 시간 동안 1,000mm의 비가 갑자기 쏟아져 내린 것이다. 우박은 전혀 예상치 못했던 이상 기상 현상이었으며, 원인을 알 수 없다고 했다. 야구공만 한 우박이 서울 시내 전체에 예고 없이 떨어짐으로써 현재 수백 명이 다치고, 어떤 이는 목숨이 위태롭기까지 했다. 길가의 가로수들이 부러짐으로써 몇몇 도로는 마비가 되었고, 건물의 간판들은 대부분 다 부서지고 떨어져 나갔다. 비는 순식간에 차올라 지대가 낮은 곳은 이미 성인의 허리만큼 빗물이 차 전기 감전 위험과 맨홀 사고 위험이 높아진 상태였다. 건물 밖에 있던 수많은 차는 찌그러지고 유리창은 완전히 부서졌으며, 포장마차 거리로 유명하던 곳은 초토화가 되었다. 이 외에도 다른 피해 속보들이 계속해서 업데이트되고 있었다.

사무실 사람들은 이러다 그치지 않겠냐며, 날씨 어플을 보며 말했다. 매일 날씨 어플을 확인하는 버릇이 있던 탁호는 아침에 본 날씨를 분명하게 기억했다. 우박과 비 소식은 전혀 없었으며 구름이 많은 날씨라고만 되어 있었다. 사람들은 다시 자신의 할 일을 하기 시작했다. 은정에게 메시지가 왔다.

은정: 탁호야. 난 이 비가 왠지 심상치 않다는 생각이 들어. 불안해서 주변에 호텔 방을 미리 구하려고 지금 알아봤는데 이미 꽉 찼더라고. 에어비앤비도 마찬가지고. 겨우 방 하나 구했어.

탁호: 다행이다. 미리 잘 알아봤네. 나도 저번이랑 뭔가 다르다는 걸 느껴. 특히 우박이 이렇게 오는 건 흔치 않은 일이니까.

은정: 내 말이. 다행히 지금 우박은 안 오나 봐. 비는 아까보다 더 많이 쏟아지고 있어. 도로가 금방 마비될 거야. 탁호 너는 기숙사가 있어서 진짜 다행이다. 그래도 조심해서 가. 우리 진짜 헤엄쳐서 가야 할지도 몰라. ㅎㅎ 노아의 방주라도 제작해야 하는 거 아니야? 다 같이 나룻배 같은 거 타고 퇴근하면 재밌을 거 같지 않아?

탁호: 그런 일은 일어나면 안 되지.

은정: 탁호야. 너 또 너무 진지해. 지금 상황이 이러니까 마음이라도 편하려고 웃자고 해본 말이야. ^^;

탁호: 미안. 나 또 진지했네. 아무튼, 별일 없었으면 좋겠다.

은정: 근데 아까부터 김 대리. 기분이 왜 저렇게 좋아 보이냐. 무섭게. 회사는 이 난리인데 자기 혼자 신나서 아까부터 핸드폰 보면서 낄낄대고 있어.

탁호: 원래 이상한 사람이잖아. 아니면 너처럼 나룻배 탈 상상하면서 신난 거 아니야?

은정: ㅋㅋㅋㅋㅋㅋㅋ

탁호는 쿡- 하며 웃었다. 애써 마음을 다잡은 그는 쌓아둔 일을 하며 무아지경의 상태에 빠졌다. 그는 더 이상 속보를 보지 않기로 했다. 그렇게 무아지경이 된 그는 사무실의 모든 사람이 빠져나갈 때까지 일부러 일에 몰두했다. 불안을 잊기 위해서였다. 회사 일뿐만 아니라 자신만의 지구 살리기 프로젝트도 함께 진행해야 했으므로, 시간이 부족했다. 그는 핸드폰을 아예 꺼두었고, 사무실의 모든 사람이 다 나갈 때까지 자리에 앉아 미동도 하지 않았다. 회사 경비가 그의 사무실까지 찾아오기 전까지는.

"저기요!"

누군가 저 멀리서 부르는 소리가 들렸다. 탁호는 책상 위로 고개를 빼꼼하며 내밀고 누군지 확인하려 했다. 그는 성큼성큼 탁호가 앉아 있는 곳으로 다가오기 시작했다.

"아이고. 지금 밖에 난리가 났어요! 바깥 상황 전혀 모르는 겁니까?"

탁호는 어리둥절한 표정으로 그를 바라보았다.

"네? 무슨 일이에요? 비가 많이 오는 것 말고는 뭐 특별한 문제가 있는지는 몰랐는데요. 핸드폰도 꺼진 지 오래라서요."

"그래서 재난 문자를 못 봤나 보네요. 지금 상황이 아주 심각합니다. 이미 지하는 침수된 지 오래고요. 1층에서 2층으로 올라가는 계단까지 물이 찼어요. 지금도 빠르게 물이 차오르고 있어요! 이렇게 비가 많이 오는 건 칠십 평생 처음 보는 일입니다. 저도. 아주 옛날에 서울에 홍수가 나서 헤엄쳐서 출근하던 때가 있었는데 그때보다 지금이 훨씬 심각하다고요. 지금 이 상태로는 바깥에 못 나갑니다."

"예? 저는 회사 기숙사에 살아서 조금만 가면 되는데요. 잠은 기숙사에서 자야 하는데."

탁호는 당황한 듯 말끝을 흐렸다.

"어유. 나갈 생각도 마세요! 비가 얼마나 세차게 내리는지 사람이 앞을 못 보고, 성인 남자도 가만히 서 있기가 불가능한 상태로 비가 오고 있어요. 거기다 바람까지 불어서 도통 서 있을 수가 없더라니까! 아까 잠깐 상태 확인하느라 옥상 문을 열고 나갔다가 큰일 날뻔했지 뭡니까. 몇 시간 전부터 재난 문자가 울렸는데, 핸드폰이 꺼진 상태였다니 참. 안타깝지만 오늘은 수면실에서 주무시는 게 좋을듯합니다. 다행히 그 전에 모두 퇴근해서 수면실에는 아무도 없더라고요."

"네. 감사합니다. 그렇게 할게요. 어르신도 얼른 들어가서 쉬세요. 온몸이 다 젖으셨어요. 따뜻한 물로 얼른 샤워하고 주무세요."

"예. 그래야지요. 내일 아침에 별일 없어야 할 텐데. 에취!"

그의 옷에서는 물이 뚝뚝하고 떨어졌다. 하늘색이었던 그의 옷은 쥐색이 되어 있었다. 그는 연신 기침하며 멀어져 갔다. 탁호는 얼른 컴퓨터를 끄고 간단히 책상 정리를 한 후, 꺼놓은 핸드폰을 챙겨 수면실로 내려갔다. 물로만 대충 세수를 하고 빠르게 양치를 한 뒤 자리에 누웠다. 머리가 무거웠고, 급히 피로가 몰려왔다.

핸드폰을 켜 알람을 맞추고, 쓸데없는 문자들을 읽고 삭제한 뒤 검색포털사이트로 들어가 뉴스를 확인했다. 서울은 그야말로 아비규환이었다. 한강은 이미 홍수로 넘쳐 흘렀고, 모든 다리가 잠겼다. 차를 비롯한 여러 가지 물건들이 둥둥 떠다녔고, 전례 없는 홍수로 예기치 못한 상황을 맞닥뜨린 많은 사람이 목숨을 잃었다. 순식간에 지하 주차장을 비롯해 낮은 지대에 있는 집과 가게들은 침수되었고, 그 안에서 빠져나오지 못한 이들은 한순간 죽음을 맞게 되었다. 뉴스에서는 오늘 밤이 최고 고비가 될 거라 했다. 내일도 이 비가 그칠지는 알 수 없었다. 이상한 점은 아랫지방에는 비 한 방울 떨어지지 않았다는 것이다. 오히려 그곳은 오랜 가뭄으로 물 한 방울이 귀하다고 했다. 채소와 과일, 쌀을 비롯한 대부분의 농사가 피해를 겪었고, 계곡은 말라비틀어졌으며, 강줄기가 얇아지고 흐름이 약해져 녹조가 말이 아닌 상태였다. 어떤 도시는 심지어 물이 나오지 않아 애를 먹은 지 한참이라고 했다. 시골에서는 진작 그런 일이 발생해 수십만 가구들이 피해를 보았지만, 아무도 관심을 가지려 하지 않아 지금껏 회피해 왔다는 것을 오늘 올라온 속보를 통해 알 수 있었다. 이제는 아랫지방을 대표하는 큰 도시에도 물이 나오지 않는 상황이 되고 난 후부터야 조금씩 경각심이란 것이 그들의 마음에서 솟아나고 있었다.

비구름은 지금까지와는 전혀 다른 양상을 띠며 더욱 거대해지고 있었고, 그 어떤 과학자나 기상학자도 이것을 설명해 내지는 못했다. 누군가는 인간의 죄에 의한 신의 형벌이라고도 했고, 누군가는 지구는 멸망할 시기를 지나 목숨을 얻은 것이나 마찬가지였다며, 이제는 그 멸망을 자연스럽게 받아들여야 한다고 했다. 다양한 SNS 속에서는 여러 추측 기사와 지구 멸망에 관한 예언이 쏟아지고 있었으며, 사람들은 모두 이대로 죽는 게 아닌가 하는 두려움에 떨었다.

쿠르르릉 쾅 쾅!
쾅 쾅 쾅 쿠르릉 쿠릉 콰쾅쾅 쾅!

천지가 무너질 듯한 소리가 쉴새 없이 이어졌다. 커튼을 젖혀 하늘을 바라보니 번개가 쫙쫙하며 하늘을 가르고 있었다. 번개는 잠깐 나타났다 사라지는 게 아니라 수백 개의 커다란 번개 기둥이 같은 자리에서 반복적으로 갈라지고 있었다. 번개 때문에 밤이 아니라 마치 대낮 같이 느껴졌다. 번개가 어찌나 자주 번쩍이는지, 날이 밝은 줄로 착각할 정도였다.

탁호는 피로가 쌓일 대로 쌓였으나, 이 광경을 보고 있자니 도무지 잠이 오지 않았다. 눈꺼풀은 내려앉을 것처럼 무거웠으나, 정신은 뚜렷하기만 했다. 자신은 이렇게 튼튼한 건물에 있지만, 그렇지 않은 곳에 있는 사람들이 훨씬 더 많았다. 탁호는 문득 얼마 전 꾼 꿈이 떠올랐다. 해변 위의 검은 시체들.

순간 몹시 불안해진 그는 당장 밖으로 나가고 싶은 충동이 일었다. 할 수 있는 게 없다는 걸 알면서도 나가야만 한다는 생각이 그를 지배했다. 그는 충동에 따라 천천히 걸음을 옮겼다. 수면실을 나와 어둡고 긴 복도를 지났고, 계단을 오르기 시작했다. 엘리베이터는 고장이 났는지 수리 중이라고 쓰여 있었다.

끝없이 펼쳐져 있던 계단을 올라 도착한 곳은 옥상이었다. 탁호는 막 잠에서 깬듯한 표정으로 두리번거렸다. 그는 옥상 문을 잡고 돌리고 싶은 강한 욕망을 느꼈다. 그리고 반대로 바깥은 위험하다는 경비 아저씨의 목소리도 들리는 듯했다. 그는 호흡을 가다듬었다. 그리고 자신의 욕망을, 위험하게 느껴지는 그 욕망을 따르기로 한 듯 옥상 문의 손잡이를 잡았다.

삐그덕-

두껍고 탄탄한 철문이 열리는 소리가 들렸다. 아주 조금 열었을 뿐인데도 좌아아아 하는 빗소리와 함께 폭발하는 듯한 천둥소리가 천지 사방을 가득 채웠다. 탁호는 철문이 평소처럼 잘 열리지 않는다는 것을 느꼈다. 크고 묵직한 무언가가 철문 뒤를 막고 있는듯한 느낌이 들었다. 힘껏 철문을 밀어내자 고여 있던 물이 한꺼번에 계단으로 쏟아지기 시작했다. 탁호는 가까스로 문을 열고 나와 다시 문을 닫기 위해 무척 애를 썼고, 가까스로 옥상 문을 닫을 수 있었다. 그의 앞에 펼쳐진 풍경은 자신이 점심마다 올라오던 옥상과는 확연히 다른 모습이었다. 푸릇푸릇하고 아름답던 정원은 형체를 알아볼 수 없었고, 빗물은 그의 가슴 높이까지 찼다. 은정이 옆에 있었다면 아마 까치발을 들고 서 있거나, 잠겼을지도 모르는 깊이였다.

그는 최대한 차분해지려고 노력했으나 많은 양의 비가 한거번에 자신의 위로 쏟아지자 눈을 제대로 뜰 수 없었다. 그는 손바닥으로 비를 가린 채 힘겹게 눈을 떴다. 그리고는 몸을 옥상 가장자리 방향으로 틀었다. 그는 한 걸음 한 걸음 힘겹게 발을 뗐다. 물의 무게와 미친 듯 쏟아지는 비로 인해 한 발자국 옮기기가 쉽지 않았다.

마침내 그는 옥상 가장자리에 닿았고, 건물 아래를 내려다보기 위해 까치발을 들고 섰다. 어두워서 잘 보이지 않았지만, 빗물이 아주 높은 층까지 차올랐다는 것을 그는 알 수 있었다. 사방이 물로 가득했다. 미친 듯이 내리는 빗물로 인해 모든 전기가 차단된 탓에 번개가 치지 않는 순간이면 아무것도 보이지 않았다. 완벽한 어둠이었다.

경비가 왔을 때만 해도 불과 1층 계단까지 침범했던 빗물이 지금은 건물 4층 정도까지 차오르기까지는 순식간이었다. 물은 더 빠른 속도로 차오르고 있었다. 탁호는 직감적으로 느꼈다. 깊어진 빗물 속에 정신을 잃은 사람들이 환영처럼 보였기 때문이다. 지금 뛰어내려야만 한다고 직감은 끊임없이 불안한 신호를 보내왔다. 이유는 알 수 없었다. 그토록 싫은 인간들이지만, 구해내야 한다는 마음이 동시에 들어 혼란스럽기만 했다.

비는 그치기는커녕 시간이 갈수록 더욱 세차게 쏟아져 내렸다. 그는 물에 잠겨 모든 게 검게 변해버린 건물 아래를 내려다보며 알 수 없는 표정을 지었다. 마치 검은 바다 위 홀로 서 있는 등대 같다는 생각을 했다. 미동도 하지 않은 채로 가만히 내려다보던 그는 마침내 결심한 듯 움직였다.

탁호는 두 발로 옥상 난간 위를 밟고 올라섰다. 눈을 감았다. 알 수 없는 힘이 자신을 끌어내리는 것을 느꼈다. 그는 아래로 끌어 당겨지듯 쏟아져 내렸다. 비와 함께.

풍-덩

이상하게도 아무런 통증이 느껴지지 않았다. 높은 곳에서 떨어진 그는 물과 육체의 마찰로 인해 아픈 게 당연했지만, 오히려 편안한 기분이 들었다. 그는 숨쉬기도 한결 편해졌음을 느꼈다. 아직은 눈을 감고 있었다. 눈앞에 펼쳐질 광경이 어떤지 상상할 수 없었다. 알 수 없는 두려움이 그의 두 눈을 짓누르고 있었다.

서서히 그에게 감각이 돌아오기 시작했다. 그것은 너무나도 익숙하고 그리운 감각이었다. 머리, 얼굴, 목, 그리고 팔과 다리. 그런데 팔과 다리가 네 개가 아닌 것처럼 느껴졌고, 신경이 훨씬 예민해지고 곤두서 있음을 느꼈다. 바닷속에서 무지개 문어로 유유자적하던 그 느낌이 분명했다. 이제야 그는 알 것 같았다. 왜 아무런 통증도 느끼지 못했는지. 그는 자기 자신으로 돌아간 것이다. 신비롭고 영험한 생명체로.

무지개 문어는 서서히 눈을 떴다. 눈앞에는 물속에 갇힌 건물들과 한순간에 불어난 물을 미처 피하지 못한 시민들이 의식을 잃어가는 모습이 보였다. 잠깐의 평화로움은 달아나 버렸고, 눈앞에 처한 현실만이 그의 의식을 채웠다. 각양각색의 사람들이 물속에서 허우적거렸고, 대부분은 의식을 잃은 상태였다. 시간이 얼마 없었다. 무지개 문어는 점점 초조해지기 시작했다. 작고 여려 보이는 이 생명체를 알아보는 인간은 아무도 없었다. 이리저리 머리를 굴려보며 궁리하던 중, 다부진 체격의 한 성인 남성이 물속을 헤엄치는 것을 보았다. 자세히 보니 그는 의식을 잃은 한 여성을 수면 위로 끌어올려 구조 보트에 싣는 것을 하고 있었다. 그의 모습은 확실히 익숙했다. 무지개 문어는 기억력이 아주 뛰어났으므로 태어나서 한 번 스쳐 간 모든 것들은 그의 기억에 모두 남아 있었다. 그는 얼마 전 만난 몇 안 되는 기분 좋은 인간 중 한 명이었다. 카페 선심에서 정성껏 커피를 내려주던 그가 분명했다.

탁호는 그를 도와주고 싶었으나 작고 연약한 몸 가지고는 할 수 있는 게 아무것도 없었다. 그는 초조함을 가라앉히려 부단히 애를 썼다. 다시 눈을 감았다. 그는 동굴 속에 있는 기분을 느꼈다. 쿵. 쿵. 쿵. 쿵. 쿵. 심장이 점점 빠르게 뛰었다. 쿵쿵쿵쿵쿵쿵쿵쿵. 세 개의 심장이 엄청난 속도로 뛰는 바람에 심한 어지러움과 두통을 느꼈다. 온몸의 혈관이 엄청난 수축과 이완을 반복하고 있었으며, 세포 하나하나가 각성하는 느낌이었다. 무지개 문어는 이러다 죽는 게 아닐까 싶은 생각에 문득 겁이 났지만, 자신의 몸에 일어나는 변화를 가만히 받아들일 수밖에 없었다. 혈관뿐 아니라 모든 몸의 기관이 동시에 부르르 떨렸고, 근육들은 터질 듯 팽창하기 시작했다.

'그를 도와야 해.'

탁호는 카페 사장을 도와야만 한다는 생각에 사로잡혔다. 그는 어떻게든 해야만 했다. 주체할 수 없는 커다란 사랑이, 형용할 수 없는 자비의 마음이 그를 감쌌다. 무지개 문어는 조금씩 커지기 시작하더니 가로수 높이만큼 커졌다. 몸은 삽시간에 커졌고, 4차선 도로를 거의 메울 정도로 커지고 나서야 커지는 것을 멈추었다. 문어의 여덟 다리도 역시 거대해졌다. 촉수는 사람 한 명을 거뜬히 빨아들일 수 있을 만큼 크기가 컸다.

저 멀리서 커진 눈으로 문어를 바라보는 카페 사장이 보였다. 그러나 그는 이내 사람을 구하는 데 집중했다. 문어는 거대해진 몸으로 건물 사이 사이를 옮겨 다니며 사람들을 촉수에 한 명, 한 명씩 붙였다. 몸은 거대했으나, 굉장히 빠른 속도로 움직일 수 있었다. 순식간에 많은 사람을 촉수에 붙였다. 문어는 남은 촉수와 다리로 빌딩 사이를 옮겨 붙어 다니며, 사람들을 안전하게 내려놓을 수 있는 장소가 있는지 물색했다.

그는 빗물이 고이지 않은 유일한 건물의 옥상에 그들을 내려놓았다. 그곳이 현재로서는 가장 안전해 보였다. 조금씩 의식을 되찾은 사람들은 문어를 보고 혼란을 느끼는 듯했다. 그들은 몇 번을 눈을 비비며 거대한 무지개 문어를 바라보고 또 바라보았다. 그러나 그런 시선을 신경 쓸 새가 없었다. 문어는 또다시 아래로 내려가 물에 빠진 사람들을 구하고 또 구해냈다. 카페 사장도 구명보트가 가득 찰 정도로 사람들을 싣고 난 후 전력을 다해 보트를 젓기 시작했다. 비는 여전히 많이 내리고 있었다.

문어는 이대로 서울 전체가 빗물에 잠기지 않을까 걱정이 되었다. 자신이야 언제든 헤엄을 칠 수 있고 물과 친한 생명체지만, 인간들에게는 물이 필수적이지만 위험하게도 만들 수 있었다. 그는 물속에서 남은 사람들이 없나 계속해서 찾아 헤맸고, 구한 사람들을 건물 위에 올려다 놓는 일을 몇 번이고 반복했다. 저 멀리 구조대가 오는 게 보였고, 문어는 얼른 반대쪽으로 달아났다.

번쩍. 순간 번개가 밤하늘을 온통 하얗게 물들였다. 동시에 문어의 머릿속에도 번개가 쳤다. 문어는 다급해진 듯 물을 한숨에 빨아들이기 시작했다. 빗물은 그대로 문어에게 흡수되었다. 계속해서 물을 빨아들이자 비가 내리는 속도보다 문어가 물을 빨아들이는 속도가 훨씬 더 빠른 지점까지 이르렀다. 마침 빗줄기가 그의 마음을 읽기라도 한 듯 서서히 약해지고 있었다. 신기한 점은 물을 아무리 빨아들여도 문어의 크기는 그대로였다는 것. 문어 몸속에 마치 블랙홀이라도 존재하는 것처럼. 문어는 이렇게 빨아들인 물을 언젠가는 꼭 쓸 수 있을 거란 강한 확신이 들었고, 멈추지 않았다. 빠른 속도로 물을 빨아들이자 수면 위에서는 커다란 소용돌이가 생겼다.

느린 속도지만 분명 물이 점점 줄어들고 있는 게 분명했다. 문어는 자신 안에 있는 블랙홀 속에 빗물을 모두 빨아들이려는 듯 거세게 빨아들였고, 커다란 댐을 방류한 것과 다름없어 보였다. 높은 층까지 찼던 물은 눈에 보일 만큼 낮아지고 있었다.

비는 조금씩 잦아들었고, 이내 평소와 다름없는 모습으로 내렸다. 내내 번쩍이던 하늘도 평범한 회색빛 하늘로 돌아와 있었다. 문어는 그 틈을 타 더 속도를 내서 물을 자기 안으로 가두어 들였다. 언젠가 이 물이 쓰일 거라는 생각이 문어의 온몸을 타고 흘렀다. 비가 내리는 양이 줄자 확실히 눈에 띄게 빗물의 높이가 줄어든 게 보였다. 문어는 점점 힘에 부침을 느꼈다.

저 멀리 있던 구조대의 불빛이 어느새 자신의 가까이에 와 있음을 느꼈다. 눈이 부신 문어는 눈을 연신 깜빡였다. 커다란 보트 위에 있던 구조대원들은 건물 크기만 한 문어를 본 후, 눈이 커졌고 그대로 멈췄다. 문어는 자신을 바라보는 구조대원들의 눈빛을 느끼고는 은하수 같은 먹물을 뿌리고서 쏜살같이 내달렸다. 그는 위험을 느낄 때마다 바위에 숨었던 것처럼 거대한 건물 뒤에 얼른 몸을 가렸다. 먹물을 맞은 구조대원들은 정신을 차리지 못했고, 보트 위는 아수라장이 되었다. 문어는 기력이 쇠신해짐을 느꼈다. 너무 피곤했다. 그래도 자신이 해야 할 일을 해냈다는 사실이 뿌듯하기만 했다. 스르르 문어의 눈이 감겼다. 자신도 모르게 잠든 그는 수면 위를 둥둥 떠다니는 해파리 같았다. 오직 그만이 가진 무지개색 무늬가 어둠 속에서 영롱하게 빛났다.

눈이 부셨다. 새들이 짹짹거리며 아침이 왔음을 알렸다. 맑고 투명한 햇살이 그를 향해 내리쬐고 있었다. 건물만 했던 몸은 온데간데없고, 문어는 어느새 문탁호로 돌아와 있었다. 주위를 둘러보니 빌딩 숲 사이에 조성된, 은정과 늘 함께 걷던 공원이었다. 어떻게 된 일인지 자신은 그 공원 안에 있는 나무로 만든 정자 위 지붕에 누워 있었다. 무거운 몸을 일으켜 정자 아래를 내려다보니 빗물은 다 빠지지 않은 채로 성인 무릎 높이까지 차 있었다. 다행이었다. 사람이 숨을 쉴 수 있을 정도로 물이 거의 빠진 것이다.

그는 정자 지붕 위에서 겅충하고 뛰어내렸다. 자세히 주변을 살펴보니 엉망진창이었다. 나무들은 다 한쪽으로 쓰러지거나 부러져 있었고, 주변 건물 안에 있던 쓰레기들이 모두 흘러나와 공원을 가득 메우고 있었다. 넘친 하수구 주변에는 죽은 바퀴벌레의 사체들과 살아 있는 바퀴벌레들이 섞여 둥둥 떠다니고 있었으며 어디서 떠내려왔는지 알 수 없는 정체 모를 물건들이 곳곳에 흩어져 있었다. 자주 가던 편의점 앞에는 뜯지 않은 도시락과 과자, 컵라면을 비롯한 레토르트 식품들이 둥둥 떠다니고 있었다. 사람은 한 명도 보이지 않았다. 그는 자신이 알몸인 사실을 뒤늦게 알아차렸다. 거대한 문어로 변화할 때 그의 옷은 늘어나는 몸을 견디지 못하고 찢어져 버린 것이다. 그는 잽싸게 주변에 떠내려온 것 중 자신의 몸을 감쌀 것이 있나 살폈다. 저 멀리 은박 돗자리가 보였다. 탁호는 잽싸게 몸에 그것을 둘렀고, 멀지 않은 곳에 자신의 숙소가 있다는 것에 안도했다.

그는 그것을 두른 채로 무릎까지 오는 물을 제치고 성큼성큼 걸어나갔다. 다행히 주변에는 아무도 보이지 않았다. 이런 모습을 그 누구에게도 들키고 싶지 않았다. 특히 은정을 만나게 되면 어쩌나 하는 생각에 마음이 급해졌다. 그는 예전에 고양이와 개를 만났던 마을 쪽으로 돌아갔다. 그 마을도 아수라장이기는 마찬가지였다. 제발 아무도 만나지 않길 기도하면서 조심조심 발걸음을 옮겼다.

탁호는 다행이라 해야 할지 불행이라 여겨야 할지 감피를 잡을 수 없었지만, 길가에서는 아무런 사람을 만나지 못했다. 어제처럼 큰비가 온 것은 아마도 처음이었으리라. 사람들은 대부분 대피를 했거나, 아니면 떠내려갔을 가능성이 컸다. 그는 찰박찰박하며 계속 앞으로 나아갔다.

기숙사 건물이 보였고, 그는 빠르게 뛰기 시작했다. 그가 감싼 은박 돗자리가 햇빛을 받아 더욱 반짝였다. 마치 큰 거울이 사방으로 빛을 뿜으며 움직이는 것 같았다.

그는 자신의 집으로 가 떨리는 손으로 비밀번호를 누른 후 들어갔다. 혹시나 치명이 자신의 이런 꼴을 보고 무어라 비웃지 않을까 벌써 볼이 달아올랐다. 조심스레 문을 열고 들어가니 치명은 보이지 않았다. 그는 바로 욕실로 들어가 흙과 먼지로 뒤덮인 몸을 깨끗이 씻었다. 물기를 털며 벽에 걸린 시계를 보니 아침 8시 10분이었다. 대충 머리와 몸을 말린 후 그는 방으로 들어가 옷을 걸쳐 입고 나왔다. 그는 세상 소식을 알기 위해 노트북을 먼저 켰다. 그리고 노트북이 켜지는 동안 부엌에서 물을 마신 후, 살짝 열린 치명의 방문 틈을 살펴보기 위해 그쪽으로 살금살금 다가갔다.

방문 틈으로 살펴보니 안에는 아무도 없는 것 같았다. 탁호는 문을 활짝 열어도 되겠다 싶어 그의 방문을 열어재꼈다. 맙소사. 그의 방은 텅 비어 있었다. 정말 아무것도 남아 있지 않았다. 뭘까? 어젯밤 내린 비가 치명마저 휩쓸고 가버린 걸까. 원래 아무도 살지 않던 것처럼 방에는 그 어떤 흔적도 남아 있지 않았다.

그러나 지금은 치명이 문제가 아니었다. 어차피 그런 인간한 명쯤 없어진다고 해서 특별히 자신의 하루에 문제가 되는 건 아니었으므로. 탁호는 후 하며 숨을 크게 내뱉은 후 자신의 방으로 가 노트북의 잠금을 해제했다. 그리고 바로 새로 뜬 뉴스를 확인했다. 뉴스 기사는 대부분 처참했다. 가장 눈에 띈 기사는 이런 비예측성 호우가 몇 차례나 더 올 것이라는 내용이었다. 어젯밤 내린 강우량은 1년 내내 대한민국에 쏟아지는 강우량의 수보다 많았다. 한국 근처에서 수상한 구름이 만들어지고 있다는 기사도 여럿 있었다. 하룻밤 만에 비가 이렇게 내린 것은 유례없는 일임이 분명했다. 탁호가 있는 곳은 그나마 양반이었다. 저지대에 속하는 지역들은 미처 비를 피할 틈도 없이 떠내려간 사람들의 수가 상상을 초월했고, 만 명에 달하는 사람들이 다치거나 죽었다. 이 사건으로 인해 기상청은 어마어마한 질타를 받고 있었다. 이런 비를 관측하지 못했다는 이유로 무고한 사람들의 목숨을 앗아간 것은 기상청 때문이라고 했다.

그런데 이상한 점은 서울과 충청 지역을 제외한 아래 지방은 건조 현상으로 큰 산불이 계속 번지고 있었다. 탁호가 물속에서 사람을 구하는 동안, 아래 지방 구조대원들은 산 주변에 사는 사람들과 미처 피하지 못한 동물들을 구해내느라 애를 쓰고 있었다. 탁호는 무언가 잊어버린 듯한 느낌이 들었다. 아무리 생각해 내려고 해도 떠오를 듯 말 듯 끝내 떠오르지 않았다. 그는 출근 전까지 기사를 천천히 훑어보기로 했다.

한강은 이미 넘쳐흘렀고, 교통은 완전히 마비된 상태였다. 복구되려면 어느 정도의 시간이 필요하다고 했으나 정확하지 않은 발표에 사람들은 댓글로 분노를 드러내고 있었다. 그리고 눈에 띄는 기사가 하나 있었는데 제목은 이러했다.

〈무지개색의 거대 문어, 인명을 구조하다〉

어젯밤 폭우로 서울은 막대한 인명 피해와 손실이 발생한 가운데, 살아남은 이들의 증언이 화제가 되고 있다. 그들의 증언에 따르면 하나같이 무지개색 문어를 보았다고 했다. 그 문어는 일반 문어보다 수십 배는 컸다고 했으며, 도로를 가득 메울 만큼 거대한 크기를 가졌다고 한다. 문어는 자신의 빨판에 사람을 모두 매달고 건물 벽을 기어올라 자신들을 안전한 장소에 놓아주었다고 했다. 그러나 이들의 말은 조금씩 다른 부분이 있어서 누구의 말이 정확한지는 알 수 없다. 한 가지 분명한 것은 오색찬란하게 빛나는 무늬를 가진 거대한 문어를 보았다는 것. 구조대원 팀장인 J 씨와 함께 탐색을 나간 대원들 또한 무지개 문어를 똑똑히 기억한다고 했다. 크기는 컸으나 전혀 위협적이지는 않았다고 했다. 바라보는 것만으로 눈이 부셔 제대로 보기 힘들 정도라고 했다. 과연 그것의 정체는 무엇일까? 지구의 재난을 미리 알고 도와주기 위해 방문한 외계의 어느 존재는 아니었을까? 중요한 사실은 그 문어를 본 뒤로 구조대원을 비롯한 사람들은 불안이나 두려움 같은 감정이 모두 사라졌다고 한다. 아주 평온하고 따뜻한 기운이 온몸을 감싸고 있는듯한 느낌이라고 했다. 사랑의 감정이 솟구쳐서 누군가를 위해 그 무엇이라도 할 수 있는 상태와 비슷하다고도 했다. 기진맥진한 나머지 문어에게 고맙다는 인사를 전하지 못해 그저 아쉬운 마음이라고들 했다. 그 후 무지개 문어는 쏜살같이 자취를 감추었다고 한다. 과연 무지개 문어는 또다시 출몰할 것인가에 관한 귀추가 주목된다.

'이런……'

그는 아찔했다. 그러나 한편으로는 내심 기쁜 마음이 들기도 했다. 그들이 자신의 노고를 알아준다는 게 그렇게 나쁜 감정이 드는 것만은 아니기 때문이었다. 그러나 이런 식으로 자주 눈에 띈다면 아무래도 위험한 상황에 노출될 게 분명했다. 그는 인간들에게 아주 흥미로운 연구대상이 되어줄 게 뻔했다. 아주 밤이었고 늦은 시각이라 아무도 못 볼 거라 여겼던 건 순전히 자신의 착각이었다.

그는 놀란 마음을 가까스로 가다듬고, 기사를 껐다. 그리고 마지막으로 메일함을 확인한 후 회사로 나가볼 작정이었다. 메일함 제일 위에는 방금 회사에서 보낸 메일이 와 있었다. 엄청난 폭우로 인해 건물 내 시설 일부가 망가져 복구 중이라고 했다. 모든 직원에게 일주일간 재택근무를 하라는 내용이었다. 탁호는 난처했다. 자신의 핸드폰이 회사 내에 있었기 때문이었다. 딱히 비밀스러운 내용이나 숨길 것은 핸드폰에 없었지만, 자신도 모르게 핸드폰이 없으면 불안함을 느끼는 정도가 되었다. 이참에 그는 너무나 피로했던 지금까지의 일상을 뒤로하고 조금은 쉬어도 되지 않을까 하는 생각을 했다. 그러나 그 생각은 얼마 가지 않았다.

　탁호는 눈을 좀 붙였다. 눈에 거슬리던 치명도 없고, 아무런
소리도 들리지 않는 방 안에서 그는 평온함을 느꼈다. 출근 시
간까지만 자고 일어나자고 다짐했다. 그리고 그는 꿈을 꾸었다.
　뜨거운 불길 속이었다. 온 사방이 불로 뒤덮여 불 외에는
아무것도 보이지도, 들리지도 않았다. 자신 또한 불길 속에 휩
싸여 몸 전체가 활활 타고 있었다. 놀랄 겨를도 없이 사방에
서는 비명이 들려왔고, 새카만 연기는 하늘 높이 치솟았다. 말
로만 듣던 지옥이 자신의 바로 앞에 펼쳐져 있었다. 수십만
마리의 새들이 꽥꽥 비명을 지르며 저 멀리 날아가는 모습이
보였다. 반달곰과 오소리, 삵, 담비, 청설모, 사슴 등 털로 덮인
짐승들에게도 불은 옮겨붙었고, 고통스러운 듯 울부짖었다.
흙바닥 이리저리 몸을 굴리며 괴로워하는 반달곰의 울음소리
가 산 전체에 울려 퍼졌다. 정신을 못 차리던 중 그의 눈앞에
커다란 물체가 빠른 속도로 다가오는 게 보였다. 멀리 있던 그
것은 점점 가까워졌고, 자세히 보니 그것은 불길에 타 죽어가
는 커다란 매였다. 매의 눈은 삶에 대한 간절함으로 가득 차
있었다. 그러나 날갯짓을 거듭할수록 불은 꺼지기는커녕 더욱
활활 타오르기만 했다. 마치 그 모습은 그림에서나 보던 불사
조와 같았다. 매는 한순간 탁호의 코앞까지 다가왔고 날카로

운 발톱으로 그의 코를 할퀴었다. 탁호는 너무 놀라 뒤로 넘어졌고, 그 순간 잠에서 깨어났다.

탁호의 몸은 온통 땀범벅이었다. 머리와 옷, 이불이 젖어 축축했다. 이불을 얼굴 위까지 뒤집어쓰고 잠을 자느라 아마도 그런 꿈을 꾼 것 같았는데 마음이 찜찜한 것은 어쩔 수 없었다. 그는 얼른 일어나 이불을 한 번 털어서 펴놓았다. 그리고는 아침 화상 회의를 위해 컴퓨터 앞으로 가 앉았다.

회사 메신저로 은정과 동료들에게서 연락이 왔다. 다행히 크게 다친 이는 아무도 없었다. 그러나 직원 중 그들의 몇몇 지인들은 다치거나 목숨이 위급한 상황인 사람도 있었다. 이번처럼 공포심을 느낀 자연재해는 모두 처음이라고 했다. 그들은 또 언제 이런 폭우가 내릴지 모르는 불안감에 떨고 있었다. 재택근무를 하니 다행인 점은 그동안 계속 걸려오던 항의 전화를 받지 않는다는 것이었다. 그동안 한꺼번에 터진 이상한 사건들로 인해 직원들은 골머리를 앓았고, 한 문제가 해결되면 또 다른 문제가 터져 나왔다. 어떤 이는 오히려 폭우에 감사할 지경이라고 말했다.

탁호는 참담한 심정으로 모니터에서 깜빡이는 커서만을 응시할 뿐이었다. 멍하니 있던 순간, 그는 꿈이 떠올랐고 혹시나 해서 인터넷 창을 켰다. 아니나 다를까 꿈에서 보았던 장면이 그대로 기사에 나와 있었다. 서울과 경기 지역, 충청도 지역을 제외한 나머지 아래 지방이 그동안 지속해 온 가뭄과 이상 고온 현상, 계속되는 건조한 날씨로 인해 시뻘건 산불로 뒤덮이고 만 것이었다. 설상가상으로 바람까지 불어 걷잡을 수 없을 만큼 불이 번져나가는 상황이었다. 전국 각지에 있는 소방차와 소방대원들이 그쪽으로 지원을 나간 상태였지만, 역부족이었다. 수백 년간 보존되어 오던 문화재는 타오르는 불에 휩싸여 속절없이 활활 타올랐고, 마을의 집과 건물들 또한 마찬가지였다.

탁호의 귀에 울부짖는 짐승들과 나무, 숲의 소리가 들리는 듯했다. 산이 무너지는 것 같은 소리도 들려왔다. 자신의 전부였던 바다를 반 이상 잃은 탁호는 산마저도 잃을 수 없었다. 그러나 그가 할 수 있는 건 없었다. 발을 동동 구르며 불안함을 느끼는 것 외에는. 1시간 동안 미동도 하지 않은 체 눈을 감고 있었다. 내면의 목소리에 집중하기 위해서였다. 그러나 아무 소리도 들리지 않았다. 이제는 모든 게 끝이려나 했다. 오히려 잘된 거라는 생각이 들었다. 모든 게 사라지고, 파괴되고, 울부짖어 봐야 소용없다는 사실을 인간들이 철저히 깨닫길 바랐다. 그들은 자연의 소중함과 동시에 무서움을 알아야만 했다. 아무런 죄 없는 짐승과 나무들이 뜨거운 불에 질식하며 죽어가는 게 그저 안타까울 따름이었다. 탁호는 눈을 떠다시 화면을 바라보았다. 기사 속에는 소방대원들이 코끼리 코 같은 호스를 들고 물을 콸콸 쏟아붓는 사진이 있었다.

'그래. 이거였어!'

탁호는 별안간 눈을 크게 뜨고 미소를 지었다. 그는 짐을 싸기 시작했다. 간단한 옷가지들을 담고, 정말 필요한 생필품 몇 개만 골라 가방에 집어넣었다. 마음이 급해진 그는 당장이라도 떠나고 싶었지만, 아직 업무가 끝나려면 시간이 많이 남아 있었다. 어서 시간이 지나가기만을 간절히 바랐다. 그에게는 시간이 많았지만, 산에 있는 짐승들과 숲에는 1분 1초가 아까운 상황이었다. 회사에는 어젯밤 비를 너무 많이 맞은 후, 몸살이 났다고 했다. 회사에서는 어차피 재택이니 충분히 쉬라고 했다.

그는 어떻게 갈 것인지 고민하기 시작했다. 현재 기차역과 터미널, 공항은 마비가 된 상태였다. 물이 빠지려면 적어도 며칠은 더 걸릴 터였다. 어떻게 방법이 없나 골똘히 생각하던 중, 눈에 띄는 기사 하나가 보였다. 서울 전역이 물에 잠겨 아수라장일 때, 이상하게 한 곳만은 침수되지 않았다고 했다. 다른 곳과는 판이한 지형의 특색을 갖고 있던 것이다. 그곳은 탁호가 있는 회사의 기숙사와도 가까웠고, 낡은 버스 터미널 하나가 있었는데 이용하는 사람의 수가 적어 곧 영업이 정지

될 위기에 있는 터미널이었다. 그러나 지금은 그곳이 유일하게 지방으로 갈 수 있는 장소였고, 가족들이 있는 곳으로 향하기 위해 몰린 사람들로 북적인다는 기사였다.

탁호는 배낭을 메고 나갈 준비를 마쳤다. 그리고 곧장 걸어서 20분 정도 거리에 있는 낡은 터미널로 이동하기 시작했다. 이상하리만치 모든 게 딱딱 맞아떨어지는 느낌이 났다. 불안한 마음도 들지 않았다. 오히려 편안했다. 무언가가 자신의 등을 받쳐주고, 부드럽게 미는듯한 기분이었다.

빠른 걸음으로 터미널에 도착하자 이미 많은 사람으로 가득 차 있었다. 산불이 난 지역에는 되도록 가지 말라는 문구가 붙어 있었다. 그러나 사람들은 그런 것은 눈에 보이지 않는 듯했다. 대부분 울먹이는 표정을 짓고 있었고, 만석인 버스에 서서라도 갈 수 있으니 태워달라며 애원하는 모습도 보였다.

가장 불이 심하게 난 지역으로 가기 위해서는 약 3시간 정도 버스를 타고 가야만 했는데, 어쩔 수 없이 서서 가야만 했다. 그러나 3시간을 꼬박 서서 간다 해도 마음먹은 일은 실행해야 하는 그였으므로 아무것도 그를 막을 수는 없었다. 그는 해야 할 일이 있으면 어떻게든 해내고야 마는 생명체였으므로. 그는 낡고 초라한 초록 버스 위에 몸을 실었다. 많은 사람틈에 껴 이리저리 치였고, 불편했다. 그러나 버스 안은 내내 정적이었다. 쥐 죽은 듯 고요한 무거운 침묵 속에서 그는 오히려 차분해졌다.

　서서 꾸벅꾸벅 졸기도 하고, 아픈 다리를 이리저리 움직여
도 보았다. 3시간은 생각보다 느리게 흘렀다. 조급함이 자꾸
올라왔다. 바다에 있을 때는 느끼지 못했던 감정을 인간 세상
에 와서 꽤 많이 느낀다는 사실을 자각하는 순간이었다. 조급
함을 비롯해 욕심, 누군가를 미워하는 마음, 불편함, 불안함과
긴장, 초조함. 이런 무거운 마음들을 인간들은 잘도 안고 살아
가는구나 하며 탁호는 동시에 인간들에 대한 연민을 느꼈다.
참으로 많은 짐을 지고 살아가는 존재들이었다.
　도시를 벗어나니 점점 메마른 땅이 눈에 보였다. 한눈에 보
기에도 수분이 전혀 없어 쩍쩍 갈라져 있었다. 목적지가 가까
워지자 멀리서 하늘 높이 피어오르는 연기 기둥이 보였다. 정
적만이 가득했던 버스 안은 어느새 웅성거림으로 가득 찼다.
　탁호는 버스가 정차하자마자 냅다 연기가 나는 쪽으로 뛰
기 시작했다. 연기 기둥이 가까워질수록 공기가 매캐해졌고,
기침이 멈추지 않았다. 조금 더 가까워지니 이제는 연기뿐만
아니라 온통 새빨갛게 타오르는, 기사에서 본 장면의 산불이
그의 앞에 펼쳐져 있었고 실제로 보니 상황은 더 심각했다.
끝없이 늘어선 소방차와 구급차, 구급대원들이 보였다. 그들
은 쉴 새 없이 움직이고 있었지만 험악한 불길은 잡힐 기세가

전혀 없어 보였다. 활활 타오른 불길은 모든 걸 잿더미로 만든 후에야 사라질 것 같았다.

아무도 그가 왔다는 걸 눈치채지 못하도록 해야 했다. 그는 빠르게 산으로 올라갔다. 이미 재가 된 나무와 식물로 가득했다. 미처 피하지 못한 산짐승들이 보였다. 그들은 울부짖지 않았다. 멍한 눈으로 가만히 앉아 죽음을 초연히 기다렸다. 노루는 힘없이 바닥에 앉아 자신에게 닥친 죽음을 기다리고 있었으며, 저 멀리 멧돼지는 그런 노루를 가만히 보고만 있었다. 다른 모든 짐승의 맑고 투명한 눈동자는 텅 비어 있었다. 탁호는 배낭을 자리에 내려놓았다. 잿가루로 뒤덮인 땅 위에 선 그는 양반다리로 앉아 가만히 눈을 감았다. 호흡과 내면에 집중을 쏟으려는 순간, 멀리서 소리 없이 다가오던 화마가 순식간에 탁호 앞까지 빠르게 다가왔고 그는 턱 하고 숨이 막혔다. 분명 아까까지만 해도 발견하지 못했는데, 어느새 성난 불길은 그의 코앞까지 다가와 있었다. 그는 사방을 둘러보며 화마가 덮치지 않은 곳으로 피신하려 했지만, 달리 방법이 없었다. 불은 빠르게 그의 주변을 둘러싸기 시작했다.

타오르는 연기와 뜨거움 속에서 그는 자꾸만 정신이 아득해졌다. 그는 자신 또한 죽음을 초연히 기다리는 짐승들과 마찬가지라는 생각이 들었다. 그는 소매 끝으로 코를 막고 일어나 불길이 없는 틈을 찾기 위해 두리번거렸다. 그러나 틈은커녕 불길은 높게 치솟기만 했다. 숲이 타는 냄새와 검은 연기, 울부짖는 짐승들의 소리, 멀리서 들려오는 사람들의 아득한 비명. 육지는 이토록 혼란스러운 곳이었다. 그는 차라리 좋았다. 이제 바다로 돌아갈 수 있게 된 것이다. 자신은 다시 바다에서 태어날 것이므로. 아무것도 두렵지 않았다. 그는 점점 그의 주변을 둘러싸는 불길 속에서 뜨거움과 육체의 고통을 느꼈지만, 마음만은 그 어느 때보다 편안했다. 눈을 감았다. 소란 속의 평화가 찾아왔다. 전쟁 속에서도 평화는 존재한다는 말이 어떤 말인지 이제야 알 것 같았다.

"죽어간 것들은 무거웠다. 진정 사랑하다 죽어서 내 품에 안고 걸은 것들은 두고두고 무거웠다."

박노해, 《너의 하늘을 보아》 〈죽은 강아지를 안고〉 중에서

어느 날엔가 읽은 적 있는 시집의 한 문장이었다. 글을 통해 자신이 왜 여기에 있는가를 떠올렸다. 사랑했던 이들의 무거운 죽음. 그리고 그들이 그를 향해 보내주었던 굳건한 믿음과 지지. 그는 그것을 지려고 했다. 사랑했던 이들의 얼굴이 한 장, 한 장 사진처럼 스쳐 지나갔다. 그는 그 얼굴들을 똑똑히 기억했으며, 절대 잊을 수 없으리라는 것도 잘 알고 있었다. 쿵쿵. 쿵. 쿵. 쿵. 쿵. 쿵. 쿵쿵. 다시 심장이 뛰기 시작했다.

빗물 속에서 사람들을 구하기 직전, 뛰어대던 심장은 지금도 그렇게 뛰고 있었다. 그는 눈을 떴다. 불길은 어느새 그의 주변을 완전히 둘러싸고 있었으나, 전혀 뜨겁지 않았다. 불기둥은 그의 키를 훌쩍 넘어 하늘에 닿을 듯 무섭게 치솟았다. 마치 여의주를 문 새빨간 용과도 같았다.

그의 몸이 꿈틀거렸다. 그는 기억을 되살려 또다시 몸집이 거대해져 옷이 찢길 것을 대비해 옷을 모조리 가방에 넣었다. 실오라기 걸치지 않은 알몸이었다. 육체는 더 빨리 꿈틀대기 시작했고, 온몸의 혈관이 두툼해져 피부를 뚫고 나올 기세로 요동쳤다. 몸이 부풀어 오르고, 피부에서는 진액이 흘러넘쳤다. 덕분에 가까이 있던 불길은 문어의 몸에 깔려 완전히 꺼져버렸지만, 여전히 바깥의 불길은 활활 타올랐다.

빗물 속에서는 오히려 활동하기가 쉬웠지만, 지금같이 메마른 땅 위에서 움직이기란 쉽지 않았다. 피부 겉면의 진액이 빠른 속도로 말라갔다. 저번보다 몸에 힘이 훨씬 많이 들어갔다. 몸이 충분히 부풀어 올랐을 때 그는 모든 힘을 뺐다. 불길 속 찬란하게 반짝이는 무지갯빛 문어가 있었다.

문어는 주둥이를 최대한 길게 빼 소방호스처럼 만들었다. 몸 안에 가두어 두었던 물을 폭포처럼 쏟아내기 시작했다. 온 사방에 물을 흩뿌렸고, 꽤 강한 힘으로 쏘아낸 물줄기는 저 멀리까지 도달했다. 문어는 빙그르르 돌며 사방의 불길을 제

압하기 시작했다. 뿜어낸 물의 온도는 그날 빗물의 온도를 그대로 품고 있었다. 물은 아주 차가웠으며, 그로 인해 불은 다행히 잘 꺼졌다. 문어는 다른 나무들이 다치지 않도록 조심조심 이동하기 시작했다. 이미 많은 나무가 타고, 생명이 죽은 상태였다. 남은 생명을 지키려면 1분 1초가 급했다. 저 멀리에서는 헬기가 계속해서 물을 뿌려대고 있었지만, 워낙 세고 강한 불이라 잘 꺼지지 않는 듯했다.

문어는 머리를 굴렸다. 그는 넓고 평평하게 타버린 숲의 한가운데에 가만히 섰다. 그리고는 몸을 더 크게 부풀렸다. 조금 어지러운 느낌이 들었지만, 멈추지 않았다. 마침내 거대한 원의 크기만큼 거대해진 그는 여덟 개의 다리를 모두 소방호스처럼 크고 빳빳하게 폈다. 장황하게 펼쳐진 그의 다리는 하늘로 향했고, 빨판에서는 물이 세차게 쏟아져 나왔다. 그 물은 아주 먼 곳까지도 뿌려졌으며, 저 멀리 소방대원들이 있는 곳까지 물이 튀었다. 그는 큰비가 내렸던 그 날의 목적을 이제야 알 것 같았다. 아무리 오래 살아도 결코 알 수 없을, 크고 두려운 무언가의 계획을. 그 무언가는 신이라고도, 우주라고도 불릴 것이었다. 그는 그 무언가의 장엄한 계획 안에 속한 먼지 같은 존재에 불과했다.

그는 물을 끊임없이 쏟아내고 뿌렸다. 덕분에 주변의 불길은 어느 정도 잡힌 것 같았다. 조금씩 안도감이 들었다. 그는 안에 있던 빗물과 자신 안에 있던 물까지 모조리 짜내듯 몸에 힘을 잔뜩 주었다. 빨판 끝에서 물 한 방울 나오지 않을 때까지. 점점 기진맥진해지는 자신을 느낀 문어는 멀리 있던 소방대원들의 목소리가 점점 가까워짐을 느꼈다.

'이대로는 위험해.'

그의 눈꺼풀은 의도와 다르게 점점 내려갔다. 소방대원 중 한 명이 자신을 향해 뛰어오는 게 보였다.

'아니야. 안 돼. 지금 내 모습을 들킨다면……'

다행인 건 점점 인간의 모습으로 변해가는 중이었다는 것이었다. 그러나 분명 뛰어오는 소방대원은 그의 본래 모습을 확인하고도 남았을 거리에 있었다. 그는 헐레벌떡 뛰어왔고, 문어는 눈이 자꾸만 감겨 그의 모습을 확인할 수 없었다.

'따뜻하다……. 포근한 감촉.'

하얗고 도톰한 솜이불을 귀까지 올린 탁호는 이리저리 몸을 뒤척였다. 그는 기분 좋은 안락함에 취해 두툼한 이불을 꼭 끌어안았다. 얼마나 지났을까. 문득 이상한 기분을 느낀 그는 벌떡 일어났다. 사방은 어둠에 깔려 있었다. 어둠에 서서히 적응한 눈이 마주한 광경은 굉장히 낯선 것들로 이루어져 있었다. 벽에 걸린 나무 시계가 작게 똑딱이며 자신의 존재를 알리고 있었고, 시침은 2를, 분침은 3을 가리키고 있었다. 이곳은 어딜까. 그는 살짝 미간을 찌푸린 채 천천히 주변을 둘러보았다. 낡고 오래된 옷장, 꽃무늬가 화려한 커튼, 극세사 이불, 계절과 맞지 않게 여전히 나와 있는 선풍기. 이곳은 방이었다. 5평 남짓 되어 보이는 작고 오래된 방.

"끼익-."

검은 물체가 낡은 방문을 열고 모습을 드러냈고, 그는 작게 비명을 질렀다. 검은 물체는 형광등 대신 오래된 화장대 위에 놓인 등 하나를 달칵-하며 켰다. 등이 비춘 건, 분명 본 적이 있는 얼굴이었다. 그렇다. 탁호와 마지막으로 눈을 마주친 소방대원이었다.

"당신은?"

"네. 맞습니다. 제가 당신을 이리로 데려왔어요."

"여긴 어딥니까?"

"이곳은 제 부모님 집입니다. 여기는 어머니 방이에요. 어머니는 그쪽이 좀 더 편하게 있길 바라세요. 지금 거실에서 주무시는 중입니다."

"아. 정말 죄송합니다. 민폐를 끼쳐드렸네요."

"아닙니다. 편하게 쉬세요. 일단은 밤이 너무 늦었으니 푹 주무세요. 다른 이야기는 아침에 하도록 하죠."

탁호는 그에게 무척 미안한 마음이 들었다. 그러나 지금은 꽤 깊은 밤이었고, 그가 당장 할 수 있는 건 없어 보였다.

"은혜를 어떻게 갚아드려야 할지 모르겠네요."

탁호가 눈을 내리깔며 말했다.

"은혜는 이미 다 갚고도 남았다고 생각합니다. 오히려 저희가 더 베풀어야 마땅하죠."

"네?"

"실은 봤거든요. 당신의 진짜 모습을."

탁호는 심장이 쏟아져 나올 것만 같았다. 얼굴과 귀는 급속도로 열이 올라 뜨거워졌고, 금세 두피에 땀이 나기 시작했다. 그 모습을 본 소방대원은 그를 안심시키려는 듯 얼른 말을 이었다.

"걱정은 접어두세요. 제가 본 건 아무도 모르니까요. 다만 어머니는 같이 일하는 동료인 줄로 알고 계시니까 그 점만 유의해 주시고요. 그냥 자연스럽게 동료처럼 해주시면 됩니다."

어둠 속에서 그가 눈웃음과 함께 열은 미소를 짓는 게 보였다. 그러나 여전히 의아했다. 자신의 정체를 알고도 모른척하고, 왜 더 이상 아무것도 묻지 않는 걸까. 오히려 탁호는 모든 이야기를 쏟아내고 싶은 충동에 휩싸이기까지 했다. 이상했다. 아무리 편하고 좋은 은정이라도 이런 이야기까지는 도무지 꺼낼 수가 없었는데, 전혀 모르는 사람에게 자신의 모든 것을 말하고 싶어지다니. 아무리 생각해도 이해가 가질 않았다.

"지금은 일단 많이 피곤하실 터니 충분히 잠을 자두세요. 내일 이른 새벽에 어머니께서는 밭으로 나가십니다. 그때 더 이야기를 이어서 하는 게 좋을듯하네요."

"네. 알겠습니다. 감사합니다."

탁호는 고개를 깊이 숙였다.

"그런데 한 가지만 여쭤보겠습니다. 제가 내일 아침 바로 출근을 해야 하는데, 혹시 터미널이 여기서 멀리 떨어져 있나요?"

"아, 저도 내일 서울에 가야 합니다. 원래는 제가 휴가를 받아 내려와 있는 참이었는데 갑자기 산불이 크게 나는 바람에 급히 현장에 투입하게 됐어요. 내일 제가 차로 태워드리겠습니다. 다행히 서울은 홍수 복구 속도가 빨라서 지금은 몇몇 도로가 복구되었다고 하네요."

"그렇군요. 다행입니다. 자꾸 도움만 받는 것 같아 죄송하단 말밖에 드릴 말씀이 없네요."

탁호는 뒷머리를 쓸며 고개를 숙였다.

"아닙니다. 아까도 말씀드렸지만 도움을 받은 건 오히려 저희라니까요. 하하. 얼른 주무세요. 저는 이만 나가겠습니다. 아참. 제 이름은 정유원입니다."

"아, 네. 저는 문탁호라고 합니다."

둘은 어색한 미소를 지었다. 유원은 방문을 소리가 나지 않도록 살며시 닫으며 방 밖으로 나갔다. 방에서는 대화 소리로 들리지 않았던 시계 소리가 다시 들려왔다. 탁호는 포근하고 두툼한 자색 이불 안으로 들어가 꾸물거렸고, 다시 잠을 청했다. 눈을 감은지 몇 초 안에 그는 코를 골기 시작했다.

달그락. 달그락. 잠이 채 깨지 않은 몽롱함 속에 집 안에서 나는 소음이 들려왔다. 그릇이 탁자 위에 놓이는 소리, 가스불 켜지는 소리. 부엌에서 누군가 분주하게 움직이는 소리가 들렸다. 탁호는 눈을 비비며 몸을 일으켰다. 문을 열고 나가니 거실이 보였고, 거실 왼편에는 작고 소담한 부엌이 눈에 들어왔다. 그곳에는 허리가 구부정하고 머리가 하얗게 센, 짧은 곱슬머리를 한 작은 노인이 있었다.

"아이고. 잠이 깼나 보네. 미안해요. 늙은이가 손이 영 마음대로 움직여지질 않아서 조심히 놓지를 못해."

노인은 탁호를 보며 옅은 미소를 지었다. 그녀 입가에 있던 잔주름이 더욱 깊게 파였다.

"아닙니다. 오히려 듣기 좋은 정겨운 소리인걸요. 간밤에 민폐 끼쳐드리게 되어 정말 죄송합니다."

탁호는 빳빳한 자세로 고개를 깊이 숙였다.

"아유. 뭐가 죄송해. 간단하게 씻고 나와서 얼른 식탁에 앉아요. 차린 건 많이 없지만. 도시에서 먹던 것보다 훨씬 몸에도 좋고, 맛도 좋을 거예요. 그동안 식사를 변변치 못하게 했나 봐. 몸이 많이 야위었어. 쯧쯧."

탁호는 하하 웃으며 어색한 웃음으로 머리를 긁적이고는 화장실로 향했다. 거울 앞에는 수염이 거뭇거뭇하고 말쑥하지 못한 청년 한 명이 서 있었다.

'꼴이 말이 아니네. 그나저나 저분들은 대체 누굴까.'

탁호는 호기심이 생기면서도 한편으론 불안했다. 모두 처음 보는 사람들이었고, 어떻게 이곳에 오게 되었는지 전혀 기억이 나질 않았다.

탁호는 대충 씻고 나와 식탁에 앉았다. 그 사이 접시 위는 가득 차 있었고, 수저 세트 세 개가 놓여 있었다. 계란말이, 버섯과 두부를 잔뜩 넣은 된장국, 새빨간 제육볶음, 각종 채소, 나물 등 갖가지 반찬이 수북이 쌓여 있었다. 그 사이 유원도 잠에서 깬듯했다. 그는 가볍게 탁호와 눈인사를 나눈 후 재빠르게 씻고 나와 식탁에 앉았다.

"잘 주무셨어요?"

유원이 물었다.

"네. 덕분에 정말로 잘 잤습니다. 이렇게 개운하게 잔 적은 정말로 오랜만인 것 같아요."

"다행입니다. 얼른 드세요. 배가 많이 고프실 거 같은데."

"정말 잘 먹겠습니다."

셋은 동시에 숟가락을 들었다. 구수한 된장국 냄새가 코끝을 자극했고, 국물에서는 처음 먹어보는 깊은 맛이 났다. 탁호는 자신이 이때까지 먹은 것은 된장국이라고 불러서는 안 되지 않을까 하는 생각까지 들었다. 다른 반찬들도 마찬가지였다. 모든 재료가 신선하고 생생했다. 셋은 침묵 속에 밥을 먹었다. 그들은 온전히 식사에만 집중했다. 빠르게 밥을 먹은 노인은 숟가락을 놓으며 말했다.

"나는 이제 밭에 나가봐야 해서요. 저는 신경 쓰지 마시고 천천히, 든든하게 먹고 가세요. 반가웠어요."

노인은 은은한 미소를 지으며 자리에서 일어났다. 그녀는 보라색 장화를 신고 모자를 쓴 후 소쿠리에 짐을 담아 바깥으로 나섰다. 허리는 굽었지만, 굉장히 씩씩하고 당당해 보였다. 탁호는 도시에서 보던 표정 잃은 노인들이 떠올랐다.

"이제 좀 마음 편히 이야기해도 될 것 같네요. 사실 저는 탁호 씨가 인간이 아닐 때의 모습을 두 눈으로 똑똑히 목격한 최초이자 유일한 사람이에요. 저는 탁호 씨의 비밀을 그 어디에도 누설할 생각이 없습니다. 그저 탁호 씨가 지닌 숭고함에 저절로 고개를 숙일 수밖에 없었습니다."

탁호는 그대로 얼어붙었다. 자신이 어떤 말을 해야 할지 전혀 감이 잡히질 않았다. 그는 막대기처럼 꼿꼿한 자세로 눈을 끔뻑거리기만 했다.

"천천히 다 드시고 말씀하셔도 됩니다. 그것마저 원하지 않는다면 그냥 그대로 계셔도 됩니다. 그저 당신이 편안했으면 좋겠거든요."

유원이 숟가락으로 국물을 뜨며 말했다. 둘 사이에서는 한동안 아무 이야기도 오고 가지 않았다. 아침을 알리는 새소리가 드문드문 들리는 것 외에는 아무 소리도 들리지 않았다. 탁호의 심장 소리가 더 크게 들리는 것만 같았다.

'정체를 들킨 거라면, 나는 나의 목적을 모두 이야기해야 하는 걸까. 이 사람이 어떤 사람인지도 모르는데.'

여전히 탁호는 망설였지만, 그가 도움을 받은 사실은 분명했다. 그리고 지금껏 자신을 대한 태도와 말씨를 보았을 때 나쁜 사람이 아닌 것 또한 분명해 보였다. 탁호는 결심했다.

"저는 사실 바다에서 왔어요. 흔히 알고 계시는 문어와는 다른 생명체이고, 태어났을 때부터 줄곧 혼자였습니다. 부모도 없었고, 나를 키워주는 이 없이 홀로 자라왔죠. 외로운 순간도 있었지만 늘 저를 품어주던 따뜻한 바다와 바닷속 친구들이 있었고, 외로움은 그들을 통해 치유될 수 있었어요. 그런데 어느 날인가부터 제가 알던 바다가 아니었습니다. 인간들은 점점 바다를 훼손시켰고, 오염시켰습니다. 인간들은 바다와 자연을 훼손시키려고 존재하는 그 이상도 이하도 아니었습니다. 나는 더 이상 바다를 병들게 만들 수 없었고, 바다를 망가뜨린 인간들이라면 살릴 의무 또한 그들에게 있다고 생각했습니다. 그러나 제가 만나본 인간 중 아주 극소수만이 괜찮다고 말할 수 있는 사람들이더군요. 여전히 많은 사람이 오로지 자기 자신 외에는 생각할 줄을 모릅니다. 어쩌면 자기 자신에게도 무례하고 굴고 있는 것이죠. 자신이 밟고 있는 땅, 자신의 입으로 들어가는 모든 것들을 스스로 더럽히고 있다는 사실조차 모르더군요. 아주 조금만 노력하면 되는 일인데 그것조차 하지 않으려 들더군요. 그래서 저는 인간 세상에 나온 후로 인간들이 더 싫어졌지만, 아 물론 아주 몇 명은 제외하고요. 이상한 건……."

"왜 저희를 구해주고 싶은 마음이 드는지 모르겠다는 거죠?"

"어, 네 맞습니다. 어떻게 아셨죠?"

"물론 저희가 잘못한 점이 분명 아주 여러 가지로 많습니다. 그러나 그런 마음. 구해내고 싶다는 마음 말이죠. 사랑. 이성 간의 사랑이 아니라 정말로 궁극적인 사랑이요. 탁호 씨가 느낀 그 마음이 바로 사랑입니다. 자신이 사랑받았던 혹은 지금도 여전히 사랑받는 존재라고 느끼는 사람은 예전에 비해 크게 줄어들었습니다. 바다가 병이 든 것처럼 사람의 마음에도 병이 드는 거죠. 그러나 그 병든 사람들 사이에도 늘 탁호 씨처럼 사랑의 마음으로 타인을 대하고, 자연, 혹은 그 모든 것을 대하는 사람도 분명 있다는 사실이에요. 중요한 건 그런 사람들이 많아지려면 서로 마음을 열어야 한다고 생각합니다. 누군가 A의 마음을 두드리고 마음이 열린 A가 또다시 B의 문을 두드리고. 그렇게 우리는 연결되고, 먼지만큼 작던 사랑의 크기는 점점 커지겠죠. 그 사랑이 가진 위대한 힘은 서로를 돌아보게 하고, 주변을 돌아보게 만들고, 인간뿐만이 아닌 우리가 살아가는 땅과 우리가 누리는 모든 것들과 자연, 하늘, 아주 작은 미물까지도 생각할 수 있게 되지 않을까요. 그러니 미운 마음 대신 빌딩 숲에서 사람들을 구하고, 불타는 마을을 구한 그 마음에 집중하셨으면 좋겠어요. 결국 그것 또한 탁호 씨를 위한 일이니까요."

탁호는 유원의 말이 온전히 이해가 가지는 않았다. 어렴풋한 짐작만 할 뿐이었다. 그러나 중요한 건 그가 누군가를 구해냈다는 사실이었다. 유원이 말을 이었다.

"저는 인간을 구하는 일을 하고, 탁호 씨는 자연을 구해내는 일을 하지요. 저희는 알고 보면 같은 일을 하는 셈입니다. 인간은 자연 안에 속한 존재들이니까요. 자연과 멀어져 가는 사람들이 점점 늘어나지만, 저희가 힘을 합친다면 분명 오염된 세상을 구해낼 수 있을 거라 믿습니다. 저희가 완전히 '다른', 혹은 '따로'라고 생각지만 않는다면요."

탁호는 항상 자연과 인간은 완전히 다르다고 생각했다. 유원의 입을 통해 나오는 말들은 처음에는 강한 거부감을 일으켰으나, 계속 곱씹을수록 맞는 말인 것처럼 느껴지기도 했다.

"우리는 결국, 같은 세상을 구해낸다고 생각합니다. 물론 탁호 씨에 비하면 저는 아주 작고 미미한 일을 하는 것에 불과하지만요."

둘은 생각에 잠겼다. 묵묵히 밥을 먹었다. 서로 간에 대화는 오가지 않았지만, 그들의 침묵은 무겁고 눅눅하기만 한 건 아니었다. 탁호는 남은 마지막 한 숟가락까지 입으로 털어 넣은 후, 말문을 열었다.

"유원 씨. 고맙습니다. 저는 늘 도시에 온 후로부터 다른 사람을 의심하기에 바빴어요. 제 마음은 항상 불안하고 초조하기만 했습니다. 물론 아닌 사람도 있기는 했지만요. 날이 갈수록 괜찮은 사람들이 생각보다 많다는 사실을 느끼고 있습니다. 바로 당신처럼요. 자꾸만 구분하는 마음을 좀 내려놓아야겠습니다. 처음 본 저에게 누울 곳을 제공해 주시고, 이렇게 맛있는 밥까지 대접해 주셔서 정말 감사드립니다. 비록 요리는 못하지만, 조금 더 살기 좋은 곳이 되는 데 반드시 일조하겠습니다. 지켜봐 주세요."

유원은 고개를 끄덕이며 미소를 지었다. 그의 크고 하얀 치아가 반짝였다.

"그럼 이만 갈까요? 다시 도시로 돌아가야죠."

탁호는 낡고 작은 유원의 차 안에서 깊은 잠에 빠졌다. 그는 몹시 피곤한 상태였다. 물속을 헤집으며 사람들을 구한 지 얼마 되지 않아 곧바로 불을 끄는 데 온 힘을 쏟았고, 잠을 제대로 자지 못했기 때문이었다. 얕게 코를 골며 자는 탁호를 유원은 안쓰러운 눈빛으로 바라보았다. 길을 달리는 사이 어느새 동이 트고 있었고, 태양은 그 어느 때보다 붉고 밝게 타올랐다. 도시에 도착한 후, 유원과 탁호는 자신의 일터로 향했다. 각자의 구함을 위해서.

탁호는 차에서 꽤 깊은 잠을 잤다. 덕분에 전혀 피곤하지 않았고, 오히려 쌩쌩했다. 그는 평소와 다름없이 일했다. 그러던 중 회사 내 메일함에 새로운 알림이 하나 떴다. 탁호는 너무 놀라 몇 번이고 메일 주소를 확인하며 눈을 비볐다. 그였다. 그토록 기다리던 그 사람이 답장을 보낸 것이다.

To. 탁호 님

탁호 님. 보내주신 메일은 잘 읽었습니다. 답변이 늦어 미안합니다. 직접 바다로 나가 일을 하던 중, 예상치 못한 거센 풍랑을 만났고, 배가 뒤집히는 사고가 일어났습니다. 다행스럽게도 다친 이 없이 모두 구조되어 얼마 후 한국에 돌아갈 수 있게 되었습니다. 거기다 한국에서 일어난 회사의 사정을 급히 알게 되었고, 사건 정황을 상세하게 여러 방면으로 알아보는 중에 있어 답변이 늦어지게 된 점 사과드립니다. 먼저 탁호 님의 메일을 읽고 상당히 놀라웠습니다. 저 또한 오랜 시간 지구 환경을 위해 노력해 왔고, 적지 않은 공부를 해왔다고 생각했는데 탁호 님이 제안해 주신 내용과 아이디어들을 보니 이제껏 무지했다는 생각이 들 정도로 놀랍더군요. 특히나 바다에 관해서는 거의 박사 학위를 딴 것이나 다름없을 정도로 풍부한 지식을 지니고 계신 것으로 보여 경외심이 들 정도였습니다. 자세한 이야기는 한국에 가서 직접 나누도록 하지요. 좋은 제안 주신 것 진심으로 감사드립니다.

탁호는 여전히 꿈만 같았다. 메일을 기다리긴 했지만, 긴가민가한 것도 사실이었다. 대표에게 직접 메일을 받다니! 거기다 아무도 이런 상황을 모르고 있는 눈치였다. 탁호는 떨리는 가슴을 주체할 수 없었지만, 티 내지 않으려 무척 애를 썼다.

회사 분위기는 여전히 좋지 않았다. 회사가 곧 붕괴할 것이라는 소문이 곳곳에 돌았고, 실제로 퇴사를 준비하는 사람들이 늘었다. 신입이든 기존에 오래 다니던 사람이든 마찬가지였다. 탁호는 대표와 연락이 된 것만으로도 굉장히 편안한 마음이 들었다. 은정은 여전히 불안해했지만, 메일에 관한 내용은 대표와 둘만의 이야기였으므로 터놓기가 어려웠다. 점심시간이 되었고 은정이 입을 열었다.

"탁호야. 우리 진짜 어쩌냐. 백수 되게 생겼다. 벌써 몇 명은 사직서 냈대."

"음. 곧 대표가 돌아오면 괜찮아지지 않을까?"

"엥? 대표 돌아온다는 소식 있어? 아직 아무런 반응이 없잖아."

"그렇긴 하지. 그런데 그분은 뭔가 어떻게든 돌아올 것 같아서."

"야. 대표. 오지까지 갔다가 실종됐다는 말도 있던데. 새로운 대표를 뽑던가 해야 하는데, 그분 뒤를 이을 누군가가 없다는 게 문제라면서 그런 말이 있더라."

"난 그 대표가 돌아올 거라 믿어."

"뭐야? 대표랑 친분이라도 있는 거처럼 말한다 너? 하하."

탁호는 혹시라도 은정이 눈치챌까 싶어 더는 이야기를 하지 않기로 했다. 은정은 수상쩍은 눈빛으로 탁호를 바라보긴 했지만, 금세 평소 표정으로 되돌아왔다. 둘은 시시콜콜한 이야기를 주고받았고, 그녀는 뜬금없이 치명에 관한 이야기를 꺼냈다.

"아. 맞다! 탁호야. 네 룸메이트는 잘 있어? 그 치명인가 뭐시긴가."

"박치명? 안 그래도 수상한 게 며칠 전부터 안 보여. 방에 한

번 들어가 봤는데 여행이라도 간 건지 정말 아무것도 없더라고. 원래도 짐이 많은 편은 아니었는데 처음부터 아무도 살지 않았던 것처럼 진짜 아무것도 없어서 의아하긴 했어. 근데 왜?"

"아니. 아까 닮은 사람인지 그 사람인지는 몰라도 비슷한 사람을 봐서. 근데 그 사람 되게 지저분해 보이고 없어 보였잖아. 내가 오늘 본 사람은 한눈에 봐도 고급스러운 차 앞에서 엄청 좋아 보이는 옷을 차려입고 있더라고. 선글라스를 끼고 있긴 했는데 뭔가 다급해 보였어. 전화를 받고는 쌩하고 사라지더라고. 갑자기 생각이 나서 물어본 건데, 그렇게 짐이 하나도 없으니까 좀 이상한데? 아니야. 이상할 일도 없지. 그런 인간이라면 잘리고도 남지. 걔 부서에서 잘린 거 아냐? 룸메이트인 너한테 창피해서 이야기할 새도 없이 부랴부랴 도망쳤나 보다. 내 생각엔 그게 가장 확률이 높아. 그 인간은."

탁호도 그럴듯하다고 여겼다. 치명은 절대로 일을 제대로 할 사람 같아 보이지는 않았기 때문이었다. 그러나 그가 어떻든 상관없는 일이었다. 이제 다시는 그를 보지 않아도 될 생각에 오히려 편안해졌다.

"탁호야. 우리는 언제까지 이 회사에 있게 될까?"

"글쎄. 우리가 원하는 한 있게 되지 않을까? 우리가 잘릴 이유는 회사가 망하지 않는 것 외에는 없으니까."

"그래. 우리는 적어도 주어진 일을 미루진 않으니까. 그리고 우리는 진심으로 회사가 지향하는 바를 따르는 사람들이니까."

"맞아."

"때로는 흘러가는 구름처럼 삶에 나를 맡겨보는 일도 필요한 것 같아."

탁호는 입을 굳게 다문 후, 위아래로 고개를 끄덕였다. 둘은 말없이 같은 곳을 바라보았다. 하늘에는 새털 같은 구름이 무리를 지어 천천히 흘러갔고, 하늘은 유난히 파랗게 보였다. 마치 탁호가 살던 바다처럼.

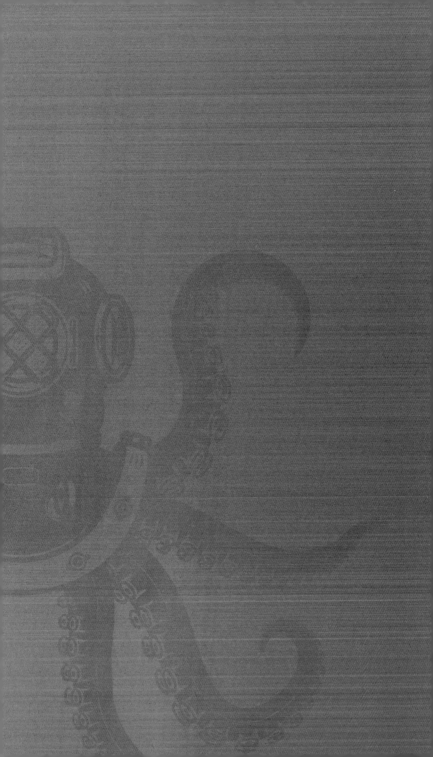

쓰레기 산과 호수

3주하고도 며칠이 더 흘렀다. 대표가 돌아오기로 하고 한 달이 좀 넘은 시점이었다. 중간에 실제로 퇴사자들이 몇 명 생겼으나, 생각보다 많은 사람이 자리를 지켰다. 그러나 김 대리는 달랐다. 그는 누구보다 사람들의 퇴사를 원하는 사람 같았다. 회의 시간뿐 아니라 대부분 시간에 회사에 관한 부정적인 이야기를 퍼뜨리고 다녔으며, 자신도 곧 나갈 거라고 했다. 탁호는 차라리 빨리 나가줬으면 했다. 어딘가 모르게 김 대리와 치명은 비슷한 구석이 있다는 생각이 문득 들었다.

회사는 처음보다 안정을 찾아가는 듯했다. 그러나 몇 분 후 뜬 기사는 그동안 회사를 안정시키려 최선을 다하던 모두의 노력을 무상 시키기에 충분했다. 사내 메신저로 기사가 먼저 퍼지기 시작했다. 기사 내용은 이러했다.

L.I.N 라이프인네이쳐(주)는 몇 달 전 폐수 방류와 생활용품에서 나온 발암 물질에 관한 문제로 세상을 떠들썩하게 만든 바 있다. 여전히 그 문제에 관해서는 아무것도 해결되지 않은 상태다. 김민호 대표는 여전히 행방이 묘연하다. 그가 언제 돌아올지 모른다는 말만 되풀이하는 L.I.N의 입장 대처에 국민은 실망스럽다는 반응이다. 어제는 경상남도 ○○군에 불법으로 만들어진 일명 '쓰레기 산'의 쓰레기들이 대부분 L.I.N 공장에서 나온 것들이란 사실이 밝혀졌다. 그뿐 아니라 L.I.N은 의료폐기물을 비롯한 각종 산업폐기물, 건축폐기물들을 여러 업체와 거래한 후, 계속해서 몰래 산에 쌓아온 것으로 들통이 났다. 쓰레기 산에 의해 피해를 겪은 이들은 바로 옆에서 거주 중인 주민들이다. 쓰레기 산 주변을 지나가기만 해도 산에서 발생하는 유독 물질에 의한 가스로 어르신 수십 명이 쓰러지는 일을 겪기도 했다. 동네 주민인 K 씨(56)는 3~4년 전부터 눈만 뜨면 쓰레기 산의 높이가 점점 올라가는 것을 볼 수 있었다고 하며, 지금은 주변을 둘러싼 산보다도 쓰레기 산의 높이가 훨씬 높아졌다고 말했다. 며칠 전에는 엎친 데 덮친 격으로 넘쳐나는 유독 가스와 건조한 날씨의 영향으로 쓰레기 산이 불타올랐다. 유독 가스는 ○○군뿐 아니라 주변의 수십 km까지 영향을 미쳤으며, 가스를

마신 사람들은 호흡 곤란이나 구역질, 피부 이상 반응 등으로 고통을 겪고 있다고 전했다. 그녀와 마을 주민들은 곧 L.I.N을 향한 고소를 진행하겠다고 밝혔으며, 이번 사건을 통해 L.I.N이 어떻게 대처할 것인지에 관해 귀추가 주목된다.

탁호는 숨이 턱 막혔다. 무엇 때문에 이런 사건이 자꾸만 일어나는 걸까? 오늘도 빗발치는 항의 전화를 생각하니 벌써 피곤해졌다.

"내가 말했지? 앞서 퇴사한 사람들이 영리한 거라고. 앞을 내다본 거라고!"

김 대리는 자신의 말에 신빙성을 더해줄 근거를 찾아 신이 난 것 같았다. 그러나 김 대리를 제외한 모두는 심각한 표정이었다. 아무리 생각해도 말이 되질 않았다. 엄청난 역사를 지닌 회사는 아니지만, L.I.N은 대기업으로 성장할 만큼 탄탄한 토대를 가진 회사였다. 더군다나 지구 환경을 생각하는 게 모티브인 회사가 그런 일을 벌였다는 것 자체가 이상했다. 어느새 은정이 옆으로 다가와 있었다.

"어쩌면 김 대리의 말이 맞는 게 아닐까? 아무리 생각해도 대표가 이렇게까지 돌아오지 않는 게 이상하잖아. 아무런 소식도 없고. 이러다 그냥 부도나고 망하는 거 아닌가 몰라. 어떤 기업이든 올라가는 데는 수십 년의 세월이 걸려도 나락 가는 건 한순간이잖아."

은정 말도 일리가 있었다. 탁호도 답답하긴 마찬가지였다. 역시나 생태학자나 과학자의 길로 들어갔어야 맞는 걸까 하는 생각이 자꾸만 머리를 스쳤다.

오후 내내 직원들은 항의 전화와 기자들의 빗발치는 질문들에 대응하느라 모두 진이 빠진 상태였다. 여기저기서 불만의 소리가 터져 나왔다. 역시나 긴급회의가 진행되었고, L.I.N을 대표해 몇몇이 직접 사고 현장을 방문해 정확한 상황을 알아보기로 했다. 지금 상황에서 그곳을 방문하면 주민들의 엄청난 반발과 비난이 예상되는 가운데 아무도 자진해서 가려 하지 않았다. L.I.N 대표를 대신한 소수의 간부와 신입 몇 명이 가는 것으로 정해졌는데, 단 한 명 탁호를 제외하고 모두가 가기 싫은 눈치였다. 그렇게 정해지는 듯 보였으나, 마지막에 누군가 한 명 더 가겠다며 작은 목소리로 말했다. 은정이었다. 탁호는 걱정이 되면서도 한편으로는 기뻤다. 든든한 지원군이 한 명 더 생긴 기분이었다.

은정과 탁호는 무거운 마음으로 가벼운 짐을 쌌다. 짐만이라도 가볍고 싶은 나머지 세면도구를 제외한 것들은 전부 포기했다. 그렇게 꾸려진 팀은 총 일곱 명이었다. 원래는 다섯 명이었으나 마지막에 김 대리와 다른 팀 사원이 함께 가기를 원하면서 일곱 명이 되었다. 김 대리는 가는 차 안에서도 계속

투덜대기 일쑤였고, 탁호에게 시비를 걸었다.

"아오. 진짜. 내가 책임감 때문에 가는 거야. 회사 때문에 뭔 고생을 사서 하는 건지. 퇴사하기 전에 내가 봉사한다. 봉사해! 에이 씨."

탁호는 누가 봐도 김 대리가 사무실에 남아 일을 하는 게 지루해서 이곳에 따라와 있는 것 같았다. 김 대리는 평소에도 일을 찾아서 하는 편이 아니었고, 누군가의 업적을 자신의 것으로 만드는 데에 완전히 익숙한 부류의 인간이었다. 앞에 앉아 있던 김 대리는 뒤에 앉은 탁호를 향해 몸을 돌리며 별안간 얼굴을 들이밀었다.

"야. 문탁호."

김 대리가 잔뜩 목소리를 낮추며 험상궂은 얼굴로 뒤를 돌아보았다.

"넌 진짜 안 끼는 데가 없네. 이게 여행이라도 되는 줄 아는가 본데, 그거 착각이고 무지한 거야. 회사 뒤치다꺼리하기 싫어서 온 줄 내가 모를 거 같아? 내가 네 머리 꼭대기 위에 있어 인마. 넌 그냥 처음부터 마음에 안 들었어. 음침하고 싸가지 없는 놈. 상사한테 지적질이나 하고 잘난 체나 오지게 할 줄 알지. 너 그따위로 살면 사회에서 도태당해. 사회부적응자란 소리나 듣는다고. 알아?"

탁호는 자신도 모르게 손이 떨리고 있음을 느꼈다. '너라는

인간한테 인정받는 게 더 수치스럽고 기분 나쁠 것 같은데.'
라고 한마디 하고 싶었지만 참았다. 은정이 그의 등을 가만히
쓰다듬고 있었기 때문이다. 김 대리는 치석이 잔뜩 낀 누런
치아를 활짝 드러내며 큭큭 웃었다. 그리고는 휙 몸을 돌려
다시 앞을 보며 투덜거림을 이어갔다. 탁호는 화가 났지만, 그
걸 알아주는 한 사람이 있다는 사실에 집중하기로 했다. 은정
은 그의 마음을 다 안다는 듯 한참이나 등을 토닥여 주었다.

　차를 타고 이동한 지 2시간 정도가 흘렀다. 차 안은 정적으
로 가득했다. 김 대리의 코 고는 소리만 간간이 들려왔다. 탁
호는 턱을 괴고 높이 떠 있는 태양을 응시했다. 은정도 어느
새 잠들어 있었다. 풍경은 빠른 속도로 휙휙 지나갔다. 자세
히 바라보니 앙상한 나뭇가지만 남은 나무들이 도로를 에워
싸고 있었다. 그 와중에도 소나무는 계절에 아랑곳하지 않은
채 꼿꼿한 잎과 자세를 유지하고 있었다. 이 회사에 들어온
후, 아니 인간 세계로 온 후 너무 많은 일이 일어났다. 단 한
번도 자신의 하루를 점검해 본 적이 없었다는 걸 문득 깨달
았다. 아이러니하게도 이 차에서 갖는 시간이 유일하게 여유
를 느껴보는 시간이었다. 차는 계속해서 달렸다. 탁호도 차츰
눈이 감기기 시작했다. 어느새 그도 가늘게 코를 골고 있었다.

　쿵. 쿵쿵. 쿵쿵쿵!

무언가 두드리는 소리에 놀라 화들짝 놀란 그는 눈을 비비며 밖을 바라보았다. 창문 밖에서 먼저 도착한 간부들이 차창을 두드리는 소리였다. 김 대리는 놀란 나머지 입가에 잔뜩 묻은 침을 제대로 닦지도 않고 내렸다. 그걸 보는 탁호와 은정은 저절로 미간이 찌푸려졌다.

쓰레기 산 마을에 도착하자 마을 주민들은 기다렸다는 듯 마을 입구를 막고 서 있었다. L.I.N에서 온다는 소식을 발 빠르게 접한 게 분명했다. 탁호는 긴장이 됐다. 은정도 잔뜩 겁을 먹은 모양이었다.

마을 입구와 가까워지자 잔뜩 성이 난 주민들이 그들 앞으로 다가와 고함을 지르며 앞을 가로막았다.

"여기가 어디라고 발을 들여? 제정신인가? 다들 뭣 하러 온 거야?"

머리가 하얗게 센, 미간에 주름이 잔뜩 진 깡마른 할아버지가 주민들 가운데 서서 말했다. 햇빛에 자주 그을려 까만 피부, 깡말랐지만 농사일로 다져진 탄탄한 근육들이 보였다. 굳이 말하지 않아도 마을 이장의 포스를 내뿜고 있었다.

"안녕하십니까. L.I.N을 대표해서 인사드리겠습니다. 저희는 이번 사태에 관하여 굉장히 안타까운 마음입니다. 여러 가지로 심려를 끼쳐 죄송합니다. 어르신."

간부 한 명이 고개를 90도 이상 숙여 인사를 했다.

"잘못한 줄 알면서 여길 와? 누굴 멍청이로 아는가? 돈이나 몇 푼 주고 합의 볼 생각일랑 하지 말어! 젊은 사람들이 그런 식으로 살면 안 되는 거여! 노인네들 목숨 얼마 안 남았다고 글쎄 온갖 폐기물을 여따가 들이부어? 절대로 용서 안 혀. 너거들 썩 물러가! 어디 두꺼운 낯짝을 들이대! 여기가 감히 어디라고!"

"어르신. 진정하십시오. 아직 확실치 않습니다. 저희는 어느 기업보다 산과 바다와 자연을 생각하는 곳입니다. 그러니까 저희 말을 한 번만……."

"그러니께 더 못난 놈들이지! 환경 생각한다고 설쳐대는 놈들이 오히려 죽이고 있으니. 이래서 젊은것들은 안 돼. 사장도 새파랗게 젊은 놈이라드만. 쯧쯧."

이번에는 이장 뒤에 있던 키가 작고 허리가 많이 굽은 할머니 한 분이 말을 했다. 할머니가 입을 연 후로 마을 입구를 막아선 모든 주민이 제 할 말을 하는 통에 아수라장이 되었다. 어쩔 수 없이 그들은 마을 안으로 들어가 보지도 못한 채 다시 차로 돌아와야만 했다.

그들은 조금 멀더라도 마을 뒤쪽으로 돌아 쓰레기 산 근처로 가보기로 했다. 30분쯤 걸으니 마을과 떨어진 쓰레기 산 뒤쪽이 보였다. 아직 근처에 다다르지 않았는데도 고약한 냄새가 벌써 코끝을 찔렀다. 전부 준비해 온 마스크를 자연스럽게 썼다. 마스크를 썼음에도 불구하고 악취가 마스크 안까지 파고들었다. 모두 하나같이 미간을 찌푸렸다.

바람이 강하게 불었다. 이대로라면 언제 또 불씨가 붙을지 모르는 상황이었다. 이대로 계속 있으면 가스에 노출되어 위험하니 빠르게 둘러보고 가기로 했다. 두 팀으로 나눠진 이들은 각자 반대 방향으로 둘러보기로 하고 탁호와 은정, 그리고 다른 팀 사원 한 명이 팀을 이루었고 김 대리와 나머지 사람들이 다른 팀을 이뤘다. 쓰레기 산에는 정말 전국에서 온 각종 쓰레기가 쌓여 있었는데, 이렇게 많은 쓰레기가 매일 같이 쏟아져 나온다는 게 믿을 수가 없었다. 인간이 낭비하는 자원이 얼마나 많은지를 새삼 실감케 했다. 쓰레기 중에서는 음식물 쓰레기와 각종 배달음식 껍데기들이 만만치 않게 섞여 있었다. 엄연히 불법이었지만, 불법을 아무렇지 않게 저지르는 이들은 그런 것 따위는 아무래도 상관없는 모양이었다.

"와. 탁호야. 진짜 이렇게나 많은 쓰레기가 나온다는 게 놀랍지 않아? 대박이다. 정말. 얼마 전부터 역사에 관심이 생겨서 공부 중이었거든? 우리가 이렇게 음식을 마음껏 먹게 되고, 누릴 수 있는 게 많아진 건 정말 얼마 되지 않았더라고."

"아, 그래?"

탁호는 이미 알고 있었으나, 모르는 척 물었다. 은정이 악취를 참기 힘든 듯 코 위쪽 마스크를 누르며 말을 이었다.

"그렇지. 정말 수백 년 전만 해도 굶어 죽는 사람이 수두룩했고, 그 이후에도 일제 강점기 시절에 얼마나 많은 사람이 핍박받고, 자유롭지 못하게 살았냐. 우리 조상들의 노고와 희생이 아니었더라면 우린 아마 이 자리에 없었을 거야. 이렇게 먹고 싶은 것 먹고, 커피 한잔의 행복을 누리고, 치킨이나 짜장면을 손가락 하나로 주문할 수 있다는 건 정말이지 크나큰 행운이라고. 쌀알 하나에 감격하고, 행복해하던 시절이 분명 존재했어. 그런데 지금은 너무 많은 자원이 낭비되고 있어. 오직 인간을 위해서. 인간 한 명을 위해 들어가는 수많은 물과 나무, 자연, 그로 인해 파괴되는 생태계는 다 나 몰라라 할 뿐이지. 이렇게 해서는 우리에게 남는 건 쓰레기와 오물뿐이지 않을까. 이 거대한 쓰레기 산이 더 거대해지는 걸 막지 못한다면, 우리는 결국 고통 속에 죽어가겠지. 한낱 쓰레기와 다를 바 없이. 아무리 과학이 발전한다고 해도 남겨진 자원을 보존하는 데 힘쓰지 않는다면 아무것도 남지 않겠지. 단 한 명의 인간조차도. 언젠가는."

은정은 심오한 표정을 지으며 쓰레기 산을 올려다보았다. 그 말을 들은 탁호도 마음이 무거워졌다. 자신 또한 마찬가지였다. 인간은 아니었지만, 자신이 누리던 바다가 그저 당연했다. 먹을 것을 제공해 주고, 집이 되어주고, 쉼터가 되어준, 친구들을 있게 한 바다는 그에게 당연한 곳이었다. 그러나 탁호도 은정의 말을 들으며 깨달았다. 당연한 건 아무것도 없다는 것을. 내가 소유할 수 있는 건 단 하나도 없다는 사실을 말이다. 그러니 감사하지 않을 이유가 없었다. 자신이 누리던 모든 것들에 관하여. 눈으로 보고 감각을 느낄 수 있게 하는 모든 것들이 신이 그에게 준 가장 큰 삶이라는 선물이었다.

각자의 생각에 빠져 골몰하던 중, 함께 온 사원 J가 "어?" 하는 소리를 내며 손가락으로 무언가를 가리켰다. 그의 손가락이 가리키는 곳으로 일제히 달려갔다. 그곳에는 정말로 회사와 연계된 공장에서 나온 각종 폐기물이 잔뜩 쌓여 있었다. 그런데 이상하게도 여기저기 분포된 것이 아니라 한곳에만 잔뜩 쌓여 있었다. 마치 누군가 의도해서 이곳에만 L.I.N 공장 쓰레기를 일부러 모아놓은 것처럼.

"뭐야? 진짜 우리 공장에서 나온 쓰레기잖아?"

자세히 살펴보니 아무런 과정도 거치지 않은 쓰레기였다. 우리 회사의 쓰레기는 보통 다른 회사에서는 사용하지 않는 특별한 방법을 통해 비용이 많이 들더라도 가장 토양과 비슷한 상태로 분해하여 쓰레기를 버려왔다. 그러나 이 쓰레기들은 처음 상태 그대로였다. 거기다 쓰레기 산에서 나는 가스 냄새보다 더한 악취가 났다. 쓰레기 위로 어떤 독극성 액체를 쏟아부은 것처럼 죄다 젖어 있었다. 탁호와 은정, 다른 팀 사원 K는 장갑을 끼고 쓰레기를 챙겨 온 비닐에 담았다.

J가 말했다.

"일부러 누군가 모아놓은 거 같지 않아요? 우리는 애초부터 이렇게 버리지 않는데 말이죠."

"그러니까요. 회사가 나날이 번창하고 잘되니까 그만큼 끌어내리려는 사람도 증가하기 마련이겠죠. 마침 대표도 해외에 나갔고, 이때다 싶은 누군가가 한 짓일 가능성이 크지 않을까요? 이때다 싶은 누군가는 우리 회사와 거의 동등한 위치에 있는 회사일 가능성도 배제하지 않을 수 없고요. 막막하네요."

은정이 답했다. 탁호도 조용히 고개를 끄덕이며 손으로 턱을 어루만졌다.

'라이벌 관계에 있는 누군가라. 환경을 생각하는 기업은 내가 알아본 바로는 L.I.N만 한 기업은 결코 없었는데. 대부분은 작은 환경 단체에 불과할 뿐이었어. 라이벌이라고 생각될 만한 기업을 내가 몰랐을 리가 없어. 그렇다면 그 회사도 내가 충분히 알아보았을 텐데 말이야.'

탁호는 점점 미궁 속으로 빠져드는 기분이 들었다. 그들이 이야기를 나누는 동안 악취는 더 심각해졌다. 그들은 모두 어지럼증과 두통을 호소했고, 더는 여기 있어서는 안 될 것 같다는 판단을 했다. 쓰레기 산을 하산하는 것은 오르는 일보다 더 어려웠다. 몇 번이나 그들은 쓰레기에 발이 미끄러져 고꾸라질 뻔했으며, 다 내려왔을 때는 다리가 후들거릴 정도였다.

"진짜 씁쓸하다. 아무리 내려가도 끝이 없는 쓰레기 산이 인간인 우리에게서 모두 나온 것들이라니. 나도 그 인간 중 하나라는 게 참 기분이 그래."

은정의 입술이 한껏 처져 있었다. 그녀는 금방이라도 울음을 터뜨릴 것 같은 목소리였다. J와 탁호는 아무런 말을 하지 않았다. 그러나 표정은 은정만큼 심각하기는 마찬가지였다.

"우리는 회사의 쓰레기들을 모아놓은 누군가와 다름없다는 생각이 들어. 어쨌든 우리도 하루에 하나 이상은 쓰레기를 만들어 내니까."

은정이 마치 울먹이는 듯한 말투로 말했다.

"아니요. 전 그렇게 생각하지 않아요."

J가 답했다.

"왜죠?"

"인간들이라고 해서 꼭 다 같은 인간들만 있는 건 아니니까요. 은정 님만 해도 평소에 플로깅이며 용기 챌린지며, 플라스틱 없는 하루 만들기며 그 외 다양한 노력을 하고 계시잖아요. 그 누구보다 열심히 하는 거 알고 있어요. 은정 님 같은 사람들과 함께 힘을 합친다면 병들어 가는 지구를 완전히 살리기란 어렵겠지만, 적어도 파괴를 멈출 수는 있지 않을까요? 저는 분명히 그럴 수 있다고 생각해요. 저희에게서 나온 것들이니까 결국 해결할 수 있는 것도 인간이라고 생각합니다. 적어도 포기하진 말아야죠. 얼마 전 책에서 이런 내용을 본 적이 있어요. '상호연결 되어 있는 이 세계에서는 한 개인의 향상이 세상의 모든 사람을 향상시킨다.'(웨인 다이어, 《인생의 모든 문제에는 답이 있다》 중에서)라는 거였죠. 작고 미미한 한 개인이라도 무언가를 위한 행동을 꾸준히 해나간다면, 그 행동이 모두에게 도움이 되며 우리가 살아가는 세계를 좀 더 나은 곳으로 만드는 행동이라면, 저는 반드시 문제를 해결할 수 있으리라 생각해요. 결국, 세상의 문제를 해결하고, 더 좋은 곳으로 만드는 힘은 보이는 힘이 아닌 보이지 않는 힘에 의해 결정된다고도 생각하구요. 어떻게 들리실지는 모르겠어요. 아무튼, 네. 그렇습니다."

J는 확신에 차 말하는 것 같았다가도 이내 목소리가 급격히 줄어들었다. 원래도 말이 없어서 의식해서 그를 바라보지 않으면 그가 있었는지도 모를 정도였다. 그런 그가 이렇게 생각을 쏟아내듯 이야기하는 모습을 바라본 은정과 탁호는 다소 놀란듯했다.

"네. J 님 말이 맞아요. 저도 그런 마음으로 시작한 거예요. 작더라도 무엇이든 내가 할 수 있는 것부터 시작해 보자 하는 마음으로요. 내가 하는 일에만 집중을 하면 되는데, 자꾸만 타인에게 초점을 맞추게 되더라고요. '저 사람은 왜 안 하지? 저 사람은 왜 저렇게 자기만 생각하고 살지? 이렇게 살기 좋은 곳을 저 사람들이 망치고 있어!' 하는 생각들을 반복하다 보니, 제가 스스로 지치게 되더라구요. 다시 제 목적의식을 깨닫게 해주셔서 감사해요. 정말로."

"아. 아닙니다. 제가 별말을 다 한 것 같아요."

J는 부끄러운 듯 시선을 떨구었다. 셋은 한순간 연결되어 있음을 느꼈다. 그들은 혼자가 아님을 느꼈고, 마음속 피어오르는 작은 희망의 불씨가 한데 모여 커다랗게 불타오르고 있었다.

쓰레기 산에서 내려온 그들은 곧장 숙소로 향했다. 식사를 허겁지겁 때워서인지 다들 속이 편치만은 않았다. 대충 잡은 숙소라 방이 작고 좁았다. 그러나 따로 쓸 수 있는 것만으로도 감사하게 생각했다. 탁호와 J는 한방을 썼고, 나머지 한 방을 은정이 쓰게 되었다. J는 씻고 나온 후 방으로 들어와 가방에 있던 책을 꺼내 읽기 시작했다.

"J 님은 책을 좋아하시나 봐요?"

탁호는 호기심에 가득 찬 눈으로 물었다.

"네. 아무리 바쁘고 정신없는 상황이어도 책은 꼭 챙기게 되더라고요. 사실 혼란스러울 때 책을 더 챙기기는 해요. 책속에 빠져 있으면 혼란스러운 감정을 조금이나마 덜게 되니까요. 어떻게 보면 도피이자 회피이죠. 현실을 회피하고 싶어서 책 속으로 도피한다고나 할까요."

J는 희미한 미소를 지으며 답했고, 곧 눈은 그가 읽고 있는 책을 향했다. 그가 읽고 있는 책은 환경과 생태에 관련한 책이었다. 탁호는 다시 말을 걸면 예의가 아닌 것 같은 기분이 들었고, 주방과 연결된 거실이라고 부르기 모호한 좁은 공간으로 나왔다.

옆방에서는 웽- 하는 드라이기 소리가 요란하게 들렸다. 한참 그 소리가 들린 후, 여전히 머리가 젖은 은정이 거실 밖으로 나왔다.

"여기 드라이기 성능이 영 별로야."

은정이 입술을 삐죽이며 말했다.

"네 머리숱이 엄청난 건 아니고?"

탁호가 놀리듯 말했다. 은정은 탁호에게 너도 그런 장난을 칠 수 있는 성격이었냐며 사뭇 놀란 듯 물었다. 그러면서 은정은 자신의 머리숱에 관한 에피소드들을 끊임없이 늘어놓기 시작했다. 탁호는 그 이야기가 퍽 흥미로웠다. 그리고 불과 며칠 전에 머리숱을 반 이상이나 쳐냈다는 사실 또한 놀라웠다.

그렇게 둘은 신나게 이야기를 했고, TV 하나 없는 거실에서 끊임없이 이야기를 이어나갔다. 회사 내에서 미처 나누지 못한 이야기들을 한꺼번에 쏟아내려니 끝이 없었다. 너무 시끄러운 나머지 방에서 책을 읽던 J가 아주 조금만 이야기 소리를 낮춰줄 수 없냐고 물었고, 둘은 미안하다며 목소리를 급히 낮췄다. 거의 새벽 시간까지 이야기를 나누던 둘은 이제는 자야 할 시간이라며 각자 방으로 들어갔다. 둘은 심란한 마음에 쉬이 잠들지 못했다.

J는 책등을 위로 향하게 펼쳐놓은 후, 그대로 엎드려 곯아떨어졌다. 창문 밖으로 거의 둥근 모습을 갖춘 달이 방 안을 훤히 비추었다. 덕분에 방 안은 희뿌연 달빛으로 가득했다. 탁호는 가끔 바다에서 보름달이 환히 뜨는 날이면 수면 가까이 올라가던 날이 떠올랐다. 뽀얗고 하얀 달을 보며 자신만의 고독을 즐겼고, 기도했다. 자신과 자신을 둘러싼 모든 것들을 위해서. 탁호는 아직 덜 둥글어진 달을 보며 기도를 했다. 제발 알려달라고. 자신이 나아가야 할 길을 보여달라고. 너무 막막해서 이제는 어떻게 해야 할지 모르겠다고 속으로 간절히 외쳤다. 달은 아무 대답이 없었다.

잠이 오지 않아 핸드폰을 켰고, 현재 시각은 새벽 12시 48분이었다. 새벽 1시가 다되었는데도 눈은 말똥말똥했다. 순간 은정에게서 온 메시지가 눈에 띄었다. 3분 전에 보낸 메시지였다.

은정: 아까 차에서 너무 많이 잤나 봐. 아니면 생각이 많아서인가?
　　　왜 이렇게 잠이 안 오냐. 큰일이다. 내일 아침부터 회의 있는데.
탁호: 나도 마찬가지야. 고민이 많네. 나는 너무 잠이 안 와서 바깥 산

책이라도 할까 싶어. 쓰레기 산 가까이에 호수 하나가 있더라고. 호수 주변만 가볍게 돌고 오려고.

은정: 엥? 이 밤에? 안 무서워? 귀신이라도 나오면 어떡해!!!

탁호: 은정아. 그런 건 없어. 귀신도 다 사람이었다고. 사람이 제일 무서운 법이야. 나는 귀신보다 저 쓰레기 산이 훨씬 더 무섭다. 당장 우리 목숨을 위협하는 건 귀신이 아니라 사람이 만든 쓰레기 산이야.

은정: 그렇긴 해^^; 그럼 나도 같이 가!!!!

둘은 어느새 쓰레기 산 근처 호숫가로 걷고 있었다. 호수를 가려면 쓰레기 산 근처를 지나야만 했는데, 어쩐지 낮보다 훨씬 더 악취가 심해진 것 같았다. 은정도 느꼈는지 코를 세게 쥐었다.

"아. 진짜 심하다. 주민들 어떡해. 너무 걱정돼. 잠깐 있는 우리도 질식할 지경인데 말이야. 어? 탁호야. 이리 와봐. 얼른!!"

은정이 다급해진 목소리로 말했다. 그녀의 목소리는 점점 작게 변했고, 검지를 입 위에 가져가 쉿! 하는 소리를 냈다. 탁호는 영문도 모른 채 쓰레기 산 옆에 있는 거대한 수풀 속으로 숨었다.

"뭐야? 갑자기 왜 그래?"

탁호가 속삭이던 순간, 그들의 앞에 검은 그림자 두 개가 지나가는 게 보였다. 몇 안 되는 가로등 아래인지라 그들의 자세한 모습은 볼 수 없었지만, 탁호는 단번에 알 수 있었다. 인간들보다 몇 배나 밝은 후각을 겸비한 그는 그 둘이 자신이 너무나 잘 아는 두 명이라는 사실을 알아챘다. 키가 크고 호리호리한 이는 김 대리였고, 그 옆의 땅딸막한 사람은 분명 박치명이었다. 탁호는 순간 어리벙벙해졌다.

'왜 저 둘이 같이 있는 거지? 그것도 이 시각에?'

탁호는 자신도 모르게 카메라를 켰다. 그리고 그들을 최대한 줌인하여 영상을 찍기 시작했다. 은정도 마찬가지로 영상을 찍었다. 그들은 커다란 플라스틱 통에 담긴 액체를 들고 낑낑대고 있었다. 통 속에는 액체로 보이는 무언가가 그들이 움직일 때마다 일렁이고 있었으며, 통의 크기는 성인 남자 두 명이 들기에 꽤 버거울 정도로 컸다. 둘은 쓰레기 산 중심부 쪽으로 힘겹게 걸어가고 있었다. 은정과 탁호는 들키지 않도록 수풀을 헤쳐나가며 간신히 영상을 촬영해 나갔다. 수풀은 생각보다 억셌다. 키도 만만치 않았다. 탁호는 미처 앞을 가린 수풀을 보지 못했고, 날카로운 잎에 베여 얼굴에서는 피가 났다. 그러면서 악- 하는 나지막한 소리를 저도 모르게 냈고, 들고 있던 핸드폰을 떨어뜨렸다. 뒤에 있던 은정이 놀라 다가왔고 은정도 촬영을 잠시 멈출 수밖에 없었다. 둘은 바닥에 떨어진 탁호의 핸드폰을 찾느라 시간을 지체했고, 고개를 들어

보니 어느새 둘은 시야에서 사라지고 없었다.

"아. 어떡해. 탁호야. 둘 다 없어졌어."

"그러게. 미안해 은정아."

"아냐 괜찮아. 너 얼굴에 피! 괜찮아? 엄청 따가울 것 같은데."

은정은 메고 있던 작은 가방 속에서 손수건을 꺼내어 탁호의 얼굴을 손수 닦아주었다. 탁호는 얼굴이 붉어졌지만, 은정은 모르는 것 같았다.

"고마워."

탁호는 시선을 어디 둘지 몰라 눈을 이리저리 굴렸다. 은정은 손수건을 건네며 꼭 누르고 있으라며 신신당부했다. 상처는 생각보다 깊은듯했다. 그러나 둘은 지체할 수 없었다. 사라진 치명과 김 대리를 찾으러 나서야 했다. 수풀 속을 헤치고 나와 쓰레기 산 쪽으로 몸을 돌리자 사방이 환해져 있었다. 그리고 뜨거운 열기가 훅 하고 느껴졌다. 탁호는 익숙하고도 불온한 느낌에 휩싸였다.

쓰레기 산이 활활 타오르고 있었다. 온갖 유해 물질을 포함한 검은 연기가 순식간에 하늘 높이 솟구쳤다. 탁호는 재빠르게 주머니 속에 있던 마스크를 은정에게 씌워주었고, 자신은 손으로 얼굴을 막았다. 탁호는 거의 실신 직전인 은정을 업은 후, 최대한 빠르게 달렸다. 숙소에 도착한 탁호는 사람들을 깨운 뒤, 은정을 가장 가까운 병원으로 보냈고 오는 길에는 119

에 신고를 했다.

숙소로 돌아오니 김 대리가 자신을 막고 서 있었다. 그는 잠옷을 입고 나와 잠이 덜 깬 얼굴로 탁호를 보며 물었다.

"야. 넌 잠도 안 자고 이 늦은 시각에 거기까지 왜 갔냐? 불이라도 지르러 간 거 아니냐? 이 밤에 거기 있다는 거 자체가 너무 의심스럽잖냐. 상황이."

탁호는 그에게 따져 묻고 싶었으나 우선 참기로 했다.

"저는 그 주변에 있는 호수로 걸어가던 것뿐입니다. 지나친 오해는 삼가주세요."

"뭐? 지나쳐? 그 밤에 호수까지 나갈 일이 뭐가 있냐고. 네 행동이 더 지나쳐. 하여튼 대답은 꼬박꼬박. 할 말은 다 해야 한다 이거지? 야. 됐다. 똥이 무서워서 피하냐. 드러워서 피하지. 너 때문에 네 여친 은정이까지 병원에 가고. 반성이나 해. 말대꾸할 시간에."

김 대리는 하품을 크게 하며, 기지개를 켰다. 탁호는 그런 그의 태도에 화가 났지만, 그럴수록 차분해져야 한다는 건 알고 있었다. 김 대리의 말에 함께 온 사람들 모두 탁호를 의심의 눈초리로 바라보았다. 탁호는 겉으로 전혀 티 내지 않았으나, 마음에서는 검고 사나운 소용돌이가 마구 그를 휘저어 놓았다. 아까 보았던 불길처럼.

119는 생각보다 빨리 쓰레기 산 근처에 도착했다. 다행히 불길이 쓰레기 산 외에 나무가 있는 곳까지는 번지지 않았지만, 유해 물질을 품은 독가스가 문제라고 했다. 지금 당장은 해를 끼치지 않더라도 얼마 지나지 않아 가스로 인한 피해자가 얼마든지 나올 수 있다고 했다. 탁호의 머릿속에 치명과 김 대리, 그리고 그들이 들고 있던 수상한 말통이 스쳐 지나갔다. 소방대원들은 그들에게 불씨는 대부분 다 꺼졌으니 걱정하지 말라고 했다. 그러나 쓰레기 산 근처에는 당분간 가지 않는 게 좋겠다고 했다.

잠시 후, 은정에게 메시지가 왔다. 자기는 괜찮으니 신경 쓰지 말라는 내용이었다. 다행이었다. 탁호는 비로소 잠들 수 있었다. 마음 한편에 자리한 불안을 간신히 눌러놓은 채로.

숙소 밖이 시끄러웠다. 창문 밖을 보니 어제 본 주민 몇 명이 와서 소리를 고래고래 지르고 있었다. 탁호는 얼른 일어나 대충 씻고 옷을 입었다.

"어제 불 지른 놈 불러오라고! 지금 그 연기 때문에 실려 간 사람이 한둘이 아니여! 당장 데리고 나와! 내가 느그들 이럴 줄 알았어!"

"아버님. 저희가 아니라니까요 글쎄. 불이 난 건 저희도 정말 안타깝게 생각합니다. 저희 직원도 쓰레기 산 근처에 있다가 한 명이 실려 갔구요. 다행히 저희 직원이 산 근처를 지나

가다가 빨리 신고를 해서 이 정도로 불이 꺼졌······."

"느그 직원까지 우리가 알 바 아니고! 한 사람은 벌써 오늘 내일하고 있어. 도대체 그 밤에 산 근처는 왜 간 거야? 여기 동네 사람들 싹 다 죽이려고 작정했다니까. 이놈들이! 지금 한 사람은 당장 코앞에 죽음을 앞두고 있다고. 우리 어머니 어쩔 거여. 당장 살려내. 이 자식들아. 살려내라고!"

서로 옥신각신하던 중, 김 대리가 탁호에게로 걸어왔다.

"내가 너라고 말하려던 거, 저 아저씨한테 당장 불어버리려다가 참았다. 잘해. 문탁호. 나 같은 선배 만난 걸 천만다행으로 알라고. 어? 표정이 왜 그따위야? 감사하다고는 못할망정? 가서 확 불어버릴까?"

"네. 가서 말씀하세요. 제가 어제 산 근처에 있었다고. 제가 불 질렀다고도 말씀해 보시라고요."

"너 뭐야? 뭐가 이렇게 당당해?"

김 대리는 당황한 기색이 역력했다. 그리고는 너 같은 또라이는 상대해 봤자 손해라며 뒤로 물러났다. 주민들은 그 후로도 한참이나 숙소 앞에서 고함을 질렀고, 해가 저물어 갈 즈음에야 숙소 앞이 조용해졌다. 사람들 말에 의하면 고령의 주민뿐만 아니라 다양한 연령대의 주민 열 명 정도가 퍼진 유해 가스를 마신 후 병원에 실려 갔다고 했다. 병원 측에서는 계속 해독을 하고 있지만, 몸의 면역력에 따라 회복 속도가 달라질 수밖에 없다며 정확한 답변을 드리지 못해 죄송하다는 말을 전했다. 처음에는 최초의 신고자로 잘했다는 이야기도 있었지만, 지쳐가던 회사 사람들은 전부 탁호를 탐탁지 않은 눈초리로 바라보았다. 탁호는 아무래도 치명과 김 대리에게 무언가가 있다는 생각을 떨칠 수 없었다. 그는 어젯밤 찍은 동영상을 돌려보았다. 치명과 김 대리의 형체는 잘 보였지만, 말통의 형체는 뚜렷하지 않았다. 그리고 중간에 핸드폰을 떨어뜨리는 바람에 그 이후의 영상은 없었다.

좋지 않은 상황이 벌어지는 바람에 숙소 안 분위기는 무거웠다. 마을 사람들은 분명히 L.I.N에서 일부러 쓰레기 산에 불을 지른 거라고 확신했지만, 그렇다 할 증거는 없었기에 별다른 대처를 할 수는 없었고, 그저 고함을 지르는 것 외엔 달리 방법이 없었다. 탁호는 실험실에서 치명을 본 장면과 김 대리와 있는 장면을 떠올리며 둘은 대체 어떤 관계일까를 짐작해 보았으나 전혀 알 수 없었다.

날이 밝았다. 어제까지만 해도 들리지 않았던 닭의 울음소리가 바로 옆에서 우는 것처럼 세차게 들렸다. 닭은 목이 쉬도록 울었고, 숙소에 있는 모든 사람이 일어날 때까지 계속됐다. 아직 해가 완전히 뜨지는 않아 방안은 푸른 새벽빛으로 어스름했다.

"똑똑."

"······."

"탁호야. 나야. 혹시 일어났어?"

탁호가 문을 열고 나가자 한층 밝아진 얼굴의 은정이 어느 새 숙소로 돌아와 있었다.

"어! 은정아! 몸은? 괜찮아? 다 나은 거 맞아?"

"응. 걱정 마. 이제 완전히 쌩쌩해졌어! 마을 분들은 여전히 몸이 좋지 않으신가 봐. 거기다 어제 새벽에 몇 분 더 병원으로 실려 오셨어."

"그렇구나. 오늘도 한바탕 난리가 나겠네."

"아마도. 아 탁호야! 너 내가 보낸 영상 봤어?"

"어? 아 나 어제 좀 일찍 잠들어서 못 봤네. 뭔데?"

"J 님께 전해 들었어. 너 의심 받고 있다며? 네가 산에 불 질 렀다고. 진짜 어이가 없네. 유력한 용의자는 김 대리랑 박치명 인데! 아니, 유력한 게 아니지. 그냥 대놓고 용의자지."

"그게 무슨 말이야?"

"내 핸드폰은 야간에 아주 잘 보이는 카메라를 갖고 있단 말이지. 그리고 탁호 네가 넘어지던 순간에도 나는 그 둘을 찍고 있었어. 확대까지 한 상태로 말이야. 글쎄, 그 말통의 정 체가 오일이었어. 대놓고 O.I.L이라고 쓰여 있었다고. 그 한밤 중에 커다란 오일통을 들고 나타난 성인 남성 두 명이 범인이 아니라고 증명하는 게 더 어려운 일 아니겠어? 거기다 올라가는 모습까지 선명하게 다 찍혔더라고. 탁호야. 나 잘했지?"

"와. 은정아. 진짜 대단하다. 넌 진짜 여러모로 대단한 사람이 맞아."

은정은 흡족해하는 표정을 지었다. 그들은 눈빛을 주고받았다. 서로 같은 생각을 하는 게 분명했다.

회의 시각은 아침 9시였다. 다들 일어난 기척은 있었지만, 아무도 회의 장소에 미리 나오지는 않았다. 마을 사람들이 언제 또 몰려올지 몰라 다들 안절부절못하는 기색이 역력했다. 마을에 있는 사람 대부분이 연령층이 높고, 노약자가 많았다. 불은 빨리 껐을지 몰라도 남아 있던 가스들이 언제 또 바람에 실려 멀리 퍼져나갈지 알 수 없었다. 어제 새벽 병원에 추가로 실려 간 몇 명은 마을에서 완전히 가까운 거리에 사는 분들은 아니었다. 가스는 얼마든지 멀리 퍼져나갈 수 있다는 증거였다.

잠시 후, 회의가 시작되었다. 먼저는 간부들이 앞으로 어떻게 할 것인가에 관한 계획을 말했다. 그러나 그 계획은 말장난이나 다름없어 보였다. 당장 대표가 없는 상황에서 간부들은 어떻게 회사를 꾸려나가야 할지 갈피를 잡지 못했다. 그리고 마침내 어제에 관한 이야기가 나왔다. 그들은 탁호에게 마구 질문을 퍼붓기 시작했다. 도대체 왜 그 시간에 그곳에 있었는가에 관해 끝없이 추궁했다. 탁호가 범인임을 확신하는 것처럼. 탁호는 준비해 온 게 있다고 했다. 은정은 자신의 노트북에 옮긴 동영상을 모두가 볼 수 있도록 방향을 돌렸다. 동영상 속에는 찍힌 날짜와 시각이 선명하게 보였고, 쓰레기 산 주변을 낑낑거리며 걸어가는 김 대리와 박치명의 실루엣이 보였다. 처음엔 어두웠으나 산 근처에 있는 가로등 가까이 갔을 때 동영상은 확대되었고 그들의 얼굴이 보였다. 누가 봐도 김 대리와 박치명이었다. 그들을 아는 사람이라면 확실히 알아볼 수 있을 정도였다. 회의 장소에 있던 이들 모두 김 대리를 뚫어지게 바라보았고, 김 대리의 낯빛은 사색이 되었다. 계속되는 영상은 이제 말통에 집중되었다. 휘발유였다. 또렷하고 선명하게 휘발유라는 글자가 보였고, 그 후로도 한참 쓰레기 산 위를 올라가는 그들의 뒷모습을 뒤로하며 영상이 끝났다.

"이게 어떻게 된 일인지 설명 좀 해줄 수 있을까. 김 대리?"

이번에 새로 L.I.N의 이사직을 맡은 서혜영 이사는 안경을 추켜올리며 날카로운 표정으로 물었다.

"저것은 조… 조작이 분명합니다. 저건 제가 아닙니다. 저는 저 시간에 산에 간 적도 없고 일찍 숙소에서 잠들었습니다. 저와 함께 숙소를 쓴 분들이 증거입니다."

"그래요? 그렇다면 저 영상에 본인이 아니라는 증거를 제시하면 되겠네요. 그리고 영상을 찍은 문탁호 사원과 이은정 사원이 둘 다 동시에 당신을 보았다고 하는데, 그럼 저 두 사람의 눈이 잘못된 건가요?"

"저 둘은 틀림없는 연인 사이입니다! 둘이서 짠 게 틀림이 없습니다. 문탁호는 항상 저에게 질투심을 품고 제가 회사 상사인데도 불구하고 이래라저래라 하며 무례한 행동을 일삼아 왔습니다. 그런데 저는⋯⋯."

"우선 경찰에게 영상을 넘기도록 하죠. 조작된 건지 아닌지는 그쪽에서 잘 판단할 겁니다. 만약에 문탁호 씨와 이은정 씨가 정말로 조작을 했다면, 그에 따른 처벌을 받겠죠. 그러니 김 대리도 그렇게 불안에 떨 이유가 없지 않을까 싶은데."

그녀는 차가운 표정과 말투로 김 대리를 향해 말했다. 김 대리의 얼굴은 아무렇지 않은 척하려 애써 노력했지만, 표정을 숨기려 할수록 불안감이 더 드러났다. 회의장에는 정적이 감돌았다. 그녀가 말을 이었다.

"지금 더 중요한 것은 여전히 마을 사람들의 회복이 더디다는 점입니다. 다행히 아직 돌아가신 분은 없지만, 다섯 분 정도는 중환자실에 계십니다. 우리 L.I.N은 환자들을 위해 아낌없는 지원을 할 겁니다. 모든 환자분이 완치하도록 돕는 것은 물론이고, 퇴원 후에도 최소 1년간 최상의 의료 지원과 경제적인 지원을 받으실 수 있도록 할 겁니다. 아픈 환자들을 상대로 싸우는 건 말이 안 되는 일이지요. 대표님께서도 그렇게 하길 원하셨고요. 문제는 제대로 처리되었어야 할 폐기물이 이곳에 약속한 것처럼 모여 있는 것과 얼마 전 퇴사한 박치명 사원과 김 대리가 늦은 밤 휘발유를 들고 쓰레기 산으로 향하는 일에 관해서는 제대로 된 진상규명이 필요하다고 생각됩니다. 그것에 관해서는 추후 다시 말씀드리겠습니다. 아, 그리고 가장 중요한 소식은 다음 주 월요일. 대표님께서 드디어 회사로 복귀하십니다. 그동안 수고해 준 여러분께 감사하다는 말씀을 대신 전해달라고 하셨습니다."

새파래진 얼굴을 한 김 대리 외에는 모두 놀란 표정이었다. 회의는 한참 동안 진행되었고, 우선은 쓰레기 산에 있는 회사의 폐기물 외에도 대부분 쓰레기를 최대한 회사 내에서 해결해야 한다는 데 목소리를 높였다. 예산이 적지 않게 들었지만, 환경을 우선으로 하는 기업이니만큼 당연한 과정이라는 데 모두 동의하였다.

회의가 끝나갈 무렵, 마을에서 추가로 몇 명이 가스 중독으로 인해 병원에 입원했다는 사실이 전해졌다. 벌써 병원에 입원 중인 마을 환자는 수십 명이었다. 하루빨리 쓰레기 산을 처리하는 게 시급했다. 그러나 회사 본부에서는 많은 인력과 장비가 갖추어지려면 적어도 2주는 소요된다고 했다. 남은 2주 동안 더 많은 환자가 발생하지 않기를 바라는 것 외에는 딱히 할 수 있는 게 없었다. 탁호는 어쩔 수 없는 무력함을 가만히 받아들이기가 힘들었다. 탁호는 끊임없이 생각했다. 자신이 무얼 할 수 있을까. 할 수 있는 게 있지 않을까. 서울로 돌아가는 내일까지 자신이 도움이 될 수 있을만한 걸 찾아야만 했다.

회의가 끝난 후, 마을 분들의 소란은 한동안 이어졌다. 모든 환자분의 입원비가 지급되고 한참이 지난 후에야 겨우 소란이 잦아들었다. 모두 피곤한 얼굴로 각자의 숙소로 돌아갔고, 은정과 탁호, J는 한마디도 하지 않은 채 각자의 방에 틀어박혔다. 탁호는 부족한 잠을 보충하기 위해 이불도 깔지 않은 채로 바닥에 누웠고 금세 잠이 들었다.

호숫가가 보였다. 크고 검었다. 어딘가에서 본 적이 있는 호수였다. 바람 한 점 없었지만, 호수에는 잔잔한 물결이 일었다. 끝없이 넓게 펼쳐진 호수 위에는 커다랗고 밝은 보름달이 있었다. 탁호는 왠지 호수 속에 몸을 던지고 싶었다. 그는 뛰어들고 싶은 욕구를 누르지 못하고 차가운 호수 속으로 뛰어들었다. 풍덩- 물속은 생각보다 따뜻했고, 너무 투명한 나머지 달빛이 바닥까지 비추었다. 깊이는 그리 깊지 않았다. 여유롭게 헤엄을 치던 그는 문득 자신이 무지개 문어로 돌아왔다는 사실을 깨달았다. 여유롭게 일곱 개의 다리를 움직이며 헤엄을 쳤다. 물속에는 자신 외에는 아무도 없었다. 그 사실이 무섭기도 했지만, 마냥 공포로 다가오지는 않았다. 계속 헤엄을 치다가 앞을 바라본 탁호는 무언가 커다란 형체가 있음을 확인했다. 그는 두려웠으나 점점 더 가까이 헤엄쳐 갔다. 다가가고 싶은 충동이 더 컸으므로.

가까이서 보니 그것은 자신보다 훨씬 큰 몸뚱이를 가진 '자신'이었다. 조금 더 반짝이는 몸과 무지개 무늬를 가진 자신. 다만 커다란 '자신'은 등을 돌리고 있어 눈을 보지는 못했다. 감히 돌아보라고 하기가 겁이 났다. 형형색색의 무지개 무늬는 눈이 부실 정도였다. 지금의 탁호보다 그것은 훨씬 거대했다. 깊지 않았던 호수는 어느새 깊이를 가늠할 수 없을 만큼 깊어져 있었고, 마치 바다처럼 느껴졌다. 거대한 탁호가 그를 돌아보려 천천히 돌아보려는 순간이었다. 움직임은 매우 느렸고, 시간은 엿가락이 늘어지듯 느리게 흘렀다. 자기 자신과 눈을 마주하려는 순간, 탁호는 눈을 떴고 방금 상황이 꿈이라는 사실을 깨달았다.

시간은 얼마 지나지 않은 듯했다. 오후의 햇빛은 여전히 방 안을 비추고 있었다. 탁호는 방금 꾼 꿈을 곱씹어 보았다. 기분이 이상했다. 그리고 그 호수는 분명 어디에선가 본 적이 있었다. 그렇다. 그 호수는 분명 쓰레기 산 주변의 호수였다. 은정과 함께 산책하려던 그 호수.

'분명해. 그 호수는 나를 부르고 있는 거야.'

모두가 잠든 밤. 구름 한 점 없는 하늘에는 둥그런 보름달이 떴다. 탁호는 호수 쪽으로 조용히 발걸음을 옮겼다. 호수의 오른편에는 쓰레기 산이 있었고, 왼쪽과 위아래는 야트막한 동산으로 둘러싸여 있었다. 탁호는 멀더라도 최대한 쓰레기 산과 멀리 떨어져 있는 왼쪽 동산을 통해 호수에 가기로 했다.

생각보다 먼 길이었다. 커다란 보름달이 어두운 밤길을 환하게 비춰준 덕분에 가로등이 없어 충분히 밝았다. 탁호는 혼자였으나, 꼭 누군가 자신을 지켜주는 것만 같은 기분이 들었다.

밤의 찬 공기가 무색할 만큼 탁호의 이마에 송골송골 땀이 맺혔다. 숨이 조금 차오르려 하는 순간, 숲에 가려져 있던 호수가 보이기 시작했다. 호수는 달빛을 받아 멀리서도 반짝반짝 빛났다. 탁호는 호수와 가까워질수록 심장이 두근거리기 시작했다. 마침내 시야에서 모든 수풀이 걷히고, 너른 호수가 드러나자 탁호는 단번에 알 수 있었다. 꿈에서 본 호수와 완전히 같은 곳이라는 것을. 분명히 꿈에서 본 광경과 똑같았다. 호수 깊은 곳에는 정말로 거대한 '자기 자신'이 있는 것일까. 그렇게 생각하니 두려운 마음 반, 설레는 마음 반이었다.

탁호는 호수 깊은 곳으로 가기 위해 본체로 돌아가기 위한 시도를 했다. 이전에 몇 번 시도한 끝에 그는 변화하기가 훨씬 쉬워졌음을 느꼈다. 그는 옷을 가지런히 옆에 개어둔 후, 자신의 호흡에 집중했고 정신을 가다듬었다.

풍덩. 검고 깊은 호수 위에 커다란 무지개 담요가 펼쳐지는 듯했다. 문어는 자유롭게 헤엄을 치기 시작했다. 호수 아래에는 손가락 크기의 은빛 물고기들이 요리조리 헤엄치고 있었다. 작고 둥근 돌들이 호수 바닥에 가득했으며, 깊이가 가늠되지 않을 정도로 맑고 투명했다. 쓰레기 산 근처에 있는 호수라고는 믿기지 않았다. 어떻게든 유해 물질이 흘러왔을 법도 한데, 이상할 정도로 깨끗했다. 호수는 영험한 자태를 뽐내고 있었고, 스스로 자신을 지키는 것만 같았다.

문어는 아름다운 물밑 세계에 감탄하며 마음껏 유영했다. 정말 오랜만의 유영이었다. 지치고 피로했던 마음들이 씻겨나가고 있었다. 그는 호수 끝에서 끝까지 헤엄치기 시작했다. 꿈에서 본 거대한 자신의 모습이 너무 선명하게 떠올랐다. 그러나 한참을 헤엄쳐도 물고기와 그 외의 작은 생물 말고는 아무것도 보이지 않았다. 역시나 꿈은 꿈이었던 걸까. 그러나 분명 호수가 자신을 부른 이유는 있을 터였다.

'생각해 보자. 생각. 왜 호수는 나를 이리로 부른 걸까.'

아무리 생각해도 무엇도 떠오르지 않았다. 탁호는 답답한 마음에 수면 위로 올라가 살짝 고개를 내밀어 밤하늘을 올려다보았다. 순간, 보름달이 믿을 수 없을 만큼 커져 있다는 사실을 알게 됐다. 커다란 보름달은 바다를 닮은 파란색을 띠고 있었다. 문어는 태어나서 처음 본 보름달의 크기와 신묘한 달의 색깔에 압도되었다. 달은 점점 더 커졌고, 마치 자신에게로 다가오는 것만 같았다. 호수 전체가 푸른 달빛으로 서서히 물들었고, 중앙에서부터 가장자리까지 물감이 퍼져나가듯 달빛이 번졌다. 문어는 어찌 된 영문인지 몰라 눈만 뻐끔거릴 뿐이었다. 푸른 반짝임은 문어의 온몸을 감싸기 시작했고, 문어는 무지개색이 아닌 투명한 푸른빛으로 물들여졌다.

문어의 몸집은 점점 거대해졌다. 풍선처럼 부풀어 오른 몸은 멈출 줄을 몰랐다. 빌딩 숲에서 거대해졌던 것보다 더 커진 듯한 느낌이 들었고, 문어는 그대로 자신을 놓아두기로 했다. 마침내 그는 꿈에서 본 그의 모습처럼 거대해진 후 팽창이 멈췄다. 문어를 누군가를 구하기 전에는 이렇게 커진 적이 없었기에 지금 일어난 상황이 무얼 뜻하는지 알 수 없었다. 지금은 홍수가 나거나 산불이 난 상황도 아니었고, 주변에 구할만한 누군가가 아무도 없었기 때문이었다. 그는 마치 커피를 연거푸 들이마신 느낌과 같은 각성한 기분이 들었고, 일순간 머릿속에 처음 보는 기억이 스쳤다. 기억이라고 하기엔 자신이 전혀 경험하지 못한 일이었기에 꿈 같기도 하였으나, 분명히 그것은 기억이었다.

자신과 똑같은 무지개 문어들이 여럿 보였다. 그는 직감적으로 알았다. 그들이 자신의 조상이라는 것을. 깊은 밤, 블루문 아래 모인 그들은 원형을 이루었다. 그리고 각자의 언어로 이야기하기 시작했고, 그 소리는 인간이 듣기에는 '뽀글뽀글'에 불과한 소리였으나 탁호는 정확히 알아들을 수 있었다.

분홍빛이 뚜렷하고 다리가 유난히 긴 문어가 말했다.

"거의 다 됐어. 확실히 블루문의 효과가 엄청나네."

그러자 대부분이 고개를 끄덕였고, 분홍빛 문어의 옆에 있던 초록빛 문어가 말했다.

"그러게. 이렇게 영험한 블루문을 본 지가 꽤 오래됐지. 몇 천만이었던 우리 종족이 혜성 하나로 이렇게 줄어들 줄이야."

자줏빛 문어가 말했다.

"우리가 살아남은 이상, 바다는 우리가 구하는 수밖에. 블루문의 힘으로 재생치유력이 훨씬 더 강해졌다는 게 온몸으로 느껴져."

"태평양 쪽에 남아 있던 햇살무지개문어들 말이야."

덜 익은 감귤색을 띤 문어가 말했다.

"혜성이 포함하고 있던 엄청난 양의 탄소를 모두 분해하는 데 사활을 걸었나 보더라고. 거기다 그쪽 지역은 거대 화산 폭발에, 대규모 산불까지 난리가 아니었잖아. 숲은 다 불타버리고, 남은 건 바다밖에 없었는데. 그마저도 엄청난 양의 탄소 때문에 온난화가 급격하게 진행되고, 플랑크톤은 거의 멸종 수준으로 줄었고, 산호도 전부 하얗게 변해서는 90%가 소생

불가라 하더라고. 젖 먹을 힘까지 다 짜낸 후에, 햇살무지개문
어들도 단 한 마리도 남김없이 명을 다했다나 봐. 우리도 얼마
남지 않았다는 생각이 들어."

물소리 외에는 아무것도 들리지 않았다. 일곱 마리의 문어
들은 약속이라도 한 듯 침묵 속에 잠겼다. 한참 후, 진주처럼
새하얀 빛이 강한 무지개 문어가 입을 열었다.

"이게 우리의 운명이라면 온몸과 마음을 다해 받아들여야
지. 우리 몸이 없어진다고 한들, 우리의 정신은 결코 사라지지
않으니까 말이야."

때로 인간은 과거에서 미래를 찾을 수 있다는 기사를 본 적
이 있었다. 블루문과 치유력. 지금 탁호 옆에 동료는 없지만,
과거를 볼 수 있는 자기 자신이 있었다. 조상들은 오래전 역
사 속 한 조각이 되었지만, 그들의 정신은 탁호에게까지 흘러
들어 왔다. 몇 세기에 한 번 뜰까 말까 한 파워 블루문이 뜬
지금. 인간들은 이런 신호를 재난과 재앙의 신호로 여겼지만,
탁호에게는 신이 준 선물이나 마찬가지였다. 탁호의 기억은 무
지개 문어들이 서로 손을 잡고 강강술래를 도는듯한 모습을
마지막으로 끝났다.

탁호는 수면 아래에서 빙글빙글 돌기 시작했다. 매우 빠른
속도로 돌기 시작했으며, 거대한 소용돌이가 생겼다. 그는 자

신이 돌고 있는 건지, 소용돌이 속에 휘감긴 건지 가늠할 수 없었다. 거대해진 달에서 강력한 푸른 빛이 소용돌이 속으로 폭포처럼 쏟아지기 시작했다. 마침내 소용돌이는 멈추었고, 쏟아진 달빛은 모조리 탁호에게로 흡수되었다. 탁호는 강력한 에너지 때문에 속이 울렁거림을 느꼈다. 마침내 온몸으로 달 빛을 받아들인 순간, 그의 몸은 터키색으로 뒤덮였다. 그전에 있던 무지개 무늬는 완전히 없어졌다기보다 투명해졌다. 마치 탈피한 것처럼.

그는 원래 크기로 몸을 줄인 채, 호수 밖으로 나갔다. 그리 고는 자신의 몸에서 진액을 분비하기 시작했다. 그는 산책로 근처에 있던 재활용 수거함에서 투명한 물통을 꺼내와 호수의 물로 여러 번 헹구어 냈다. 그리고 자신의 진액을 가득 담았 다. 병 속에서 찰랑거리는 진액은 마치 은하수를 연상시켰다.

그는 다시 인간의 육체로 돌아와 아무 일 없었다는 듯 옷 을 입고, 숙소로 돌아가기 시작했다. 달빛을 모두 흡수한 이후 로 자신 안에 있던 불안과 두려움이 싹 가신듯했다. 하늘을 올려다보니 달은 평소 크기로 돌아와 있었고, 꿈을 꾼 것만 같았다. 그는 방으로 돌아와 진액을 소중히 가방에 넣은 후, 그대로 바닥으로 쓰러졌다.

Life is nature

일주일이 지났다. 월요일이었다. 대표는 바깥에 알리시 않고 조용히 귀국했다. 그는 오자마자 회의를 소집했다. 탁호는 아침 일찍부터 출근해 회의 준비를 도맡았고, 더 일찍 회사로 나온 대표와 처음으로 인사를 나누게 되었다. 대표는 오전에만 사무실에 있고 오후에는 나가서 시간을 보내서인지 대표실은 아담했고, 별다른 물건이 없었다. 화려한 소파나 책상, 고가의 물건은 어디에서도 찾아볼 수 없었다.

　"안녕하세요 대표님. 문탁호라고 합니다. 처음 뵙겠습니다."

　그는 대표를 향해 고개를 숙였다. 긴장된 탓인지 움직임이 어색했다. 탁호는 고개를 들어 그를 보는데 영상에서 보았던 대표가 맞나 싶었다. 그는 너무나 야위어 있었으며, 볼이 푹

패여 있었고, 하얗던 피부는 새카맣게 타 있었다. 그러나 그의 눈을 들여다본 순간, 그는 강하고 맑은 사람이라는 것을 단번에 알 수 있었다.

"안녕하세요. 탁호 님. 드디어 뵙네요. 비행기 안에서도 탁호 님 이 정리해서 보내주신 것들 반복적으로 읽고, 검토하면서 왔습니다. 다시 봐도 대단하더군요. 감탄했습니다. 어떻게 이런 방대한 자료를 알고 있는지 실례가 안 된다면 물어봐도 되겠습니까?"

대표는 자리에서 일어나 커피포트가 있는 쪽으로 걸어갔다. 그리고 그는 미리 준비되어 있던 드립백을 잔에 끼운 후, 천천히 물을 붓기 시작했다. 구수하고 향긋한 냄새에 탁호는 긴장이 한층 누그러졌다. 동시에 당황한 탁호는 자신이 커피를 내리겠다고 했으나, 대표는 웃으며 자신이 내리는 커피를 대접하고 싶다고 했다.

"정말 감사합니다. 대표님. 아, 그리고 그 자료들은 제가 원래 지구 온난화나 환경 오염에 관심이 많았던 터라 퇴근 후 도서관에 들러 책을 좀 많이 읽은 것뿐입니다. 그리고 인터넷에 나와 있는 정보로도 공부를 좀 했는데, 여전히 배울 게 많더라고요. 하하."

그는 멋쩍은 듯 웃어 보였다.

"그거야말로 정말 대단하네요. 요즘 젊은 사람들은 책 한 장

읽기를 어려워하는 시대인데. 그 두꺼운 종이책들을 그것도 많이 읽었다는 게 존경스럽네요. 나도 아직 도서관에 있는 책은 갖다두기만 하고 다 읽지를 못해서 부끄러운 마음입니다."

대표는 쑥스러운 듯 웃었고, 탁호는 그의 가식 없는 표정이 너무나 마음에 들었다. 둘은 커피를 천천히 마시며, 순간의 고요함을 즐기는 것처럼 보였다. 커피 몇 모금을 넘긴 후 대표가 말했다.

"궁금한 것에 답변해 줘서 고마워요. 그리고 이렇게 아침 일찍 부른 것은 이유가 있었습니다. 김 대리와 박치명 씨에 관한 이야기입니다."

탁호는 둘의 이름을 듣자 심장이 빨리 뛰기 시작했다. 무거운 감정이 그를 짓눌렀다. 그들은 과연 어떻게 되었을까 궁금하던 차였는데 아무도 그 후로 둘의 소식을 말해주는 사람이 없었기 때문이었다.

"박치명은 탁호 님과 같은 신입사원이었고, 김 대리는 적지 않은 시간 동안 우리 회사에서 일했습니다. 그런데 어떻게 이 둘이 아는 사이였을까요? 김 대리는 3년 전만 해도 이름난 기업에서 꽤 유능한 직원 중 한 명이었습니다. 그 기업에서 당연히 승진도 빨랐고요. 그런데 어느 날, 탁호 님의 팀을 이끌던 그때 당시 팀장이 개인사로 퇴사를 하게 되었고, 새로운 직원을 채용하게 되었습니다. 그 과정에서 저와 함께 회사를 세운 공동대표인 L이 김 대리가 마음에 든다며 채용하자고 했고요. 김 대리는 우리 회사와는 완전히 다른 환경에서 일하던 사람이었습니다. 기존에 있던 회사보다 직급이 낮아질 수 있다는 것과 연봉이 낮아질 수 있다고 했으나 자신은 L.I.N의 복지가 정말 마음에 든다며 그런 것은 아무래도 상관없다고 하더군요. 흔쾌히 승낙해 주는 그가 고마웠습니다. 그리고 얼마 지나지 않아 저와 함께 회사를 설립했던 대표 L은 돌연 퇴사를 원했습니다. 김 대리가 입사한 지 채 1년도 되지 않을 때였지요. 정확한 이유는 말해주지 않더군요. 그래서 말하기 힘든 사정이 있겠거니, 하고 넘겼습니다."

대표는 잠시 호흡을 가다듬었고, 커피 한 모금을 다시 천천히 마셨다.

"공동대표가 있다는 소리는 처음 듣습니다. 놀라운 이야기에요."

탁호는 떨리는 목소리로 말했다. 너무 놀란 나머지 어떻게 반응을 해야 할지 몰랐다.

"아무래도 탁호 님은 신입사원인 데다 그동안 여러 일이 많았으니, 그런 시시한 이야기를 들을 여유조차 없었던 것이겠지요. 하하. L은 사회생활을 시작하고 만난 친구입니다. 회사를 세우기 전, 둘 다 돈은 없어도 열정만은 충만할 때 만난 친구였죠. 통하는 것도 많았고, 한번 이야기를 하면 밤이 새도록 할 정도로 같이 있으면 즐거웠습니다."

탁호는 잠자코 고개를 숙이고 대표의 말에 경청하는 태도를 취했다.

"처음부터 이 회사가 환경을 위해 힘쓰는 회사는 아니었습니다. 오히려 초반에는 오로지 돈을 많이 벌기 위해 수단을 가리지 않을 정도로 애를 썼던 시절이 있었죠. 환경이야 파괴되든 말든 관심이 없었습니다."

탁호는 대표에게 그런 생각을 하고, 그런 시절이 있었다는 게 믿기지 않았다. 그런 그의 표정을 눈치챈 듯 그는 희미하게 웃어 보였다.

"워낙 가난했고, 돈이 없어서 허덕이는 심정을 거의 매일 같이 겪었기에 오로지 목표는 돈이었습니다. 그러나 세계 곳곳을 다니면서, 특히 자연이 살아 숨 쉬는 곳에 머물 때마다 느끼는 건 돈이 결코 전부란 사실이 아니었죠. 조금의 여유라도 생기면 이곳저곳을 다니는 나와는 달리, L은 아니었습니다. 어떻게든 회사를 키우는 데만 혈안이 되어 있었죠. 아마 L은 제게 적지 않은 실망을 했겠지요. 자신은 회사를 위해 하루도 쉬지 않고 일하는데, 그의 눈에 비친 저는 방방곡곡 싸돌아다니기만 하는, 즉 놀기만 하는 인간에 불과했을 테니까요. 저는 늘 회사가 더 나은 방향으로, 우리에게 주기만 하는 자연과 지구라는 터전을 살리는 방향으로 나아가길 바랐습니다. 제가 만약 사무실 안에만 있었더라면 L.I.N이 지금처럼 성장할 수는 없었을 테지요. 이야기가 길죠. 이제 본론으로 들어가 볼까요. 그때 떠난 L은 대한민국에서 내로라하는 기업의 대표가 되어 있습니다."

"네? 혹시……?"

"맞습니다. 이름만 대도 알 수 있는 기업이요. S.U.N입니다."

S.U.N그룹이라면 탁호도 여러 번 들어 익히 아는 기업이었다. 그보다 탁호에게 깊이 낙인된 사실은 매일 아침 '조류 충돌'이 일어나는 건물이 바로 그곳이라는 점이었다. 모든 건물이 유리창으로 되어 있는 곳이었다. 탁호가 아는 바로는 S.U.N그룹은 거의 모든 방면에서 주식 1위를 놓치지 않고 있으며, 나라의 경제를 책임진다고 해도 과언이 아닌 그룹이었다. 그러나 그런 기업이라고 할지라도 모든 것에는 양면이 있듯 부정적인 평가도 적지 않게 받는 중이었다. 특히 친환경이 주목받고 있는 현재에도 여전히 탄소 중립을 실천하지 않고 있는 유일한 회사였으며, 지구 온난화는 인간의 기술과 문명이 발전함에 따라 쉽게 해결 가능한 문제라는 식으로 발표한 적이 있어 사람들의 적지 않은 공분을 산 적이 있었다. 그런 기술을 보유하고 있지 않은 상태에서 증거 없는 확신에 찬 태도는 사람들의 반발을 사기에 충분했다. 그뿐 아니라 인간의 삶을 더욱 다양하고 즐겁게 이어나가기 위해서는 환경 파

괴는 불가피하다는 식의 태도 또한 논란이 된 바 있었다.

"그리고 김 대리 또한 S.U.N에서 우리 회사로 이직을 하게 됐죠."

탁호는 놀란 표정을 숨길 수 없었다. 대표는 쉬지 않고 말했다.

"자. 여기서부터 헷갈릴 수 있으니 집중해서 잘 들어주세요. 저와 함께 공동대표였던 L은 저와 함께 일한 지 얼마 되지 않아 삐걱거렸습니다. 회사를 설립하고 2년이 채 되지 않은 시점이었죠. 그때부터 그는 S.U.N으로 갈 생각이 이미 있었던 겁니다. 이미 전 대표와도 크게 친분이 있는 사이였고, 저와 함께 기획한 주요 아이디어들을 빼내어 S.U.N에 넘겨주기도 했죠. 제가 너무 친구를 믿은 탓이겠지요. 이미 예전부터 그는 S.U.N의 공동대표나 마찬가지였습니다. S.U.N이 우리 회사와 아주 가깝다는 게 그에게는 더할 나위 없이 큰 장점이었죠. 저는 워낙 세심하지 못합니다. 이상한 일이 있어도 누굴 의심하거나 깊이 생각하지는 못해서 곤란한 일들을 많이 겪었죠. 늘 가까이서 저를 보던 L도 그 사실을 알고 있었고요. 그는 어느 순간부터 친구가 아닌 적이 되기로 한 거죠. 저는 그때 입은 상처를 계기로 지금의 L.I.N을 만들기 위해 부단히 노력했습니다. S.U.N과는 정반대의 방향으로 나아가는 일은 쉽지만은 않았죠. 그러나 꾸준함은 L.I.N을 성장시켰고, 작은 구멍가게나 다름없었던 우리 회사는 지금과 같은 회사가 되었습니다. 적이 된 L은 자신이 있을 때와 달리 커진 L.I.N을 보며 극한의 열등감과 질투에 시달렸고요. 해외에 나간 사이 많은 일이 발생했습니다. 온갖 언론을 섭외해서 우리 회사를 나락으로 떨어뜨리려는 여러 시도는 모두 그가 한 일입니다. L.I.N이 급성장하면서 실제로 S.U.N에 타격이 갔으니까요."

탁호는 잠자코 듣고 있었다. 탁호는 살아오면서 딱히 적이라고 여길만한 생물을 만나보지 못했기에, 오직 인간만이 적이었으므로 그가 느꼈을 배신감이 어떨지 상상이 가지 않았다. 다만 그에게서 흘러나오는 짙은 슬픔이 진동으로 감지될 정도였다.

"그동안 정말 힘드셨을 것 같아요. 제가 감히 어떻게 위로를 드려야 할지 모르겠습니다."

"아닙니다. 이미 제게 그런 자료를 보내주신 것과 회사를 위해 공헌해 주신 것만으로도 충분한 위로 그 이상입니다."

"그렇다면 박치명은 어떻게 된 건가요? 박치명도 역시나 S.U.N 소속인가요?"

탁호는 이제야 치명의 태도가 납득갔다. 갑자기 사라져 버린 이유도.

"박치명은 그쪽 회사 소속은 아니었으나 김 대리의 개인적인 인연이었던 걸로 파악됩니다. 정확히는 어떤 사이인지는 모르겠으나, 어쨌든 김 대리나 박치명 둘 다 L이 시키는 대로 한 것이니 S.U.N 소속이라고 볼 수도 있겠지요. 예상보다 훨씬 귀국이 늦어진 데는 이러한 사항을 파악하고, S.U.N에 대항하기 위한 준비를 하기 위해서였습니다. 처음에 L이 우리 회사를 성장하지 못하게 방해했던 작은 행동들은 개의치 않기로 했습니다. 오히려 그런 방해가 성장하는 데 계기가 되어주곤 하니까요. 그러나 연이어 터진 사건들에 관해서는 참을 수가 없더군요. 특히 이번에 터진 쓰레기 산 가스 사건과 더불어 주민들이 큰 피해를 봤죠. 거기다 회사에 빗발치는 항의 전화와 언론의 괴롭힘으로 직원들이 적지 않은 피해를 보았습니다. 옛정을 생각해서 봐주는 건 이까지입니다. 우리 회사를 괴롭혔을 뿐만 아니라 S.U.N은 오로지 자신들의 이익을 위해 우리나라뿐만 아니라 전 세계의 삼림을 파괴하고, 남용하고 있습니다. 그런 자료들까지 확실히 모으느라 시간이 좀 걸렸습니다. 그동안 정말 고생 많았어요."

대표는 흠 하며 옅은 한숨을 내쉬었다. 그리곤 진지한 얼굴로 창밖을 바라보았다. 점점 밝아오는 햇볕에 그의 얼굴이 빛났고, 반대쪽 얼굴은 그늘이 졌다. 깊은 사색에 잠긴듯한 그의 얼굴은 늦가을의 오후 같았다.

"그런데 저 대표님."

대표는 호기심 가득한 눈으로 탁호를 보았다.

"네. 말씀하세요."

"이런 이야기들을 제게 말씀하셔도 되는 건지, 왜 저에게 그런 이야기를 나누어 주셨는지 실례가 되지 않으시다면 여쭤봐도 될까요?"

"진심이 느껴져서요. 그뿐입니다. 사업 특성상 지금껏 정말 많은 사람을 의도치 않게 봐온 저는 사람을 조금만 봐도 알 수 있어요. 탁호 님만큼은 아니지만, 수많은 책과 글을 읽었습니다. 그 사람이 쓰는 글만 봐도 웬만큼 사람에 관한 파악이 됩니다. 물론 우리 회사에 있는 대부분 직원은 좋은 사람들이 분명합니다. 그러나 그중에서도 탁호 님은 뭐랄까. 진심 그 이상의 어떤 것. 눈에는 보이지 않는 마음이랄까. 진심이면서도 순수한 마음이 느껴집니다. 어떻게 받아들일지는 탁호 님 몫이겠지요."

그는 수줍은 듯한 미소를 보이며 자리에서 일어났다. 탁호는 커피 한 잔을 깨끗이 비웠고, 연신 감사하다며 고개를 숙였다. 그토록 보고 싶었던 대표는 탁호가 생각한 것보다 훨씬 더 성숙하고, 어른인 사람처럼 보였다. 그동안 그가 만났던 그 누구보다 강하고 멋진 사람이라는 생각이 들었고, 그런 사람에게 칭찬을 들었다고 생각하니 쑥스러움과 동시에 뿌듯한 감정이 올라왔다. 탁호가 말했다.

"감사합니다. 대표님."

"아닙니다. 아침 일찍부터 긴 이야기 들어주느라 수고하셨어요. 커피는 괜찮았나요?"

"네. 지금껏 먹어 본 커피 중 두 번째로 맛있었습니다."

탁호는 카페 선심의 커피 맛을 떠올리며 말했다. 대표는 장난기를 머금은 얼굴로 웃으며 대답했다.

"오. 그런가요? 제가 내리는 커피는 다들 제일 맛있었다고 하던데. 하하하."

"아. 사실은 제일 맛있었습니다."

탁호의 귀와 얼굴이 순식간에 달아올랐다.

"장난입니다. 커피는 원두 맛도 중요하지만, 내리는 사람의 마음도 중요한 법이죠. 하하. 아무래도 그 첫 번째 맛있는 커피에 진심이 좀 더 들어갔나 봅니다."

탁호는 수줍게 웃었다. 대표는 이제 곧 회의 준비를 한다고 했다. 커피잔을 들고 일어서는 대표를 보며 탁호는 우물쭈물 서 있었다.

"혹시 커피를 더 드시고 싶으신가요?"

"아. 그게 아니라, 드릴 말씀이 있어서요."

탁호는 우물쭈물하며 고개를 숙이고는 말을 잇지 못했다. 대표는 그런 그를 묵묵히 기다려 주었다. 얼마간의 침묵이 흐른 후, 탁호는 고개를 들어 말했다.

"대표님. 부탁드릴 게 있습니다. 혹시 회사 내에 있는 연구실에서 연구를 좀 해도 될까 해서요. 어려우시다면 괜찮습니다. 다른 방법을 찾아보도록 하겠습니다."

대표는 눈을 동그랗게 뜨며 고개를 갸우뚱했다. 탁호는 그런 대표의 반응을 보니 덜컥 겁이 났다. 역시나 막무가내인 부탁이었던 것이 아닐까 하고.

"탁호 님."

"네. 대표님."

"연구실은 누구에게나 열려 있습니다. 특히 탁호 님이 소속된 팀원들은 더욱 자유롭게 이용하실 수 있고요. 회사 방침에 분명히 그렇게 나와 있습니다만, 못 보신 모양이네요. 회사를 위한 연구는 언제고 환영입니다. 다만, 어떤 연구가 이루어졌는지와 연구실 사용 시간 등 간단한 정보만 상세히 남겨놓는 게 원칙이지요. 요즘 남아서 무언갈 탐구하고 연구하는 직원들이 없습니다. 빈 연구실이 점점 늘어나고 있죠. 마음껏 연구하고 실험하세요. 단, 안전사항만 잘 지켜주세요. 그거면 됩니다."

탁호는 김 대리가 연구실에서 어슬렁거린다며 튀는 행동을 하지 말라고 했던 게 기억이 났다. 그 기억이 지금껏 연구실에 들어가면 안 된다는 것으로 오해하도록 만든 것이었다. 탁호는 신이 났다. 자신의 계획을 하루라도 빨리 실행하고 싶었기 때문이었다.

"정말 감사합니다. 대표님. 커피도 정말 맛있었습니다. 감사합니다."

탁호는 고개를 무릎에 닿을 정도로 숙여 인사를 했다. 대표는 당황하며 그런 그를 말렸지만, 탁호는 연신 감사하다는 인사를 전했다. 멀어져가는 탁호의 뒷모습은 한껏 고양되어 있었다. 희망에 찬 발걸음이었다.

탁호는 그날로 자신의 진액을 연구하기 시작했다. 일과가 끝나면 그는 곧장 연구실로 달려갔다. 그리고는 새벽 한두 시가 되어서야 숙소로 돌아갔고, 여느 때보다 잠을 잘 잤다. 더는 악몽을 꾸지 않았다. 진액에 너무 몰두한 나머지 자신의 반짝이는 진액이 병에서 흘러나와 하늘을 은하수처럼 뒤덮는 꿈을 꾸었고, 밤하늘은 온통 별천지로 가득했다. 어둡지 않은 밤이었다. 밝고 하얀 밤이 그를 기분 좋게 만들었고, 그는 하늘 위를 마음껏 유영하다가 잠에서 깨고는 했다.

몇 개월의 시간이 흘렀다. 김 대리와 치명은 방화 혐의로 입건되었다. 그리고 몇 번의 산불과 홍수가 반복되었고, 강한 태풍이 연속으로 들이닥치는 바람에 아랫지방은 거의 초토화되다시피 했다. 홍수는 점점 잦아졌고, 탁호는 숙소로 돌아가지 않는 날이 더 많았다. 연구실에서 자는 날이 많아질수록 그의 겉모습은 흡사 노숙인처럼 변해갔다. 그런 그를 보고 같이 일하는 직원들은 수군거렸으나 그는 전혀 개의치 않았다.

은정마저도 그에게 말을 걸기 어려워했다.

한번은 역사상 유례없는 태풍이 불어왔다. 대부분의 태풍은 육지에 다다르는 순간 강도가 약해지기 마련이지만, 태풍 '빌런'은 달랐다. 이름만큼 어마무시한 힘을 자랑하며 한반도를 완전히 강타했고, 전국이 정전되는 사태가 발생했다. 그뿐 아니라 비교적 큰 피해를 겪지 않았던 수도권마저도 완전히 초토화가 되어 대부분 건물과 차들이 침수되었다. 수천 명의 사람이 실종되었고, 목숨을 잃는 상황이 발생했다. 특히 피해가 심했던 남부 지역은 특별재난지역으로 선포되어 기약 없는 복구 작업에 들어갔다. 태풍 '빌런'은 그야말로 소리 없이 다가온 괴물이었다. 아무도 예상하지 못한 태풍이었기에 피해도 이루 말할 수 없이 컸다. '빌런'은 초기에 태풍으로도 간주되지 않을 만큼 작은 회오리에 불과했다. 그런 바람이 어떻게, 어느 연유로 강력한 힘을 가지게 되었는지는 그 어떤 기상전문가도 설명해 내지 못했다. 그러나 기상전문가들은 하나같이 입을 모아 말했다. 이렇게 예측할 수 없는 바람이 생겨난 것은 확실히 지구 온난화가 가속되고 난 후부터였다고 말이다. 그러면서 '빌런'은 앞으로 올 기상이변의 시작점이 될지도 모른다고 했다. 실제로 그 후로도 작고 큰 몇 번의 태풍이 소리 없이 덮치면서 일본을 비롯한 대한민국 전역은 거의 물에 잠기다시피 변했다. 탁호도 한동안 연구에 집중하기가 어려웠다. 그의 연구는 여전히 갈 길이 멀게 느껴졌으나, 지구는 순식간에 변하고 있었다. 지구는 이미 죽어가고 있는데, 이러는 게 무슨 의미가 있을까 하는 생각이 들었다. 그러나 아주 작은 마음속 외침이 그를 끝까지 포기하지 않게 만들었다. '거의 다 왔어. 조금만 더 힘을 내.'

탁호가 연구에 열을 올리는 동안, 대표는 그동안 실추되었던 회사의 이미지를 복원시키기 위해 갖은 노력을 다했다. 김대리와 박치명은 S.U.N 대표와 함께 징역을 선고받았고, 대한민국 최고로 불리던 S.U.N은 급속도로 곤두박질치는 상황에 놓였다. 설상가상으로 쓰레기 산불 사건이 모두 S.U.N 측에서 꾸민 일이라는 것을 국민 전부가 알게 되었고, 투병 중이었던 마을 주민 한 명이 사망함으로써 걷잡을 수 없는 사태가 되었다. 그 소식을 들은 탁호는 가슴이 콱 막힌 듯 답답해지는 걸 느꼈다.

'내가 무능한 탓이야. 좀 더 빨리 약을 만들어 냈어야 하는 건데.'

탁호는 자괴감에 빠져 일주일간 아무것도 할 수 없었다. 욕조에 들어가 몸을 푹 담그고 있는 것 외에 자신이 할 수 있는 게 없다는 사실이 그를 더 힘들게 했다. 그는 자신의 실험이 더딘 것을 용서할 수 없었다. 지금보다 더 시간과 열의를 쏟아야만 했다. 슬퍼하는 시간은 사치나 다름없었다.

L.I.N에서는 탁호가 그동안 수집한 자료와 연구 결과를 바탕으로 지구 온난화를 막기 위한 사업을 대대적으로 벌이기 시작했다. '탄소 중립' 사업은 물론이었고, 해외의 영향력 있는 회사들과 협력하여 세계 곳곳의 나라들이 지구를 위하고, '나'를 위하는 세계를 만들 수 있도록 박차를 가했다. S.U.N의 가치는 점점 폭락하였고, 그럴수록 L.I.N은 더욱 상승 기세를 탔다. 갖가지 사업뿐 아니라 특별재난지역을 복구하는 데에도 가장 앞장서는 태도를 보였다.

그러나 탁호의 연구는 결코 순조롭지 못했다. 은하수와 같던 진액은 점차 먹물처럼 변해갔다. 남은 진액도 얼마 없었다. 푸른 달이 떴던 그 날 밤. 강렬했던 느낌은 시간이 지날수록 희미해져 갔다. 어쩌면 그날은 단지 자신의 상상에 불과한 일인지도 모른다는 생각을 했다. 탁호는 오랫동안 잠도 못 자고, 욕조에 들어가지도 못한 채 회사에서만 시간을 보냈지만, 그럴수록 몸이 더 안 좋아질 뿐이었다. 수염은 어느새 길게 자라 덥수룩해져 있었고, 머리카락도 길어져 단발머리에 가까워졌다. 그 모습을 지켜보던 은정은 걱정이 됐다. 어떤 말을 걸어도, 밥을 먹자고 해도 돌아오는 건 괜찮다는 대답뿐이었다.

탁호는 마지막 남은 진액까지 실험에 사용했지만, 별다른 성과는 없었다.

'이대로 끝인 걸까. 왜 내가 원하는 건 한 번에 되지 않는 걸까. 늘 내가 바라는 것과는 반대로 되는 걸까. 애초부터 나는 잘못된 선택을 한 건지도 몰라. 그냥 바다에서 주어진 생을 살아가면 그만이었는데. 굳이 왜 인간 세계로 와서 이토록 고통받을까. 내가 바다를 구할 수 있으리라고 생각한 것부터가 잘못이었어. 자만이었지. 아아. 다시 바다로 돌아갈 수만 있다면. 모든 걸 내려놓고 다시 바다로 돌아갈 수만 있다면. 내가 한 선택은 한순간의 잘못된 선택이었어. 친구를 잃은 충격에 너무나 슬퍼서. 강한 슬픔은 때로 잘못된 선택을 부추기기도 하니까. 정신을 못 차렸던 거지. 그래. 그거야.'

그는 흐느적거리는 팔로 흰 가운을 벗어 의자에 걸었다. 스탠드 하나만 켜놓은 실험실은 어두웠다. 탁호의 안경이 스탠드 빛을 받아 반짝였다. 그는 길게 숨을 뱉은 후, 의자에 앉아 유리병을 들여다보았다.

'새카맣다. 아무것도 보이질 않아. 이런 새카만 어둠 속에서 난 뭘 찾을 수 있지?'

한참을 들여다보던 탁호는 새카맣게 변해버린 진액을 싱크대로 가 부어버렸다. 그리고는 자리로 돌아와 앉아 그대로 엎드렸다. 자신도 모르게 눈꺼풀이 무거워졌다. 바깥에는 세찬 비가 내리기 시작했다. 굵은 비가 창문을 강하게 두드렸다. 비는 아침까지도 그칠 생각이 없어 보였다.

시침이 9를 가리키기 전, 탁호는 간신히 눈을 떴다. 그의 눈 밑은 한층 더 까매져 있었다. 거무죽죽한 그의 얼굴에서는 수분기를 하나도 찾아볼 수 없었다. 그는 자포자기한 심정으로 실험 잔해들을 정리하기 시작했다. 그는 모든 짐을 챙겨 실험실 바깥을 나섰다. 그리고는 뒤도 돌아보지 않고 사무실로 발걸음을 옮겼다.

사무실에 간 탁호는 멍하니 컴퓨터 화면만을 바라보고 있었다. 이제 자신이 할 수 있는 것은 아무것도 없었다. 대표가 돌아온 후 회사는 점점 잘되어 가고 있었다. 탁호는 생각했다. '그래. 대표님이 돌아왔으니 이제 모든 문제는 대표님이 해결하실 거야. 나는 그저 약간의 자료를 수집하고 작은 아이디어를 보태러 인간 세계로 왔을 뿐. 그 이상도 이하도 아니야. 나는 원래 미개한 생물인걸. 내가 할 일은 애초부터 끝났던 거였어. 이제 바다로 돌아가자. 내가 원래 있던 곳으로.'

그는 모든 것을 체념하기로 마음먹었지만, 여전히 마음 깊숙한 곳에서는 아쉬움과 찝찝함이 남아 있었다. 그의 머리는 바다로 돌아가야만 한다고 생각했지만, 왠지 마음은 그게 아니라고 말하는 것 같았다. 그는 어떻게 해야 할지 알 수 없었다.

은정은 탁호를 향한 걱정스러운 시선을 보내고 있었으나, 탁호는 알 리가 없었다. 그녀는 그동안 그를 가만히 지켜보았다.

그러나 이제는 가만히 있기가 힘들었다. 날이 갈수록 생기 없어지는 그의 얼굴을 보며 걱정이 커지던 차였다. 그녀는 그에게 자신이 그동안 하지 못했던 이야기를 하며, 처음으로 진지한 이야기를 시도해 보리라 결심했다.

은정: 탁호야. 오늘 저녁에 시간 좀 내줄 수 있어? 너무 힘들거나 바쁘면 괜찮아. 네가 편한 날에 이야기하자.

은정은 탁호에게 메시지를 보냈다. 탁호는 은정이 메시지를 보낸 것도 알아채지 못하다가 탕비실로 가던 은정이 그를 툭툭 치며 "메시지 확인 좀!"하고 작게 말하는 것을 들었다. 탁호는 은정의 메시지를 읽으며, 그동안 자신이 은정과 점심을 함께 먹은 지가 언젠지 까마득하단 사실을 떠올렸다. 회사 내에서 일과 관련한 이야기 아니고서는 따로 대화한 것조차 오래되었다는 사실을 깨달으며, 그녀에게 답장을 보냈다.

탁호: 좋아. 오랜만에 맛있는 거 먹으러 가자.

둘은 오래된 꼬치 전문점으로 향했다. 회사에서 15분 정도 떨어져 있는 가게였다. 공원을 쭉 따라가다 보면 길 끝쪽에 커다란 은행나무가 있었고, 가게는 은행나무 뒤에 숨겨져 있다시피 했다. 가게 전체가 목재로 이루어져 따뜻한 느낌을 주었다. 가게 밖에서부터 고소하고 맛있는 냄새가 났다.

둘은 구석 자리에 앉아 생맥주 두 잔과 모둠꼬치를 주문했다. 늘 북적였던 가게는 오늘따라 한산했다. 호리호리하고, 키가 큰 사장님이 직접 맥주를 가져다주었다.

"두 분 다 일하느라 지치신 모양이에요. 처음 뵀을 때는 활기가 넘쳐흘렀었는데 말이죠."

탁호와 은정은 사장님께 겨우 미소를 보이며 고개를 숙였다.

"그 어느 때보다 정성 들여서, 아주 맛있게 만들어 드릴게요. 편하게 이야기 나누세요."

사장님은 그대로 쟁반을 들고 부엌으로 사라졌다. 은정과 탁호는 동시에 생맥주를 들이켰다. 목 끝까지 따끔하면서도 시원한, 기분 좋은 감촉을 느꼈다. 맥주는 벌써 반이 사라진 상태였다.

"진짜 초반에 여기 와보고 오랜만이다. 그치?"

은정이 참지 못하고 맥주 한 모금을 더 마시며 말했다.

"그러게. 여기 처음 와보고 너무 좋아서 야근하고 종종 왔는데. 그 이후로 처음이네."

탁호는 시원한 맥주잔을 손으로 어루만지며 말했다. 둘은 요리가 나올 때까지 침묵을 유지했다. 둘을 둘러싼 공기가 묵직하게 내려앉아 있었다. 둘은 순식간에 맥주 한 잔을 완전히 비운 후, 다시 한 잔을 주문했고, 곧이어 꼬치 요리가 나왔다.

"맛있게 드세요. 이건 서비스입니다."

사장님은 꼬치 요리와 함께 파란 접시 하나를 더 내려놓았다. 접시 위에는 고소한 냄새를 풍기는 연어 머리 구이가 놓여 있었고, 둘은 입안에 침이 고이는 것을 느꼈다.

"정말 감사합니다. 사장님. 잘 먹겠습니다."

둘은 미소를 머금은 채로 꼬치 한 입씩을 베어 물었다. 변함없는 맛이었다. 사장님이 신경 써준 덕분인지 훨씬 감칠맛이 더 나는 것 같았다.

"정말 맛있다. 그치?"

정신없이 먹는 탁호를 향해 은정이 말했다. 그는 허겁지겁 꼬치를 뜯으며 고개를 끄덕였다. 은정은 빈 꼬치를 앞접시에 내려놓으며 다시 맥주를 연거푸 들이켰다. 마치 술이 없으면 대화하기가 힘든 것처럼.

"크. 이거지. 피로가 다 날아가는 것 같다."

"그러게. 진작 올 걸 그랬어. 내가 요즘 너무 바빴네. 점심도 같이 못 먹고. 미안해."

"에이. 아니야. 내가 오히려 바쁜 너를 방해한 것 같아 미안하지. 너 바쁜 거 끝날 때까지 기다리다가 같이 밥 먹을까 했는데, 오늘 얼굴을 보는데 네가 너무 안 좋아 보이더라고. 너무 걱정됐어."

그녀의 표정과 말투에서 진심이 느껴지자 탁호는 미안하면서 부끄러운 마음이 들었다. 이렇게 자신을 신경 써주는 누군가가 있다는 게 감사하기도 했고, 한편으론 은정의 생각을 거의 하지 못한 자신이 나쁘게만 느껴졌다.

"요즘 일이 많이 힘들지? 아니면 말 못 할 고민이라도 있는 거야? 말하기 어려우면 대답하지 않아도 돼. 정말이야."

은정이 안심하라는 듯 해바라기 같은 웃음을 보이며 말했다.

"음. 실은 혼자 연구하는 게 마음대로 되지 않기도 하고, 이 회사에 왜 들어온 걸까 이런 생각도 들고. 여러모로 나 자신에 믿음이 가질 않아서. 내가 너무 나를 과대평가한 것 같기도 하고. 자만했던 것 같아."

"탁호야. 너만큼 우리 회사에서 시간이며, 체력이며 다 바쳐가며 일하는 사람은 없어. 지금도 너무 충분하고 잘하고 있는데. 회사에는 네가 너무나 과분한 존재지! 나 말고도 다 그렇게 생각할걸?"

그러나 탁호는 고개를 저었다. 그리고는 맥주를 벌컥벌컥 마셨고, 한 잔 더 주문하기에 이르렀다.

"그래도 은정이 네 덕분에 많은 걸 포기하지 않고, 나아갈 수 있었어. 너처럼 긍정적이고 밝은 사람은 또다시 만나기 어려울 거야. 또 너만큼 지구를 생각하는 사람도."

부끄러워서인지 취기 탓인지 분간하기 어려울 정도로 은정의 볼과 귀가 붉게 물들었다. 그녀는 괜히 자기 앞에 놓인 완두콩 껍질을 매만졌다.

"고마워. 그렇게 말해주는 사람 역시 너뿐이야. 네 덕분에 힘든 회사 생활도 재밌게 해냈던 것 같아."

둘은 동시에 서로를 바라보았다. 주변이 멈춘 것 같은 정적이 지난 후 은정이 다시 말을 이어나갔다.

"탁호야. 사실 말할까 말까 정말 많이 고민했는데, 네게 혹시나 상처가 되진 않을지 몇 번이고 고민했어. 그런데 알고 있는데 속이는 것보다 진실을 말하는 게 좋을 것 같아서. 그래서 이야기해."

은정은 사뭇 긴장된 어조로 말했다. 탁호 역시 긴장되긴 마찬가지였다.

"응. 괜찮아. 편하게 이야기해. 네가 하는 어떤 이야기든 나는 괜찮으니까."

은정은 그 후로도 한참 뜸을 들였다. 조금 답답해진 탁호가 한 번 더 그녀를 타일렀다.

"괜찮다니까. 편안하게 말해봐. 절대 화내거나 놀라지 않을게."

"그게 말이야. 사실은 음. 네가 혼자 호수 쪽으로 간 날 말이야."

탁호는 그 말을 듣자마자 심장이 쿵쿵거렸다. '설마' 하는 생각이 머리를 가득 채웠다.

"그날 나도 영 잠이 오지 않아서, 너를 뒤따라갔어. 정말 미안해. 네가 어디로 향하는지 궁금하기도 했고, 혹시나 위험한 상황이 닥칠 수도 있으니까. 오지랖이라는 거 알아. 마음대로 따라나서서 정말 미안해. 그렇게 한참을 뒤에서 걷고 있었어. 그리고는 네가 호수로 뛰어들었고, 거대해지는 푸른 달 아래 너의 반짝이는 모습을 보았어. 진짜 네 모습을. 영롱하고, 숨이 막히도록 아름다운 너를."

탁호는 새로 나온 맥주잔을 들고, 맥주를 단숨에 털어 넣었다. 강한 탄산으로 인해 켁켁 하며 기침이 나왔다.

"탁호야! 괜찮아? 네가 놀랄 줄 알았어. 정말 미안해. 이야기하지 말 걸 그랬나 봐. 아, 정말 미안하다. 탁호야."

은정은 거의 울듯한 표정으로 그를 바라보고 있었다. 안절부절못하는 그녀를 보니 괜히 그녀가 안쓰럽게 느껴졌다.

"아니야. 은정아. 내 모습을 너한테 보이게 될 줄은 몰랐거든. 많이 놀랐겠다."

탁호의 오른손은 여전히 부들부들 떨리고 있었다. 놀란 심장이 여전히 진정되지 않는 듯했으나 애써 손에 힘을 주었다. 은정이 떨리는 그의 손 위에 자신의 양손을 살며시 포갰다.

"탁호야. 나는 태어나 그렇게 아름다운 장면은 처음이었어. 정말이야. 그 장면을 본 후로, 내가 세상에 태어난 것 자체를 감사할 수 있게 되었으니까. 가슴이 웅장하다는 것만으로는 표현이 부족해. 그저 경이로웠어. 솟구치는 감정에 눈물을 주체할 수가 없더라고. 그렇게 네가 온통 은색으로 빛나는 모습을 지켜보았고, 감사의 기도를 했어. 나는 종교가 없어서 기도를 어떻게 하는지조차 몰랐지만, 우리를 있게 한 무언가에게 커다란 감사를 느꼈어. 그리고 나도 모르게 참회라는 걸 하게 되더라고. 내 어리석은 마음으로 의심하고 미워한 것, 우리가 먹고, 살아갈 수 있도록 모든 걸 제공해 주는 지구를 더럽힌 것, 오직 나밖에 생각하지 못한 것. 그런 것들이 떠오르면서 참을 수 없는 부끄러움을 느꼈어. 네가 아니었다면 나는 내가 어리석은지조차 모르며 평생을 살아가야 했을 거야. 그날따라 잠이 오지 않았던 건, 너를 뒤따라가고 싶은 충동이 강하게 든 건, 아마 우연이 아닐 거란 생각이 들어."

그렇게 말하는 은정의 눈시울은 더 붉어져 있었고, 눈물이 볼을 타고 주르륵 흘러내렸다. 탁호의 떨리던 손이 멈추었다. 그는 그제야 떨림이 멈췄다. 그리고는 은정의 크고 맑은 눈동자를 똑바로 바라보았다.

"고마워. 숨기지 않고 말해줘서. 용기 내주어서 정말 고마워."

탁호는 나머지 손을 은정의 손 위에 포개었다. 맥주 때문인지 날씨 때문인지 그녀의 손이 무척 차가웠고, 자신의 온기가 전해지길 바라는 듯 그녀의 손을 힘주어 움켜잡았다. 긴장

된 마음은 어느새 사그라들었다. 그동안 인간 세계에 와서 자신의 모습을 들키지 않을까 긴장하며 지낸 시간이 떠올랐다. 오히려 은정이 알게 되니 시원했다. 숨기고, 감추려 한 행위가 자신을 더욱 옥죄어 왔음을 깨달았다. 믿을 만한 사람에게는 오히려 털어놓는 편이 자신에게도 좋은 일이라는 걸 알 수 있었다. 탁호는 이제야 마음 편히 은정에게 호숫가에서 있었던 일이며, 자신이 도시로 오게 된 일이며 마음을 놓고 털어놓았다. 은정은 그 어느 때보다 귀를 기울여 들어주었고, 정말 고생 많았다며 또다시 눈물을 펑펑 쏟는 바람에 탁호는 달래느라 애를 먹었다. 그리고 그녀는 드디어 탁호가 왜 그토록 초췌해졌는지 알 수 있었다. 은정이 물었다.

"그럼 호숫가에서 병에 담은 진액은 모조리 까맣게 변해버린 거야?"

"응. 오늘 그래서 다 버리는 수밖에 없었어. 그래서 이제 모든 걸 관두고 내가 살던 바다로 돌아가려고 하는 참이었지."

"음."

은정은 턱을 괴었고, 그녀의 미간은 고민하는 기색이 역력했다.

"탁호야. 대개 답은 단순한 데 있기 마련이거든. 나는 항상 복잡하게 생각할 때마다 오히려 일이 잘 안 풀리더라고."

"그래. 맞아. 더 복잡해지기만 하더라고. 그럴수록 미로에

간히게 되는 것 같은 느낌이랄까."

"탁호야!"

은정이 갑자기 나무 식탁을 쾅 하고 양 주먹으로 치는 바람에 맥주가 살짝 쏟아졌다. 그럼에도 그녀는 아랑곳하지 않고 말했다.

"네 진액 말이야. 꼭 실험할 필요가 있을까?"

"그게 무슨 말이야?"

"너 그거 치료하는 데 쓰고 싶다는 말이잖아. 사람이든 자연이든. 그때 내뿜은 진액에는 치유 능력이 있는 게 틀림없다고 했지?"

"정확히는 치유."

"치료나 치유나 똑같은 거 아니야?"

"치료는 병이나 상처를 잘 낫게 만드는 데 그치지만, 심리적인 안정감을 준다는 의미는 없거든. 치유는 병을 고치는 것도 있지만, 심리적으로 안정시키는 일도 포함되는 거고. 그리고 내가 본 고대의 문어들도 정확히 '치유'라고 말하는 걸 들었어."

"흠. 치료와 치유라. 한 번도 그것들의 차이를 생각해 본 적이 없어서 몰랐네."

은정이 고개를 갸웃거리며 흥미롭다는 듯한 어조로 말했다.

"아무튼, 은정아. 무슨 말을 하려고 했던 거야?"

"네 몸은 이미 호숫가에서 변화했어. 그리고 그 진액은 네가 원하면 언제든 다시 생성할 수 있을 거야. 난 그렇다고 믿어."

탁호는 그런 생각까지 미치지 못한 자신이 조금 창피하게 느껴졌다. 인간 세계로 온 뒤, 정확히는 회사 생활을 한 후로부터는 유연한 사고방식을 점차 잃기 시작한 자신이 떠올랐다.

"그런 방법이 있었네! 역시 은정아. 넌 정말 똑똑하고 대단하다. 그럼 이제부터 다시 생성해 낸 뒤에 실험을 반복해서 하면 되겠네. 포기할 이유가 없었어!"

"그게 아니지. 내 생각엔 네가 문어니까……."

은정의 목소리가 확 줄어들었다.

"정확히는 무지개 문어. 흠흠."

은정은 쿡- 하며 웃음을 터뜨렸고, 미안했는지 헛기침을 했다.

"그니까 진액을 그대로 써도 되지 않을까 하는 생각이 들어. 꼭 무언갈 배합하지 않아도, 추가하지 않아도 그냥 그대로 써 보는 거지! 아니 왜, 우리가 오징어먹물도 그냥 먹을 때도 있잖아. 그걸 굳이 뭔가 섞어서 만드는 게 더 잘못된 것 같아."

"그런가? 아. 나는 왜 그런 생각이 전혀 안 들었을까?"

뒷머리를 긁적이는 탁호를 은정이 귀여운 듯 바라보았다.

"친구야. 어렵고 힘들 때는 혼자 해결하려고 하면 안 돼. 혼자 아무리 끙끙거려 봤자 답이 안 나온다고. 때로는 도움도 요청할 줄 아는 용기를 가져야 해! 물론 아무한테나 그러면

안 되지만."

자신에게 이런 든든한 친구가 있음에 그는 차오르는 기쁨을 느꼈다. 자신이 무언가를 포기하려 할 때마다 이상하게 누군가 나타나서 도와주거나, 알 수 없는 경로로 문제가 해결되고는 했다. 삶은 자신이 생각하는 것보다 훨씬 나은 곳으로 이끌어 주었고, 그는 저항하지 않고 따라가기만 한다는 사실을 알면서도 늘 잊기 일쑤였다.

"야. 지금 술 마실 때가 아니야. 너 일단 다 먹었지? 회사로 가자."

"회사에? 방금 퇴근했는데?"

"아. 회사는 근데 좀 위험하겠다. 혹시 네가 문어인 모습을 보면 누군가 구워 먹고 싶을 수도, 튀겨 먹고 싶을 수도 있으니까."

"은정아. 호수에서 내 크기 못 봤지? 다리로 휘감아서 조여 버린다? 자꾸 놀리면?"

"하하하. 아이구. 무섭네요. 문어 대왕님. 잘못했습니다요."

"일단은 음. 너의 진액이 더 필요하고, 또 아무도 없는 장소가 필요한데. 어디가 좋을까?"

탁호는 망설임 없이 대답했다.

"우리 숙소."

둘은 약간의 취기가 올라 마음이 들뜬 상태였다. 둘은 술도

깰 겸 공원을 가로질러 가기로 했다. 은정은 자신이 고등학교 음악 시간에 배운 노래라며, 기분이 좋을 때는 이 노래가 저절로 흘러나온다고 했다.

"거리를 걸으며~ 가벼운 마음으로~ 누군가를 만날 수 있는 이 거리! 사랑스러운~ 그대에게 말을~ 걸며~ 오늘만큼은 나와 함께 걷자고. 오 샹젤리제~ 오 샹젤리제~ 언제나 뭔가 멋진 일이 당신을 기다려~ 오 샹젤리제!"

은정은 한껏 흥이 오른듯했다. 그걸 바라보는 탁호도 덩달아 즐거워짐을 느꼈다. 탁호는 어느새 하하-하며 크게 웃고 있었다. 평소에는 말수도 적고, 진지한 그였지만 은정 옆에 있을 때는 달랐다. 그녀의 밝음과 유쾌함은 함께 하는 모든 사람을 웃게 만드는 힘이 있었다.

그들은 숙소에 도착했다. 탁호는 욕실로 들어가 문을 잠근 후, 본래의 모습으로 되돌아갔다. 여전히 자신의 진짜 모습을 대놓고 보여주기에는 부끄러웠다. 탁호는 변한 자신의 모습을 찬찬히 들여다보기 시작했다. 크기는 거대해지지 않았지만, 여전히 그때와 같은 은색으로 반짝이고 있었다. 그는 천천히 진액을 뽑아내기 시작했고, 점점 자신의 기운이 빠져나가는 게 느껴졌다. 그때보다 적은 양의 진액을 뽑아내는 데도 숨이 목 끝까지 차올랐고 기절할 것만 같았다. 어지럼증이 점점 심해지자 그쯤에서 그만두었고, 완전히 지친 기색으로 욕실을 나오는 탁호를 보며 은정이 놀라 뛰어왔다.

"헉! 탁호야! 너 괜찮아?"

그녀는 냉장고로 가 차가운 물을 한가득 가져왔다. 그는 물을 연거푸 마셨고, 그대로 소파로 가 누웠다. 그리고 한참을 꼼짝없이 누워 있었다. 눈을 떠보니 은정이 진액을 가만히 바라보고 있었다. 그리고는 자신의 한쪽 팔을 걷은 채로 거실 테이블 위에 올려둔 상태였다.

"은정아. 뭐해?"

"어. 탁호야. 이제 좀 정신이 들어? 괜히 내가 이거 하자고 했나 보다. 미안해."

"아. 아니야. 이제 진짜 괜찮아졌어. 요즘 컨디션이 별로라 더 그런 가봐. 술도 먹었고. 그나저나 너 팔에 그 상처는 뭐야?"

"아. 이거 얼마 전에 자전거 타다가 한쪽으로 넘어지는 바람에 좀 까였어. 너 일어나면 이 진액으로 내 상처가 낫는지 같이 확인해 보자고 할랬지."

은정의 팔 옆에는 까만 무언가가 조금씩 꿈틀대고 있었다. 자세히 들여다보자 몸통은 하얗고 날개는 새카만 새끼 까치였다. 까치는 몸을 바들바들 떨고 있었다.

"저 까치는 뭐야?"

"아까부터 앞 베란다에 이상한 소리가 나길래 나가서 봤더니 글쎄 얘가 둥지에서 떨어졌는지 막 울고 있는 거야. 주변에 아무리 둘러봐도 엄마 까치는 안 보이고, 일단 너무 젖어 있어서 안으로 데려왔어. 수건으로 닦아주고 물도 좀 먹였는데 아직도 좀 추운가 봐."

"그렇구나. 어? 여기 다리도 좀 다친 거 같은데?"

"헉. 그러네. 그건 못 봤네. 이 작고 여린 것이 떨어질 때 얼마나 아팠을까."

"아! 탁호야!"

은정이 무언가 생각이 난 듯 말했다.

"이 진액 말이야. 내 상처에도 한번 발라보고, 새끼 까치 상처에도 발라보는 게 어떨까? 어떤 효과가 있는지 모르잖아. 아직."

"그러네! 좋은 생각이야. 혹시나 잘못되거나 하진 않겠지?"

탁호는 내심 불안한 모양이었다. 은정은 밝은 목소리로 말했다.

"걱정 마. 너에게서 그런 물질이 나올 리가 없잖아. 아주 귀하고 소중한 거니까 아주 조금만 발라볼게."

은정은 진액이 담긴 유리병을 연 후, 콩알만큼의 진액을 손에 덜어낸 후 까치와 자신의 상처에 조심스레 발랐다.

"윽. 조금 따갑긴 하다. 빨간 소독약을 바른 느낌이랄까. 하하. 사실 그것보다는 훨씬 덜 따끔거리지만 말이야. 나보다는 얘가 확실히 나았으면 좋겠다."

"둘 다 잘 나을 거야."

은정은 피곤함이 몰려왔는지 그대로 바닥에 누워 잠이 들었다. 새끼 까치도 입을 크게 벌리며 하품을 했고, 눈꺼풀이 조금씩 내려왔다. 탁호는 쌔근쌔근 잘 자는 둘을 바라보며 평온함을 느꼈다. 인간들이 말하는 행복이란 이런 감정이 아닐까 하고 생각했다. 둘의 모습을 가만히 바라보다 자신도 모르게 잠들었다. 셋은 각자의 꿈속을 유영했다. 기분 좋은 꿈을 꾸는 것 같았다.

은정과 탁호는 기지개를 쭉 켜며 그 어느 때보다 개운함을 느꼈다. 새벽의 푸른 기운이 거실을 감쌌다.

"우와! 우와아! 이것 봐! 내 상처가 감쪽같이 다 나았어. 와. 대박. 와아아아아!"

"와! 진짜네? 은정이 네 말이 맞았어! 대박!"

둘은 기뻐서 환호성을 질렀다. 그리고는 얼른 새끼 까치가 누워있던 곳을 보니 까치가 없었다. 놀란 둘은 이리저리 찾기 시작했다. 부엌에서 토독 토독 하는 소리가 났다. 부엌으로 가보니 새끼 까치가 어제와는 달리 기운찬 모습으로 통통거리며 뛰어다니고 있었다. 토독 토독 했던 소리는 까치가 뛰어다니는 소리였다. 건강한 까치의 모습을 보니 마음이 놓였다.

"까치야! 너 정말 괜찮아졌구나? 다행이다."

갑자기 베란다 밖에서 "까악 까악"하는 소리가 났다. 베란다를 보니 커다란 까치가 나무 위에서 퍼덕이며 끊임없이 소리를 내고 있었다. 어미 까치인 것 같았다. 얼른 문을 열어 새끼 까치를 나무 위에 올려다 주었다. 까치의 둥지가 보였다. 어제는 밤이라 잘 보이지 않은 탓이었다. 어미 까치는 고맙다는 듯 기분 좋은 울음소리를 내고 사라졌다.

"너는 나와 까치 둘을 살렸어! 이 생명의 은인 같으니라고."

"살리기는 무슨. '치유'해 준 거지. 하하."

"일단 나랑 이 까치한테는 효과가 있나 봐. 음. 혹시? 식물도? 일단 이 진액을 아주 조금만 넣어서 들고 가자. 얼마 전부터 시들시들한 화분이 하나 있거든. 거기에 이 진액을 한 번 줘보는 거야."

"그래. 좋은 생각이야."

둘은 곧장 사무실로 향했다. 이른 시간이라 사무실은 텅 비어 있었고, 가장 먼저 환기를 시켰다. 그리고는 시들시들해진 몬스테라 화분에 진액을 섞은 물을 듬뿍 뿌려주었다. 그대로 둔 채 둘은 자리로 돌아가 각자의 일을 했다. 그리고 점심을 먹으러 가기 전, 은정이 먼저 몬스테라의 상태를 살펴보았다. 분명 커다란 잎의 반 정도가 시들해져 있었는데, 지금은 거의 원래의 모습으로 돌아와 있었다. 은정은 탁호에게 메시지를 보냈다.

은정: 오늘은 같이 점심 먹을 수 있지? 몬스테라가 확실히 괜찮아졌어! 나오는 길에 한번 봐봐.

메시지를 받은 탁호는 설레는 마음으로 점심을 먹으러 나갔다. 곁눈질로 흘끗 본 식물은 어느 때보다 생기 넘치는 모습이었다.

은정이 반찬으로 나온 갈치조림을 젓가락으로 분리하며 말했다.
"와. 진짜 맛있겠다. 대박. 우리 회사는 조림 하나는 아주 끝내준다니까?"
"그러게."
"아. 맞다. 탁호야. 미안. 얘가 네 친구일 수도 있는 건데."
은정은 멋쩍음과 동시에 미안한 표정을 지었다.
"아. 아니야. 괜찮아. 뭘 그런 걸 신경 써. 오랜만에 같이 점심 먹으니까 좋네."
탁호는 고사리나물 무침을 젓가락으로 집어 올렸다. 고소한 참기름 향이 났다.
"식물에도 확실히 효과가 있나 봐. 와. 대박인데? 근데 그걸로 뭘 할 계획이었어?"

"일단 아직도 병원에 누워 계신 어르신들에게 보탬이 되고 싶었어. 삶의 터전을 잃은 것도 모자라서 유해 가스로 병 져 누우셨잖아. 어떤 분은 가족을 잃으셨고. 나도 내가 살던 곳이 오염되고, 누군가를 잃어봐서 알아. 그게 얼마나 슬프고 처참한 건지."

"넌 정말 배려심이 깊구나. 문탁호."

"아니야. 사실 나도 처음에는 인간 자체가 너무 싫고 밉기만 했어. 그런데 내가 위험에 처할 때마다 도움을 받은 것도 인간들이더라고. 여기에 와 살면서 알게 됐어. 바다에서 인간들을 미워하기만 했던 내가 얼마나 편협한 생각을 했는지 말이야. 너처럼 좋은 사람도 분명 많으니까."

"그렇게 깊은 생각을 하다니! 문탁호! 넌 이제 완전한 인간인걸? 누가 널 무지개 문어로 알겠어?"

은정이 들릴 듯 말 듯 한 작은 목소리로 속삭였다. 다행히 그들의 가까이에는 아무도 없었다.

"네가 이 세상에 와준 건 정말이지 우리에게는 그저 큰 축복이야. 자연과 바다는, 우리가 밟고 선 이 땅은 늘 우리에게 주려고만 해. 받기만 해온 우리는 주는 법을 잊어버린 건지도 몰라. 그래서 항상 더 받기만을 원하지. 한정된 자원이 고갈되어 가는 줄도 모르고. 그냥 다 나 몰라라 하게 되는 거지. 탁호야. 네가 이렇게 진심으로 바다와 이 세계를 위하는 마음은 결국 전 인류와 지구를 구하게 될 거야. 난 반드시 그렇게 될 거라 믿어. 정말로. 아무도 너를 믿어주지 않아도, 네가 설령 실패한다고 해도 나는 끝까지 너를 믿을게. 수없이 실패를 반복한다고 해도 말이야."

은정의 말은 깊고 묵직한 따스함으로 탁호의 마음속에 가라앉았다. 지금껏 힘들고 어려울 때마다 은정과 같이 좋은 사람으로 인해 여기까지 올 수 있었다는 걸 떠올렸다. 탁호는 자신의 에너지가 끓어올라 용암처럼 솟구치는 것 같았다. 한 사람의 진실한 응원은 이토록 강한 힘을 지니고 있었다.

그는 퇴근 후, 다시는 오지 않으리라 생각했던 실험실로 향했다. 실험실 안에는 작은 수조가 하나 있었고, 그가 신경을 쓰지 못한 사이 녹조로 가득 찼다. 물고기 밥때도 제대로 챙기지 못한 탓인지 다들 비실비실한 상태였다. 탁호는 자신의 문제에만 골몰해 제대로 챙겨주지 못한 물고기들에게 죄책감을 느꼈다. 그는 당장 수조를 청소하기 시작했고, 약해진 물고기들을 깨끗한 물에 담가두었다. 그중 한 마리는 어디에 긁힌 건지 상처가 나 있었다. 그는 문득 진액 생각이 떠올랐다. 그는 아주 극소량의 진액과 물을 섞어 스포이트로 물고기의 입에 넣어주었다. 그리고 어느 때보다 열심히 수조를 닦았고, 돌

하나하나를 정성스레 씻어냈다.

수조 청소를 끝내니 땀이 흥건했다. 그는 셔츠로 이마에 흥건한 땀을 닦았고, 상쾌한 기운이 퍼져나가는 것을 느꼈다. 시계를 보니 1시간 정도가 지나 있었다. 물고기들을 수조에 옮겨 담은 후, 상처가 난 물고기를 보니 거의 뒤집히기 직전이었던 모습은 온데간데없었다. 기운을 차린 물고기들에게 밥을 뿌려준 후, 겨우 자리에 앉았다.

'물고기에게도 확실히 효과가 있네. 문제는 이렇게 작은 양으로는 턱없이 부족한데. 고민이네.'

그는 생각에 빠졌다. 분명 진액은 치유 효과가 있었다. 그러나 이것을 어떻게 할지 전혀 감이 잡히질 않았다. 그는 아무리 생각해봐도 답이 떠오르질 않았다. 잠시 쉬어가자는 생각으로 꺼놓았던 핸드폰을 켰다. 평소와 다르게 가장 먼저 게임을 켰다. 머리도 식힐 겸, 아무런 생각 없이 게임에만 빠지고 싶었기 때문이었다. 그런데 게임을 하면 할수록 이상하게 불안해졌다. 무언가가 "지금 그것보다 더 중요한 게 있어."라고 외치는 것처럼 느껴졌다. 탁호는 10분도 채 안 되어 게임을 껐다. 그리고는 곧장 숙소로 갔다. 그는 침대에 누워 핸드폰으로 이것저것 들여다보던 중, 사진 한 장을 보며 몸이 그대로 굳어지는 게 느껴졌다. 모든 게 새카만 무언가로 뒤덮여 있었던 장면. 분명 익숙한 장면이었다. 여전히 생생하게 떠오르는 그 장면이, 자신이 보고 있는 화면에 똑같이 펼쳐지고 있었다. 몇 달 전 꾼 꿈이었다. 새카만 밤, 그리고 새카맣게 변해버린 해변과 알 수 없는 것들로 뒤덮인 시체들이 나왔던 꿈. 불행 중 다행인지는 모르겠으나 시체는 보이지 않았다. 그는 떨리는 마음으로 기사를 읽기 시작했다. 그동안 잦은 태풍과 알 수 없는 기상 이상으로 한동안 배가 뜨지 못했고, 계속 출항을 미루고 있던 수많은 유조선이 안개를 주의하라는 경고에도 아랑곳하지 않은 채 무리한 출항을 강행했다. 가장 선두에 있던 배가 방향을 잃으면서 암초에 부딪혔고, 그 뒤에 오던 유조선들 모두가 충돌하는 사고가 일어났다. 2007년 12월 7일에 일어났던 태안 기름유출사고와는 비교가 되지 않을 만큼 방대한 기름유출이 일어났고, 그때 쏟아진 1만 2,547㎘보다 무려 20배나 많은 기름이 유출되면서 바다는 삽시간에 새카맣게 물들었다. 사고는 동해와 삼척 부근에서 발생했으며, 기름은 빠른 속도로 울릉도와 독도까지 퍼져나가고 있었다.

탁호는 그야말로 정신이 무너짐을 느꼈다.

'내가 태어난 곳은 바다이고, 내가 구해야 할 것도 바다이지만 나는 한 번도 바다를 위해 무언가를 해본 적이 없네. 이곳에 와서 내가 한 거라곤 아무것도 없어. 산불도 막지 못했고, 쓰레기 산이 불타오르는 것도 지켜보기만 했어. 겨우 홍수 때 몇몇 인간들을 구한 게 다일 뿐. 나는 다시 바다로 돌

아갈 자격조차 없어.'

　실의에 빠질 시간조차 없다는 듯, 갑자기 누워 있던 침대가 흔들리기 시작했고, 옆에 있던 의자와 책상 또한 심하게 흔들렸다. 그와 동시에 재난 경보음이 귀를 뚫을 듯 쩌렁쩌렁 울렸고, 재난 문자에는 동해 근처에서 규모 6.5 정도의 지진이 발생했다는 내용이 적혀 있었다. 진동은 약 40초간 계속됐다. 책상 위에 두었던 유리컵이 바닥으로 떨어졌고, 깨진 유리 파편이 방 구석구석으로 튀었다. 그러지 않아도 심란했던 그의 마음은 확실한 불안으로 바뀌었다. 포털사이트는 곧바로 마비되었고, 그가 확인할 수 있는 것이라곤 아무것도 없었다. 그저 시간이 지나 얼른 포털사이트가 정상화되길 바라는 것뿐이었다. 답답한 마음에 베란다로 나가 밖을 보니 많은 사람이 베란다로 나와 두리번거리는 게 보였다. 서로의 안위를 확인하며 안심하려는 듯 사람들은 시선을 주고받았고, 탁호 역시 마찬가지였다. 그는 지금껏 바다에 살면서 이토록 심한 지진은 느껴본 적이 없었다. 미세한 진동을 일반 인간보다 훨씬 잘 파악하던 그는 지진이 일어나기 전에 미리 감지하는 능력이 있었는데, 방금 일어난 지진은 자신조차 파악하지 못한 진동이었다. 그래서 더 놀랄 수밖에 없었다.

　몇 분 후, 진정되지 않은 마음으로 포털사이트를 새로고침하던 그는 속보로 뜬 지진 기사를 보았고, 기사는 대부분 짤막

한 기사뿐이었다. 아직 아무것도 파악된 게 없었던 탓이었다.

속보. 경북 울진군 동쪽 약 80㎞ 해역에서 규모 6.5 지진 발생.
곧이어 기사가 이어집니다.

탁호는 답답했지만, 일단 기다리기로 했다. 유조선 기름유
출에 이어 지진 발생이라니. 계속되는 잦은 태풍에 의한 피해
도 여전히 복구되지 않는 상황이었고, 쓰레기 산 유해 가스로
인해 병상에 누운 환자들도 여전한 상황이었다. 그는 도무지
착잡함을 숨길 수 없었다. 그중에서도 가장 걱정되는 건, 얼마
전 새로 지어진 혜성 원전이었다. 그토록 반대하던 사람들의
만류에도 불구하고, 점점 전기 사용량이 늘어나던 와중 원전
은 결국 완성되었다. 순전히 인간의 욕심과 오직 인간만을 위
한 결정이었다. 원전이 지어질 때부터 부실 공사를 비롯해 여
러 의혹이 수없이 제기되었지만 아무런 소용이 없었다. 탁호
는 그 원전만은 제발 아무런 사고가 없길 바라는 마음이었다.
　몹시 피곤해 지친 그는 씻지도 않은 채로 잠들었다. 그리고
아무런 꿈도 꾸지 않고 아침까지 쭉 잤다. 오랜만의 깊고 안정
된 잠이었다. 이런 잠은 어쩌면 마지막일지도 몰랐다.

　일주일 후.

일주일 전 일어난 기름유출사고와 지진은 그 전으로 다시는 돌아갈 수 없는 결과를 만들어 놓았다. 맑은 물과 뛰어난 경관을 자랑해 스노클링 장소로 유명했던 곳은 그 전 모습을 찾아보기가 힘들었다. 바닷물은 물론이거니와 주변에 있는 아름다운 돌 위를 기름이 완전히 덮고 있었다. 해안가에는 배를 깐 물고기들이 기름에 뒤덮여 형체를 알아보기 힘들었고, 사체는 수북이 쌓여 도저히 그 수를 가늠하기가 어려웠다. 기름은 빠르게 울릉도와 독도까지 흘러들었다. 인간의 발길이 잘 닿지 않아 풍부한 생태계를 형성하고 있던 독도에는 검은 기름이 가득 끼어 독도라고는 생각할 수 없을 정도로 뒤바뀌었다. 다양한 산호류, 붉은얼룩참집게, 청황베도라치, 끄덕새우를 비롯한 독도의 생명체들은 더 이상 생명체가 아닌 사체에 불과했다. 다시 그 생명체들이 예전과 같이 돌아가려면 얼마의 시간이 흘러야 하는지 가늠조차 할 수 없었다. 일각에서는 100년이 흘러도 완전히 돌아오지 않을 가능성이 크다며 걱정하는 목소리를 냈다.

다른 섬들 또한 마찬가지였다. 어업을 주로 하는 주민들에게 이와 같은 일은 거의 죽음이나 마찬가지였다. 우는 것 외에 달리 방법이 없었던 그들은 넋을 잃고 새카맣게 변해버린 바다를 바라보는 일밖에 할 수 없었다. 지금껏 삶의 터전이었던 바다를 잃고 나니 전부를 잃은 것이나 다름없었다.

더 큰 문제는 따로 있었다. 탁호가 걱정하던 대로였다. 그 일은 실제로 일어났다. 일주일 전 일어난 지진은 예전에도 한 번 지진이 발생했던 곳이었다. 당시에도 전문가들은 앞으로 한반도는 더 이상 안전지역이 아니라며 내진 설계에 관해 촉구했지만, 반대하는 여론 또한 적지 않았기에 제대로 검토되지 않았다. 부실 공사는 결국 재난에 재난을 불러일으킨 꼴이 되어버렸다. 원전에서는 지진으로 인한 노심용융(원자력발전에서 원자로가 담긴 압력용기 안의 온도가 급격히 올라가면서 중심부인 핵연료봉이 녹아내리는 것, 출처 - 네이버 사전)이 발생하였고, 반경 30km 내에 있던 주민 수십만 명이 급히 대피하는 소동이 벌어졌다. 대피하는 주민들로 인해 고속도로가 마비되었고, 미처 대피하지 못한 사람들도 있어 그대로 방사능에 피폭되는 사고가 일어났다. 그뿐 아니라 고농도의 오염수가 바다로 흘러들면서 유조선에서 나온 기름과 함께 퍼져나갔다. 일주일의 짧은 시간 안에 헤아릴 수 없는 숫자의 해양 생물이 죽어나갔고, 그 해양 생물과 접촉하거나 먹이로 삼은 새, 포유류 역시 마찬가지였다. 어느새 육지의 해변과 섬 위에는 물고기뿐만 아니라 갈매기를 비롯한 각종 새와 동물들의 사체가 가득했다. 생명의 힘으로 가득 찼던 바다는 이제 죽음의 냄새뿐이었다.

바다는 완전한 죽음을 앞두고 있었다. 어느 때보다 많은 기름유출과 오염수로 오염된 바다는 다시 회생하기는 불가능해 보였다. 그동안 인간들에게는 얼마나 많은 기회가 주어져 있었던가. 기름유출사고 때만 해도 온 국민이 함께 힘을 합쳐 바다를 살릴 수 있었으나, 지금은 방사능 오염으로 인해 시도조차 불가능했다.

인간에 의해 설립되었고, 인간의 욕심과 무지함으로 인해 사고가 일어났으나 인간이 할 수 있는 일은 없었다. 그저 시간이 흐르기를, 자연이 알아서 어찌해 주기를 바라는 미천한 기도를 올리는 것 말고는 아무것도. 그러나 시간과 자연은 인간의 영역이 아니었다.

날이 지날수록 피해는 걷잡을 수 없이 커졌다. 피폭되어 사망한 사람들의 숫자만 해도 수천 명에 달했고, 급성 백혈병을 비롯해 알 수 없는 병에 걸려 겨우 목숨을 부지하고 있는 이들도 적지 않았다. 파랗고 아름다웠던 바다는 인간의 저주로 인해 추악한 얼굴로 변했다. 이번 일로 인한 피해액은 최소 수천 억대였으며, 지금껏 일어난 해양오염 사고 중 가장 최악의 사태로 남을 것이었다. 날이 갈수록 삼면을 둘러싼 모든 바다는 저주받은 바다가 되어갔다. 사계절 내내 사람으로 북적였던 푸른 바다는 기름때로 뒤덮인 해변과 생물 사체로 인해 썩은 내가 진동했다. 텅 빈 가게와 집 안은 빨래가 그대로 널려 있었고, 물건들이 어지러이 쏟아져 있었다. 그때의 긴박한 상황을 말해주는 듯했다.

　피해는 바다뿐만 아니라 육지까지 확산되었다. 육지 또한 처음 겪는 진도의 지진에 아수라장이 된 지 오래였다. 여태껏 한 번도 겪지 못한 재난으로 인해 국민 전부가 패닉 상태였다. 정부는 그 어떤 대책도 내놓지 못했다. 이런 순간에도 몇 몇 인간들은 자신의 이익만 챙기기에 바빴고, 언제 어떻게 이 나라를 뜰지가 그들에게 가장 중요한 관건이었다. 날마다 긴급회의가 열렸고, 생방송으로 보도되었지만, 그저 보여주기식에 불과했다. 바다와 함께 죽음을 맞이한 것과 다름없는 사람들은 스스로 목숨을 끊는 이들도 적지 않았다. 누군가는 생과 사를 오가는 사이에도 어떤 이들은 전혀 자신과 무관한 일이라는 양 지금껏 살아온 행동을 반복했다. 오르내리는 주식을 끊임없이 확인하고, 자신을 뽐낼 옷과 장신구를 샀으며, 자신의 입에 들어가는 커피가 우선이었다. 누군가는 당장에 먹을 것이 없어진 상황에도 누군가는 음식물을 아무렇지 않게 사고, 버렸다. 도시의 길 위에는 플라스틱 용기에 음식물을 실은 오토바이들이 그 어느 때보다 많이 보였다.

　탁호는 죽어버린 바다를 보며 생각했다.

　'바다가 죽었어. 결국. 다시는 내가 살던 바다로 돌아갈 수 없겠구나. 나는 뭘 위해 여기까지 왔지? 대체 뭘 한 거지? 바다, 그리고 죽어가던 내 친구들을 구하러 온 거 아니었어? 그런데 도대체 뭘 한 거냐고! 다 쓸모없는 일이야. 내 멍청한 판단으로 나는 돌아갈 곳조차 잃었어. 그냥 거기에 있을걸. 죽어도 거기서 죽었어야 했어. 나는 왜 바다를 버리고 온 걸까.'

탁호는 기억의 잔상으로 보았던 고대의 조상이 부러웠다. 그들은 함께였다. 그래서 죽음도 훨씬 덜 두려웠을 테고, 어떻게 해야 할지도 분명했을 것이다. 그러나 그는 혼자였다. 무겁고 짙은 고독감이 그를 짓누르는 것만 같았다. 그는 이제 아무것도 하고 싶지 않았다. 바다를 잃은 이상 그에게 사는 것은 아무 의미가 없었다. 그동안 살아온 날이 모두 무의미하게 느껴졌다. 삶은 그토록 무의미하고 덧없는 것이라는 걸 이 순간 뼈저리게 느낄 수 있었다.

탁호는 지금껏 자신에게 일어났던 일들이 그저 환상이라고 생각했다. 그가 지금 할 수 있는 일이라곤 자신과 함께한 얼굴들을 떠올리며 추억을 회상하는 것. 그리고 그 추억을 간직할 수 있다는 것에 감사하는 일 말고는 없었다.

얼마 후, 더 이상 의미 없어진 회사 생활을 정리하기로 마음먹은 탁호는 사직서를 들고 밖으로 나섰다. 회사로 가기 전, 마지막으로 자신이 좋아하던 카페에 들러 커피를 마셨고 거리를 천천히 음미하기 시작했다. 하늘은 거짓말처럼 파랗고 청량해진 모습을 드러냈다. 하늘 아래 우뚝 선 빌딩들은 그날

따라 더욱 높아 보였다.

탁호는 대표가 내려 준 커피를 마셨던 공간으로 곧장 향했다. 블라인드가 걷힌 대표의 방은 햇살로 가득했다. 대표는 무언가에 열중한 얼굴로 노트북 화면을 바라보고 있었다. 그는 한참을 화면을 바라보다 마침내 탁호를 보며 말했다.

"어. 탁호 님. 미안해요. 급하게 해야 할 일이 좀 있어서."

"아. 괜찮습니다. 대표님."

"이쪽으로 앉으세요."

대표는 자신의 책상 앞에 있는 손님용 테이블을 가리키며 말했다. 그는 한 손에 커피잔을 든 채로 탁호가 서 있는 곳으로 왔다.

"편하게 앉으세요. 탁호 님은 항상 긴장한 것처럼 보여요. 제가 너무 불편하게 해드린 건 아닌가 싶네요."

"아. 절대 아닙니다. 제가 워낙 뚝딱거리는 성격이라 그런가 봅니다."

둘은 하얗고 둥근 테이블을 사이에 두고 앉아 대화를 나눴다. 요즘 일어난 사태와 심각성에 관한 이야기와 각자의 의견을 나누었다.

"해양오염이 생각보다 많이 심각합니다. 이대로라면 다시는 해산물을 먹지 못하는 것은 물론 육지까지도 전부 오염되는 데도 그렇게 오랜 시간이 걸리지 않을 거예요."

대표가 심각해진 얼굴로 말했다.

"맞습니다. 대표님. 점점 빠른 속도로 오염이 진행되고 있어요. 벌써 심각한 피해를 봤지만 달라진 건 아무것도 없죠. 다들 회피하는 분위기고요."

둘은 한동안 말이 없었다. 그들을 둘러싼 공기가 탁하고 무거웠다.

"대표님. 이거……."

탁호는 말끝을 흐리며 사직서를 건넸다. 대표는 놀란 눈으로 그를 바라보았지만 금세 표정을 되찾았다.

"이건 뭔가요?"

"제가 착각했습니다. 이 회사에 들어와서 뭔가 바꾸어 볼 수 있으리라고 생각했지만, 제가 할 수 있는 건 아무것도 없더라고요. 호기롭게 연구하던 실험도 실패했고, 이룬 것도 없고, 쓰레기 산이 불타는 것도 주변에 있었으면서 막지 못했고요. 자꾸만 자괴감이 몰려옵니다. 그리고 좀 지친 것 같아요. 고향으로 돌아가겠습니다."

"음. 제 생각은 좀 다른데요."

"네?"

"왜 아무것도 하지 않았다고 생각하는 겁니까? 벌써 탁호 님은 많은 변화를 이뤄냈잖아요."

"제가요?"

"우선 저번에도 말씀드렸다시피 탁호 님이 제게 주신 연구 자료는 회사가 앞으로 어떻게 나아가야 할지에 관해 충분한 길잡이가 되어주었습니다. 그뿐인가요. 박치명과 김 대리의 만행을 목격함과 동시에 그것을 영상으로도 남겼고, 더 큰 피해가 일어나기 전에 가장 먼저 신고를 한 사람이 탁호 님이었죠. 연구는 시도해 보는 그 자체만으로 이미 의미가 있는 겁니다. 연구나 실험은 단기간만으로 끝날 수 없어요. 그건 너무 섣부른 판단인 거 같네요. 회사를 떠나고 싶다는 의견은 충분히 존중합니다. 그러나 자신의 가치를 깎아내리는 일만은 하지 말라고 하고 싶네요."

탁호는 대표가 일개 사원인 자신을 이렇게까지 생각해 주는 게 정말 감격스러웠다. 대표의 말을 들으니 무너진 자존감이 조금은 회복되는 것 같았다. 그러나 자신은 바다로 돌아가야만 했고, 꼭 그래야만 한다는 생각이 들었다.

"감사합니다. 대표님. 부족한 저를 좋은 면만 봐주셔서 진심으로 감사드립니다. 그동안 회사에서 정말 즐겁게 배우면서 일했습니다. 덕분입니다. 말씀은 감사하지만, 고향에 돌아가고자 하는 제 마음은 몇 번이고 고민한 끝에 결정한 것이라서요. 죄송합니다."

대표는 쓴웃음을 지었지만, 이내 체념한 듯 보였다.

"아닙니다. 다만 아쉬울 뿐이네요. 이런 인재를 내보낸다는 건 회사 입장에서는 그저 안타까울 뿐이지요. 탁호 님 마음이 그렇다면 어쩔 수 없는 일이지만, 혹 다시 돌아올 마음이 있다면 언제든 자리를 비워두겠습니다."

탁호는 대표를 향해 깊숙이 고개를 숙였다. 왠지 눈물이 날 것 같았지만, 이를 악물고 애써 울음을 참았다. 정말로 마지막이라는 게 느껴졌다. 그동안 진심으로 열의를 다해 일했던 자신의 모습이 파노라마처럼 스쳐 지나갔다.

그는 자신의 자리로 돌아왔다. 이제 한 달 후면 이 자리는 새로운 사람으로 채워질 것이었다. 책상을 손으로 쓰다듬으며 그동안의 시간을 훑어보았다. 만감이 교차하는 순간이었다. 은정과는 떠나기 전 마지막 날 따로 인사를 할 계획이었다. 그때를 생각하니 벌써 코끝이 시큰거렸으며, 눈가가 촉촉하게 젖었다.

30일 후. 탁호와 은정은 오랜 꼬치 가게로 향했다. 둘은 그때 맥주를 시켰지만, 지금은 날이 추워진 탓에 따끈한 사케를 주문했다. 사장님은 늘 그렇듯이 반겨주셨고, 언제나처럼 서비스도 챙겨주셨다. 둘은 금세 귀와 볼이 뜨거워짐을 느꼈다.

"은정아. 갑자기 떠나게 돼서 미안해. 같이 오래 일하고 싶었는데."

말이 끝나자마자 탁호가 사케 한 잔을 입안으로 가벼이 털어 넣었다. 은정의 표정은 굳어 있었다.

"어떻게 할 생각이야?"

"일단은 좀 쉬려고."

바다로 돌아가겠다는 말이 목 끝까지 찼으나, 웬일인지 하고 싶지가 않았다.

"그래. 네 생각이 그렇다면야."

은정도 사케를 단숨에 비워냈고, 빠르게 잔을 채웠다. 식기 부딪히는 소리와 함께 음식 씹는 소리 외에는 아무런 소리도 나지 않았다. 가게 안에서는 나카시마 미카의 〈눈의 꽃〉이 잔잔하게 흘러나오고 있었다. 탁호는 가슴 한편이 쿡쿡 쑤시며 아려오는 게 느껴졌다.

"넌 내가 생각하는 만큼 나를 생각하지 않아."

은정은 또다시 사케 한 잔을 급히 털어 넣었고, 탁호는 너무 빨리 마시는 것 같다며 천천히 마시라고 했으나 그녀는 곧바로 잔에 술을 가득 부었다.

"아니, 은정아. 나는."

그는 어떻게 자신의 말을 전해야 할지 알 수 없었다. 은정은 금방이라도 울음을 터뜨릴 것 같은 얼굴이었지만 눈물을 흘리지는 않았다.

"아니야. 됐어. 이건 순전히 내 욕심이야. 네가 내 마음이랑 같길 바라는 마음. 네가 얼마나 고민했을지도 알아. 너는 신중

하고 생각이 깊은 사람이니까."

탁호는 이제 아려오던 가슴이 저릿해지는 것을 느꼈다.

"나는 너랑 함께 일할 수 있어서, 유일하게 나의 본모습을 내보인 사람이 너라서 더없이 기쁘고 행복했어. 속상하게 해서 정말 미안해."

"괜찮아. 네가 뭐가 미안해. 잘못한 것도 없는데. 이제 더는 미안해하지 않아도 돼. 얼른 이거나 먹자."

은정은 애써 나오는 울음을 참으며 탁호를 향해 밝게 웃어 보였다. 언제 보아도 기분이 따뜻해지는 호롱불 같은 미소였다. 둘은 평소처럼 대화를 나눴다. 시시콜콜한 이야기부터, 웃긴 이야기, 박치명과 김 대리의 뒷담과 지금의 해양오염 이야기까지. 슬프고 진지한 이야기는 둘 다 의식적으로 피하려 한다는 걸 서로가 느끼고 있었다.

둘은 사케를 연거푸 세 병을 마셨고, 잔뜩 취해서 돌아갔다. 은정은 탁호가 흔드는 손을 내려놓을 때까지 절대로 손을 내려놓지 않았고, 탁호는 은정이 등을 돌릴 때까지 절대로 뒤돌아보지 않았다. 둘은 서로가 거의 보이지 않을 때까지 손을 흔들었고, 한참이 지나서야 뒤를 돌아보며 걸었다. 둘은 참았던 눈물을 그제야 쏟아냈다. 뜨거운 눈물이 볼을 타고 하염없이 흘렀다.

다시, 심해로

나는 바다에서 자랐고, 바다가 있어 가난도 내게는 호화로웠다. 그러다가 바다를 잃자 모든 호사가 잿빛으로 보였고 궁핍은 견딜 수 없는 것이 되었다. 이후로 나는 기다린다. 귀항하는 선박들, 물의 집, 맑은 날을 기다린다. 나는 인내 중이며, 전력을 다해 예의 바르다.

– 알베르 카뮈, 《결혼·여름》, 〈가장 가까운 바다〉 중에서

탁호는 여전히 숨 쉬지 않는 바다 앞에 서 있었다. 그는 절망감 말고는 아무것도 느낄 수 없었다. '왜?'라는 의문만이 머릿속을 반복해서 맴돌았고, 두통으로 머리가 지끈거렸다. 이

곳은 한때 맑은 물과 몽돌로 이루어진 해변으로 이름난 곳이었다. 사고 발생지인 곳으로 가려고 했으나, 재난지역으로 선포된 이후 도저히 접근할 수가 없었다. 그는 자포자기한 심정으로 이곳까지 오게 되었다. 어느 날엔가 은정이 자신이 본 바다 중 가장 기억에 남는 바다는 몽돌로 이루어진 해변이라는 말이 떠올랐기 때문이었다.

기름을 잔뜩 머금은 바다의 파도는 무거웠다. 애써 토해내는 바다를 바라보는 그의 눈은 말라 있었다. 연이어 부는 바람에 모래는 이기지 못하고 그대로 휩쓸려 그의 길고 짙은 속눈썹 위에 내려앉았다. 그대로 바다로 들어가려는 순간 멀리서 작은 소리가 들려왔다. 분명 사람의 목소리였다. 안개가 자욱한 해변은 그 무엇도 선명하게 보이지 않았다. 그는 목소리가 흘러나오는 곳으로 조금씩 발걸음을 옮겼다. 조금씩 웅성거림이 크게 들리기 시작했다. 가까이 가보니 수십 명쯤 되어 보이는 사람들이 바다로 들어가 무언가를 퍼내고 있었다. 그들은 그것에 열중한 나머지 탁호가 가까이 왔는지 아무도 알아채지 못했다. 탁호는 조용히 그들의 목소리에 귀를 기울였다.

"미숙 아빠. 우리 이래도 괜찮을까?"

키가 150cm가 겨우 되어 보이는 작고 통통한 여인이 자신의 앞에 있던 작고 호리호리한 남성에게 물었다. 둘은 적어도 60대는 된 것처럼 보였다.

"안 괜찮을 게 뭐가 있어. 지금껏 우리가 바다헌테 얻은 게 얼만데. 미숙이며 영철이며 다 바다 덕분에 즈그가 서울까지 가서 먹고 살고 하게 된 건데. 우리는 이제 살 만큼 살았잖어."

여인은 그 이상 말이 없었다. 탁호는 좀 더 가까이 다가가 보기로 했다. 물속에서 시커먼 무언가가 파도에 출렁이고 있었다. 망 속에 들어 있는 그것은 미역 같아 보이기도 했고, 이름을 모르는 해초류 같기도 했다. 탁호는 용기를 내 그들에게 다가가 보기로 했다.

"안녕하세요. 어르신. 저도 뭘 좀 도울 게 있을까요?"

각자의 일에 여념이 없던 그들은 탁호를 보자 깜짝 놀란 표정을 지었다. 모두가 일제히 그를 바라보았나. 키가 크고 호리호리한 남자는 탁호에게 다가오며 심각한 얼굴을 하고 큰 목소리로 말했다.

"여기가 어디라고 왔어! 이렇게 위험한 데를! 젊은 사람이. 겁도 없이 말이야. 얼른 집으로 돌아가!"

"저는 돌아갈 곳이 없어요. 여기가 제가 돌아올 곳이에요."

다들 이상하다는 듯한 표정을 지었고, 이제는 그 남성을 제외한 모두가 탁호를 보고 얼른 돌아가라고 말했다. 가까이서 보니 전부 50대 이상은 되어 보였고, 장화를 신고 있었다.

"어르신. 물속에 있는 저건 뭔가요? 저 미역 같은 거요."

탁호는 바닷속에서 출렁이는 망을 손가락으로 가리켰다.

"저거? 머리카락. 근데 그건 왜?"

"머리카락이요? 아. 모리셔스."

탁호는 언뜻 본 기사가 떠올랐다. 2020년 8월, 모리셔스 해안에서 일어난 기름유출사고로 인해 모리셔스의 주민들은 머리카락을 모아 바다의 기름을 걷어내는 데 사용했다. 머리카락은 흡착포보다 기름을 훨씬 더 잘 흡수한다고 알려졌기 때문이다. 이제야 그는 망 속에 든 것의 정체와 용도를 이해할 수 있었다.

"그런데 아버님은 아직도 위험한 바다에서 뭘 하고 계세요?"

그들은 아무런 대답을 하지 않았다. 탁호는 그들의 이야기가 듣고 싶어졌고, 몽돌 위를 잔뜩 덮은 기름을 닦아내는 데 협조하기 시작했다.

안개가 서서히 걷혔다. 시계를 보니 오후 1시를 가리키고 있었다. 바다는 여전히 같은 모습을 하고 있었고, 아무것도 변한 게 없어 보였다. 그들은 바다에서 걸어 나와 어딘가로 향했다. 탁호는 부부로 보이는 두 사람을 따라가기로 했다. 작고 통통한 여인과 머리가 회색빛으로 물든 호리호리한 남성은 생긴 것도, 성격도 매우 반대로 보였지만 그래서 더 잘 어울리는 느낌이었다.

둘은 바다와 멀리 떨어지지 않은 작은 집에 살고 있었다. 파란 지붕에 여기저기 금이 간 상아색 벽돌로 이루어진 집이었다. 대문은 활짝 열려 있었고, 마당에는 낡은 평상 하나가 덩그러니 놓여 있었다. 금방이라도 부러질 듯한 평상의 다리는 세월의 흔적을 보여주고 있었다. 부부는 탁호가 따라와도 아랑곳하지 않았고, 쏜살같이 집 안으로 들어가 버렸다. 탁호는 혼자 평상에 앉아 그들이 나올 때까지 기다리기로 했다. 그래야만 할 것 같았다.

20여 분 정도가 지났다. 하늘은 구름이 잔뜩 끼어 금방이라도 울 것 같은 표정을 하고 있었다.

'내리는 비에 정화 물질이 잔뜩 들어 있어서 지구 전체를 적셔줄 수만 있다면. 얼마나 좋을까.'

탁호는 무지개색 비가 온 땅을 적시는 모습을 상상했다. 지구는 무지갯빛으로 빛나고, 전보다 훨씬 아름다운 모습으로 변하는 상상. 그러나 현실은 정반대였다. 자신에게 주어진 현실이 너무 무거워 아무것도 직면하고 싶지 않았다. 끼이익- 문 여는 소리가 날카롭게 들렸다. 키 작은 여인이 무언가를 쟁반에 담아 나오고 있었다. 쟁반 위의 접시에는 마늘장아찌와 몇 가지 나물 반찬, 그리고 모락모락 김을 내는 갓 지은 밥이 가득 담겨 있었다.

"젊은 사람이 뭐 이렇게 말랐대. 뉴스에서 봐서 알다시피 바다로 먹고사는 우리는 지금 죽은 거나 마찬가지야. 뭘 할 수가 있어야지. 뭘 더 해주고 싶어도 해줄 수가 없어. 지금 형편에는. 이거라도 먹어요."

그녀는 새침한 얼굴로 쟁반을 평상 위에 내려놓았다. 탁호는 생각지도 못한 접대에 놀라기도 했고, 한편으로는 정말 미안한 마음이 들었다.

"아닙니다. 저는 밥을 얻어먹으려고 온 게 아니라······."

"먹어 봐. 저 멀리 있는 내 아들, 딸 생각나서 그러는 거니까. 우리 아들이랑 나이도 비슷할 거 같구만. 딱 봐도. 요즘 사람들 뭐 잘 안 챙겨 먹잖아. 아무리 직장생활 한다고 바쁘고 힘들어도 밥은 잘 챙겨 먹어야지."

그녀는 퉁명스러우면서도 따뜻한 느낌을 주는 사람이었다. 그는 숟가락을 들어 밥을 떴다. 탁호를 지켜보던 그녀는 깨를 잔뜩 뿌린 콩나물무침을 가리키며 먹어보라고 했다. 입안에 고소한 참기름 향과 아삭한 콩나물이 한데 어우러져 감칠맛이 돌았다. 탁호는 어느새 숟가락과 젓가락질을 반복하고 있었다. 그의 밥그릇은 순식간에 비워졌다.

"정말 잘 먹었습니다. 절대 잊지 못할 거예요. 감사합니다. 아주머니."

"별것도 아닌데 잘 먹어주니 내가 더 고맙지 뭐."

그녀는 시큰둥한 얼굴로 탁호가 비운 그릇을 지그시 바라보았다.

"근데 우리는 왜 따라온 거? 보다시피 우리 집은 훔칠 것도 없는데."

"아. 저 궁금한 게 있어서요."

"우리한테 궁금한 게 있다고?"

그녀는 의심스러운 눈빛과 의아하다는 듯한 말투로 물었다.

"네. 다름이 아니라 지금은 그 누구도 바다 근처에 얼씬도 하지 않으려 하잖아요. 그런데 어떻게 바다로 들어갈 생각을 하셨는지, 왜 그러신 건지 궁금해서요."

"그거야 그렇게 하고 싶으니까."

탁호는 당황스러움을 느꼈으나, 곧 그 말이 진실임을 알 수 있었다. 그리고 그도 마찬가지로 같은 마음이었다. 그 또한 '오고 싶어서' 여기로 온 것이었으니까. 그녀의 입술은 아래로 축 처져 있었다. 얼굴은 오랜 시간 햇볕에 그을린 탓에 까맸고, 눈과 입가에는 깊이 파인 주름으로 가득했다.

"나는 원래 도시에서 나고 자랐어. 저 양반 따라서 직장이 며, 친구며 다 놔두고 여기로 왔지."

탁호는 잠자코 듣고만 있었다.

"도시 생활도 꽤 즐거웠어. 나는 워낙 노는 것도 좋아하고, 이것저것 다양하게 뭔갈 해보는 걸 좋아하는 사람이었거든. 그래서 처음엔 여기가 싫더라고. 근데 말이야, 여기 온 뒤로 가슴이 답답한 게 싹 사라지더라고? 도시 살 때는 우울증이 주기적으로 찾아와서 힘들었어. 겉으로는 좋아 보였겠지만, 다 빛 좋은 개살구였지. 번듯한 직장에 매달 여행 갈 수 있을 정도의 여윳돈, 비싼 가방, 옷, 남들이 다 부러워했어. 근데 정작 나는 하나도 안 행복했나 보더라고. 나도 몰랐지. 내 마음에 병이 온 지도."

그녀는 땅이 꺼질듯한 콧바람을 크게 내쉬며, 침을 한 번 꼴깍 삼켰다.

"한번은 도저히 숨이 안 쉬어져서 못 버티겠더라고. 그래서 한 번도 쉰 적이 없는 내가 직장생활 7년 만에 처음으로 쉼이란 걸 도전해 본 거야. 쉰다는 건 나한텐 도전이었어. 쉬는 것만큼 두려운 게 없었으니까. 지금 내가 유지하고 있는 것들이 한순간에 무너질 수도 있다는 생각. 그 생각만큼 사람을 짓누르고 피폐하게 만드는 것도 없더라고. 그리고 처음으로 여행이란 걸 다녀보게 된 거지. 여기서 저 양반을 만났고. 눈 감았다 떠보니까 내가 저 사람하고 결혼해서 바다랑 같이 살고 있데. 인생은 한 치 앞 모른다는 말이 괜히 있는 말이 아니더라고. 처음에는 여기서 적응하기가 여간 힘든 게 아니었어. 도시에서만 살아 본 내가 여기서 뭘 할 줄 알겠어. 처음에는 내내 바다만 하염없이 바라봤지. 비 내리는 바다도, 잔잔한 바다도, 햇살에 반짝이는 바다도, 아무리 쳐다봐도 질리지가 않는 거야. 내 남편은 허구한 날 바다만 본다고 뭐라 했어도 나는 그렇게 좋을 수가 없었어. 도시에서는 한 번도 느껴본 적 없는 기분이었거든. 내가 갈매기라도 된 것 같더라고. 몸이 아파서 약 없이는 살 수 없던 내가 여기 오고부터 이상하게 병이 다 낫지 뭐야. 어쩌면 나는 고향을 잘못 선택해서 태어난 게 아닐까 싶었다니까. 바다가 나를 살렸지. 근데 이렇게 될 줄이야. 꿈에도 생각 못 했지. 돌아보니까 내가 너무 받기만 했드라고. 바다한테. 근데 우리가 할 수 있는 게 없잖여. 기름이라도 좀 걷어주고, 조금이라도 숨 쉴 수 있는 틈을 만들어 주면 혹시나 바다가 살아나지 않을까 하는 생각에 매일 같이 바다로 나가는 거지. 내가 할 수 있는 작은 거라도 해야 그게 도리가 아닐까 싶어서."

탁호는 그녀가 자신만큼이나 바다를 깊이 사랑하고 아낀다는 걸 느낄 수 있었다. 꼭 말로 하지 않아도 아는 것들. 그녀의 마음 또한 마찬가지였다.

"그래도 너무 위험할 것 같은데요. 시간이 좀 흐를 때까지 지켜보시는 게."

"아니. 어제도 방송에서 그러더만. 이대로는 100년이 흘러도 다시는 예전처럼 돌아갈 수 없을 가능성이 크다고. 가만히 있으면 아무것도 해결이 안 돼. 그렇다고 정부에서 해결해 줄 수 있는 것도 아니고. 우리가 할 수밖에 없어. 그리고 우리가 원해서 하는 일이야. 몸이 썩어 문드러진다고 해도. 어차피 죽으면 몸이 썩어 문드러지는데 뭔 미련이 있어. 이 정도면 많이 살았어. 병원에서 링거 맞으면서 간간이 살아남는 거보다 나는 이게 훨씬 마음에 든다니까."

그녀는 단호했고, 탁호는 더 이상 말릴 생각을 않았다. 그리고 자신도 결심이 섰다. 중대한 일을 앞둔 그는 그 어느 때보다 두려웠지만, 동시에 가슴이 벅차오르는 것을 느꼈다.

탁호는 고개를 숙여 진심으로 감사한 마음을 전한 뒤, 다시 바닷가로 향했다. 행여 사람들이 볼까, 아무도 보이지 않는 해안가 쪽으로 발걸음을 옮겼다. 흐린 하늘에서 조금씩 빗방울이 떨어지기 시작했다. 빗방울은 이내 굵어졌고, 후드득후드득하며 마구 쏟아지기 시작했다.

저 멀리 보이는 해안선에서는 번개가 강한 빛을 내며 떨어지는 게 보였고, 그 후 하늘이 무너져내리는 듯한 소리가 났다. 번개는 끊임없이 내리쳤다. 천둥도 뒤이어 우르릉 쾅 하며 자신의 위엄을 내보였다. 탁호는 천천히 바다로 들어갔다. 익숙한 촉감이 밀려왔고, 그는 그대로 물속에 잠겼다. 아무도 없다는 걸 확인한 후, 탁호는 눈을 감고 원래 모습으로 돌아가는 데 정신을 집중했다. 온몸의 세포가 떨리고, 분열하는 게 느껴졌다. 동시에 피부가 따끔거리며 죽을 듯이 타오르는 느낌이 들었고, 평소와는 다르게 몸이 변하는 속도가 엄청 느리다는 걸 알 수 있었다. 평소에는 단 몇 분이면 몸이 변했는데,

지금은 1시간 이상이 걸리는 바람에 탁호는 정신이 혼미해졌다. 안 그래도 혼탁한 바닷속이 어지러움으로 인해 시야가 더욱 흐리게 보였다. 그는 역한 느낌을 참기가 힘들었다. 결국에는 몇 번이나 토를 했고, 토를 하고 나니 속이 더욱 쓰렸다.

무지개 문어로 되돌아온 그는 회색빛으로 변해버린 자신의 다리를 보았다. 그는 자신에게 남은 시간이 얼마 남지 않았음을 직감했고, 남은 힘을 짜내어 깊고 깊은 심해로 헤엄치기 시작했다.

기름과 오염수로 뒤범벅된 바다는 숨을 쉬기가 어려웠다. 타는듯한 통증이 몸속 깊숙이 파고들었다. 얇고 긴 바늘 수십 개가 온몸을 뚫고 나가는 것 같았다. 문어는 일그러진 표정으로 깊이 더 깊이 내려갔다.

'가장 깊은 곳으로 가야 해. 그곳은 아직 안전할 테니까.'

그는 점점 빛으로부터 멀어졌다. 마침내는 아무것도 보이지 않았다. 보이지 않는 대신 촉각이 두드러지게 살아났고, 통증은 더 심하게 느껴질 수밖에 없었다. 한참을 내려갔다. 그동안 심해에 사는 생물 몇몇을 지나쳤고, 그들은 아직까진 괜찮아 보였다. 아주 깊은 곳까지는 오염이 미치지 않은 듯했다. 아래로, 더 아래로 자신도 알 수 없을 만큼 내려간 문어는 더 이상 내려갈 수 없다고 판단될 때까지 와서야 멈추었다.

자신의 숨이 점점 희미해져 감을 느꼈다. 그리고 기도했다.

지금 자신이 할 수 있는 일을 무엇이든 할 테니, 다시 바다만은 살려달라고. 어떻게 해야 하는지 제발 방법을 알려달라고. 그는 죽음이 코앞에 와 있음을 여실히 느꼈다. 눈이 자꾸만 감겼다.

처음 인간이 되려고 마음먹었을 때처럼 호흡에 집중하려고 애를 썼으나, 몸이 따라주지 않았다. 이미 문어의 몸은 잿빛이 되어버렸고, 피부는 흐물흐물해져 있었다. 얼마 남지 않은 숨을 간신히 내쉬며 호흡에 정신을 집중했다. 전신에 마비가 오고 떨리는 게 느껴졌지만 절대로 포기해서는 안 됐다. 몸이 느낄 수 있는 최대치의 고통을 한꺼번에 받는 중이었지만, 이상하게도 마음은 평온함에 젖어들기 시작했다. 평온을 넘어 기쁨까지 느껴지자 문어는 이 상황이 말도 안 된다고 생각했지만, 어찌 됐든 상황은 그렇게 흘러가고 있었다.

흐물거리던 피부는 녹아내리기 시작했고, 눈꺼풀도 자신의 의지와 상관없이 감겼다. 앞이 보이지 않았다. 이제는 절대로 눈을 뜨지 못할 거란 사실도 알고 있었다. 그러나 두렵지 않았다. 오히려 눈이 보이지 않자 마지막이라는 게 완전히 실감이 났고, 자신에게 남은 숨과 힘을 모조리 쏟아부을 수 있게 되었다. 호흡이 점점 크고 깊어졌다. 문어는 몇 초도 되지 않아 처음으로 무아의 상태를 경험했다. 자신을 둘러싼 세상도, 그 안의 존재들도, 세상 밖의 우주도, 자신도, 그 무엇도 전부인 동시에 아무것도 아니었다. 즉 자신은 전부인 동시에 아무것도 아님을 알아차렸다. 모든 게 객관적으로 보였고, 그 어떤 판단도 그 어떤 가치나 관념도 갖추지 않은 완전한 무아의 상태로 들어갔다. 분명히 눈을 감은 상태였으나, 강하고 푸른 빛이 저 멀리서 다가오는 게 선명하게 보였다. 푸른빛은 점점 앞으로 다가왔고, 눈이 부셔 똑바로 바라볼 수가 없었다. 정신을 차리고 보니, 문어의 앞에 나타난 것은 기억의 유전을 통해서 본 고대의 무지개 문어들이었다. 그들은 전부 가지각색의 모양과 색을 띠고 있었고, 쳐다보는 것만으로 굉장한 위압감과 더불어 경이로움이 동시에 느껴졌다. 그들은 고대의 언어로 무언갈 말하고 있었다. 목소리를 듣는 순간, 문어의 눈에서 눈물이 하염없이 쏟아졌다. 솟구치는 기쁨과 감사한 마음이 주체가 되질 않았다. 그들은 온통 보석으로 둘러싸인 불가사리를 건넸고, 보석으로 둘러싸인 불가사리는 우주선 크기만큼 거대해졌다. 자세히 보니 그들은 각자 불가사리 위에 몸을 싣고 있었다. 문어는 그들처럼 불가사리 위에 자신의 몸을 실었다. 보석 불가사리는 심해에서 해수면 위로 금세 솟구쳐 올랐고, 그들과 문어는 빠른 속도로 지구 밖을 향해 날아가기 시작했다. 마침내 우주에 도착한 후, 지구의 중력을 받아 속도를 낼 수 없었던 보석 불가사리는 우주에서 인간이 상상할 수 없는 속력을 내기 시작했다. 어느새 불가사리 위에는 투명한 막이 형성되어 있었다. 이것은 우주선이나 다름없었다.

시간이 얼마나 흘렀는지 아무런 가늠을 할 수 없었다. 수억 개의 별들로 이루어진 빛나는 검은 바다를 항해하고 있는 기분은 황홀함 그 자체였다. 태어나 처음 느껴보는 경이로운 기분이었지만, 동시에 익숙한 기분도 들었다. 그는 유유히 우주 위를 흘러갔다.

더는 아무런 통증도, 아픔도 느껴지지 않았다. 어느 순간에 서부터 이루 말할 수 없는 안온함이 그를 감싸고 있었다. 갑자기 불가사리 우주선이 멈추어 섰다. 뭐지?라고 생각할 틈도 없이 그는 거대한 블랙홀 안으로 빨려 들어가고 있었다. 주변의 모든 게 휘는 듯이 보였고, 자신의 몸과 영혼까지 휘는듯한 느낌이 들었다. 그러나 이상하게도 의식이 있었다. 이런 상황에서 의식을 잃을 만도 했지만, 더욱 또렷해진 의식이 그를 두렵게 만들었다.

찰나의 순간, 블랙홀에서 빠져나온 그들은 이전과는 완전히 다른 느린 속도로 항해하기 시작했다. 얼마 가지 않아 멈춰 선 곳은 지구와 거의 흡사한 행성 앞이었다. 대충 보면 거의 구별하기가 어려울 정도로 지구와 비슷했다. 다만, 바다로 보이는 부분이 훨씬 더 많아 보이기는 했다.

그들은 순식간에 행성 안으로 진입했다. 불가사리 우주선은 한 치의 흔들림도 없이 고요했다. 정착하는 그 순간까지도.

그들의 우주선은 구름을 뚫고 지구의 바다와 흡사한 곳 위를 나비처럼 날아다녔다. 기존의 지구와는 달리 바다에서는 투명한 빛이 났다. 태양 빛을 반사해 반짝이는 지구의 바다와 달리 이곳의 바다는 바다 자체에서 빛을 내는 느낌이었다. 그들은 수직으로 낙하해 바닷속으로 들어갔고, 불가사리의 투명막이 걷혔다.

문어는 처음 느끼는 청량함과 상쾌함에 두 눈이 동그래졌다. 지구에서는 한 번도 느껴본 적이 없었다. 몸도 가벼워졌음이 느껴졌다. 마치 맨몸으로 우주를 유영하는 듯한 기분. 이토록 산뜻한 기분이라니. 여긴 대체 어디일까. 휘둥그레진 그를 보며 고대의 문어들은 다 같이 흐뭇한 미소를 지었다.

누군가 자신의 뒤에서 부드럽게 쓰다듬는 기분이 든 문어는 놀란 마음으로 돌아보았다. 눈앞에는 자신과 똑같은 모습의 무지개 문어 두 마리가 부드러운 물결에 춤을 추듯 서 있었다. 문어는 어느새 자신도 잿빛의 몸에서 원래의 무지갯빛을 띤 모습으로 돌아와 있다는 사실을 깨달았고, 자신 앞에 있는 그 둘은 자신과 무척 닮아 있다는 사실을 알 수 있었다. 두 마리 중 조금 더 크기가 작은 문어가 고대의 언어로 이야기했다.

"잘 왔구나. 혼자서 그 힘든 일을 다 해내느라 얼마나 고생이 많았어."

왕방울만 한 문어의 눈에는 커다란 눈물방울이 맺혔다. 탁호가 말했다.

"아니에요. 저는 결국 아무것도 지키지 못했어요. 저는. 아무것도."

목소리가 작아지는 그를 보며 둘은 환하게 웃으며 말했다.

"너는 최선을 다했단다. 네 몸이 견딜 수 없는 통증으로 죽어가면서까지 너는 바다를 살리기 위해 온 힘을 다했어. 넌 네 몫을 다했단다. 뒤의 일은 남겨진 사람들의 몫이야. 아무것도 걱정할 필요 없어. 네가 생각하는 것보다, 우주는 그 무엇보다 완벽한 체계를 갖추고 있단다. 너도 살아봐서 알다시피 보이지 않는 힘이 종종 우리를 이끌어 주었다는 사실을 알잖니. 그러니 이젠 마음을 편히 쉬도록 해. 네가 걱정하는 일은 모두 자연의 흐름에 맡기도록 하고."

여전히 탁호는 무슨 말인지 잘 이해가 가지는 않았다.

"지금은 아무것도 이해할 수 없을 거야. 그러나 조금씩 이곳에서의 시간을 보내다 보면, 모든 게 기억날 거고, 아무것도 걱정할 게 없다는 사실을 알게 될 거란다. 우선은 이곳을 둘러보렴."

그는 의심스러운 눈초리로 주변을 둘러보기 시작했다. 그는 놀랄 수밖에 없었다. 아래쪽에는 형형색색으로 빛나는 산호들이 모여 산을 이루고 있었고, 산호 사이사이에는 처음 보는 물고기들과 생명체들이 한가로이 헤엄을 치고 있었다. 그리고 거의 상어 크기만큼의 해마가 보였고, 손가락 크기보다 작은 해마만을 보다 이렇게 큰 해마를 보니 넋을 놓지 않을 수 없었다.

거대한 해마뿐 아니라 처음 보는 수많은 생명체가 바닷속을 가득 채우고 있었다. 온통 투명한 막으로 둘러싸여 속이 그대로 보이는 문어와 눈이 세 개인 상어가 보였다. 상어는 두 눈은 감고 있었으며 나머지 하나의 눈은 이마에 박혀 있었는데, 눈은 이마의 반을 차지할 정도로 커서 조금 무서운 기분이 들기도 했다. 아래를 보니 바다 가까운 곳에서는 지구에서 모습을 감춘 삼엽충으로 보이는 생물과 암모나이트 같은 생물이 천천히 바닥을 기어다녔다. 그는 한참 바닷속 풍경에 심취되어 있었다. 그런 그를 고대 문어들은 기다려 주었다.

무지개 문어는 이제 자신과 꼭 닮은 두 무지개 문어와 함께 있게 되었다. 그들은 온화한 미소로 탁호를 껴안아 주었다. 그들의 포옹을 나누자 전기가 오른듯한 느낌과 함께 자신이 태어났을 때부터의 기억과 지금까지의 기억이 한꺼번에 떠올랐다. 분명 오랜 세월이었지만, 한 장면 장면이 선명했다. 그들은 죽기 직전까지 탁호의 몸을 감싸며 그를 보호했고, 죽은 후에도 그들은 생명과 보호의 막으로 작용해 지구가 안정을 되찾을 때까지 탁호를 보호해 줄 수 있었다. 그렇게 탁호는 오랜 시간 지구에서 살아남을 수 있었고, 현대에 존재하는 유일한 무지개 문어가 될 수 있었던 것이었다. 두렵고 의심스러웠던 마음은 사라진 지 오래였다. 그는 이제 자신을 세상에 있게 해준 두 문어의 이야기를 들으며, 무한한 사랑 속에서 영원을 누리기만 하면 되었다. 문어는 그 어느 때보다 가볍고 평온한 마음으로 투명한 바닷속을 유영하기 시작했다. 수면 아래 헤엄치는 그들을 비추는 두 개의 태양이 하늘 위에서 빛났고, 태양 빛을 받은 무지개 문어들은 무지개 색깔이 더욱 또렷해졌다.

Epilogue

1년이 지났다. 탁호가 눈을 감고 자신의 별로 완전히 돌아가는 데는 몇 시간 정도밖에 흐르지 않았지만, 지구에서는 꽤 오랜 시간이 흐른 뒤였다. 1년 동안 지진은 한 번 더 일어났고, 그 피해는 말할 수 없이 컸다. 여전히 복구되지 않은 상태에서 찾아든 강진은 쓰나미를 일으켰고, 집이 무너지고 떠내려갔다. 많은 사람이 죽었고, 스스로 목숨을 끊는 이들도 적지 않았다. 육지와 바다에서는 피 냄새가 진동했다. 살아남은 사람들의 눈빛은 죽어 있었다. 무기력과 우울, 혼란, 불안, 두려움, 공포 따위의 것들이 인간들 세계를 가득 메우고 있었다. 그들은 그 무게에 짓눌린 채로 하루하루를 절망에 싸여 살아가고 있었다.

탁호가 눈을 감고 세포의 분열이 일어나던 순간, 탁호의 영혼은 이미 지구를 떠날 준비를 하고 있었으나 육체는 그렇지 않았다. 영혼의 아주 작은 일부가 육체에 남아 탁호의 의지와 정신을 이어나가고 있었다. 잿빛으로 변해버린 육체였지만, 속에서는 아주 천천히 세포의 분열이 계속해서 일어났다. 단지 힘이 미미해서 겉으로는 잘 드러나지 않을 뿐. 변화는 계속되고 있었다.

탁호의 육체는 그렇게 더 깊고 깊은 심해로 떠내려갔다. 한번은 심해에만 사는 대왕오징어의 먹이가 될 뻔도 했지만, 오징어는 맛이 없었는지 맛을 한번 보고는 미련 없이 내뱉었고, 그렇게 내뱉어진 육체는 다시 더 검고 검은, 빛이 전혀 들지 않는 심해까지 가게 되었다. 완전한 어둠 속, 이제는 형체를 알아볼 수 없이 뭉개져 버린 육체는 겉으로 보기에는 시체와 같았다. 그러나 세포 분열은 여전히 진행되고 있었다. 육지에서의 시간은 느리기만 했다. 오직 고통뿐인 시간은 현저히 느릴 수밖에 없었다.

1년 동안 끊임없이 분열하고, 배열을 바꾸기에 여념이 없던 탁호의 조각 같은 육체는 이제 동작을 멈추었다. 때가 되었다는 신호였다. 어느새 잿빛이었던 육체는 다시 무지개색으로 되살아났고, 크기 또한 점점 거대해지기 시작했다. 육체의 크기는 오래전 바닷속에 잠겼던 거대한 여객선보다도 커졌고, 멈출 줄을 몰랐다. 완전히 멈춘 후의 육체는 거대한 빙산과도 같았다. 육체는 한동안 품고 있었던 엄청난 양의 에너지를 폭발시키듯, 몸에서 진액을 마구 분출하기 시작했다. 반짝이는 은빛의 액체가 사방으로 흘러넘쳤다. 진액은 엄청난 양의 속도로 뿜어져 나왔고, 마침내는 심해서부터 해수면 위까지 닿았다.

어두운 밤, 번개가 강렬하게 내리쳤다. 비는 내리지 않았으나 습기로 가득한 어느 밤이었다. 그리고 해수면 위에는 푸르고 커다란 보름달이 떴고, 달과 바다 사이에는 밤 무지개가 떴다. 해수면 아래 번지기 시작한 문어의 진액은 마치 은하수 같았다. 검은 바다 위, 셀 수 없는 별이 뜬 것처럼 보였다. 은하수는 멀리멀리 퍼져나갔다. 바다는 우주가 되었고, 우주는 물결이 되어 떠다니기 시작했다.

바다는 새로운 숨을 쉬기 시작했다. 숨결은 물결을 따라 더 멀리, 더 넓게 퍼져나갔다. 바다가 숨을 쉬는 소리를 들은 고래상어는 기쁨에 겨워 해수면 위로 높이 뛰어올랐다. 하늘 높이 올라간 고래상어가 다시 바다로 내려왔고, 별빛 바닷물이 사방으로 흩뿌려져 내렸다. 밤 무지개는 어느새 고리가 두 개로 나누어져 있었다. 은하수는 동해와 남해, 그리고 서해로 멀리멀리 뻗어나갔다. 어찌나 밝은 빛이 났던지 지구 밖 위성에서도 확인할 수 있을 정도였다.

* 기적:
1. 상식으로는 생각할 수 없는 기이한 일.
2. 명사 신(神)에 의하여 행해졌다고 믿어지는 불가사의한 현상.

사람들은 기적이라고 불렀다. 그런 현상들을. 오직 물이 가득한, 밥상 위에 올릴 생선구이와 간장게장, 혹은 초밥 위의 무엇을 제공하는 곳. 누군가의 일터였던 그곳이 은하수로 물들여진 이후로 바다는 조금씩 호흡하고 있었다. 그 어떤 과학자들도 설명할 수 없었다. 아주 깊은 심해에서 무언가 폭발적인 에너지가 발생되었다는 사실 외에는 아무것도 밝힐 수가 없었다. 인간은 언제나 자연 앞에서 겸손해지기 마련이었다.

눈이 튀어나오거나 다리가 달린 생선, 피부가 녹아 흐물거리는 생명체들, 기름을 흠뻑 뒤집어쓴 가재와 게, 다리가 세 개밖에 없는 문어, 괴물이라고밖에 생각할 수 없는 생김새를 가진 수많은 무언가. 죽어가는 바다에서는 보기만 해도 께름칙한 생명체들이 꾸역꾸역 목숨을 이어가고 있었다. 겉으로 보기엔 멀쩡해 보이는 것들도 사람의 속으로 들어가면 어김없이 문제를 일으켰다. 그러나 바다가 온통 은하수로 물든 이후에는 더 이상 그런 생명체도, 아픈 사람들도 나오지 않았다.

L.I.N은 탁호가 그동안 연구해 오고 모아왔던 자료와 실험 자료들을 바탕으로 더욱 환경을 살리는 데 앞장섰다. 그들이 진행한 재생에너지 사업은 훗날 탄소 중립을 실천하는 데 가장 큰 계기가 되어주었다. 대표는 탁호에게 감사한 마음을 전하려 이곳저곳 수소문해 보았지만, 탁호는 완전히 자취를 감춘 상태였다. 대표는 난생처음 보았던 세상에서 가장 맑은 눈

망울을 결코 잊지 못할 것이었다. 푸른 지구를 그대로 담아놓은 듯한 탁호의 눈빛이 여전히 선명했다.

　탁호가 심해로 떠난 후, 많은 사람이 절망감에 빠져 허우적거렸지만, 몽돌해변에서 만난 사람들과 같이 희망을 지닌 사람들도 분명 있었다. 그들은 곳곳에 흩어져 있었고, 자신이 할 수 있는 일을 했다. 고난과 시련 속에서 더욱 빛을 발하는 이들이었다. 은정은 플로깅을 계속했고, 사치를 위한 쇼핑은 일절 하지 않았으며, 플라스틱 제품을 사용하는 대신 용기를 사용하는 용기(勇氣)를 굳건하게 유지했다. 그뿐 아니라 회사 내에서도 다양한 아이디어를 제공해 기업과 개인이 함께 실천할 수 있는 탄소 중립을 실천할 수 있게 하는 데 많은 기여를 했다. 점점 많은 사람이 자신이 두 발로 밟고 선 땅과 바다를 사랑하게 되었고, 그 사랑은 전역으로 퍼져나갔다. 이제는 지구를 위하는 마음이 모두의 일상생활이 되었다. 헬스클럽이나 공원에 있는 운동 기구들을 사용할 때면 전기 에너지를 발생시켜 기부할 수 있는 형태로 되었고, 대형마트를 비롯한 시장에서는 이제 더는 비닐을 볼 수 없게 되었다. 나무 심기는 식목일 뿐 아니라 평소에도 자연스러운 행위가 되었고, 달에 한 번씩 지구를 위한 날이 법적으로 정해지면서 죽어만 가던 숲과 바다는 전보다 숨을 크게 쉴 수 있게 되었다.

　희망적인 사람들의 마음과 에너지가 심해 깊은 곳까지 전달

된 탓에 탁호의 미약한 육체는 폭발적인 에너지를 생성해 낼 수 있었다. 몸 한 조각까지 바다를 정화하는 데 쓴 탁호의 육체는 그대로 바다에 스며들었고, 바다와 하나가 되었다. 은하수 같던 바다는 약 한 달간 우주 같은 모습으로 유지되었으며, 그 후에는 예전과 같이 푸른색으로 돌아오게 되었다. 약간의 기름 덩어리가 조금 남아 있기는 했으나 주말마다 물놀이 대신 자의적으로 바다를 청소하러 오는 사람들 덕분에 바다는 재빨리 깨끗한 모습을 되찾을 수 있었다.

바다가 살아나고, 숲이 살아났고, 생명체들이 자신의 모습을 되찾으니 생태계가 다시 자연스럽게 흘러가기 시작했다. 여전히 숲을 베어내는 일이나 콘크리트 건물이 지어지는 일들이 뒤에서 진행되고 있었으나, 이제는 그런 일이 있으면 사람들의 큰 비난을 산 덕분에 일이 수월하게 진행되지는 않았다. 따라서 모든 게 자연 중심을 향한 방식으로 진행될 수밖에 없었다. 사람들은 하늘나라로 간 사람들을 기리며, 살아 숨 쉬는 자신의 삶에 관해 감사하기 시작했다. 상쾌한 공기를 마실 수 있음에, 두 눈으로 새파란 하늘과 구름, 푸른 숲, 맑고 파란 바다를 볼 수 있음에 감사했다. 숭고한 삶의 기쁨. 이제야 겨우 그것에 눈을 뜨게 된 것이다.

은정은 탁호가 떠난 후, 공허한 가슴을 주체할 수 없었다. 그래서 더 일에 몰두할 수밖에 없었고, 알고 보니 그것은 모두를 위한 일이었다. 은정은 탁호가 바다로 떠나리라는 것을 알고 있었다. 언제나 그는 바다를 원하고 있다는 것을 알 수 있었다. 일 이야기나 자신과 웃으며 나누는 시시콜콜한 이야기 말고는 전부 바다에 관한 이야기였으므로. 진한 그리움은 탁호의 쓸쓸한 뒷모습에서 더욱 짙게 나타났다. 은정은 그런 탁호를 붙잡아 둘 수는 없었다. 애초부터 둘은 인간과 인간으로 만난 사이가 아니었으므로. 수줍은 미소, 사려 깊은 마음, 단정한 걸음걸이, 부드러우면서도 힘 있는 목소리. 그리고 달빛 아래 거대한 은빛 문어. 그녀의 가슴속에 오래도록 깊이 남아 있을 장면이었다. 탁호 또한 마찬가지였다. 사라져 가는 순간, 마지막으로 떠오른 사람은 해바라기 같은 은정이었다. 유쾌한 웃음소리, 신나게 뛰어갈 때면 이리저리 흔들렸던 묶은 머리, 그녀를 닮은 노란 텀블러, 자신의 정체를 알면서도, 있는 그대로 좋아해 준 최초이자 마지막 사람. 인간 세계에서 가장 많은 시간을 보낸 그녀를 탁호는 결코 잊을 수 없을 것이다. 다시 지구에서 그녀를 보게 된다면, 부디 그녀와 닮은 모습으로 만날 수 있기를 간절한 마음으로 바랐다.

바쁜 날들을 보내던 어느 날. 은정은 지칠 대로 지쳤고, 이제는 쉴 때가 된 것 같았다. 거기다 치명과 김 대리가 가석방됐다는 소식을 들은 후, 영 기분이 좋지 않았다. 그들이 풀려

난다면 또 어디서 어떻게 나쁜 일들을 저지르고 다닐지 벌써 걱정이 됐다. 세상은 이상하게도 나쁜 사람들에게만 우호적이었다. 골머리를 앓던 그녀는 쌓아두었던 연차를 한꺼번에 쓰기로 했다. 곧장 비행기 표를 끊어 아무런 계획 없이 제주도로 떠났다. 아무것도 신경 쓰고 싶지 않았다. 좋아하는 책 두 권 정도만 챙겨 최대한 가벼운 짐으로 여행을 떠나게 되었다.

제주 공항에 도착하자 강한 바람이 그녀의 머리칼을 쓸어 넘겼다. 덥고 습한 바람이 아닌, 시원하고 기분 좋은 바람이었다. 마치 이곳에 잘 왔다는 듯 반겨주는 듯했다. 은정은 곧장 짐을 트렁크에 싣고, 바다부터 보러 가기로 했다. 사람들이 가지 않는 곳. 한적한 바다. 그게 그녀의 목적지였다.

한참 해안도로를 달리다 마음이 가는 곳에 멈추고 차를 세워두었다. 그녀는 설레는 마음으로 현무암으로 가득한 언덕을 지나 바다로 걸어갔다. 바다는 잔잔한 파도로 반갑게 맞아주었다. 투명한 물속, 미역들이 이리저리 춤을 추고 있었다. 그녀는 신발을 가지런히 벗어둔 채로 물에 발을 담갔다. 시원하고 짜릿한 감촉이 그녀의 발을 감쌌다. 발아래 있던 모래가 파도에 쓸려 그녀의 발을 덮기도, 사라지기도 했다. 자신도 모르게 웃음이 나왔다. 어느새 미소를 지으며 해변을 이곳저곳을 누비던 그녀는 고개를 들었다. 하늘은 주홍빛과 분홍색이 섞여 그림 같은 풍경을 자아내고 있었다. 눈부시게 아름다운 풍경에 알 수 없는 감정이 솟구쳤고, 그녀의 눈에는 어느새 눈물이 고였다.

"나는 왜 아직도 이렇게 감정적일까. 별거 아닌 거에도 맨날 눈물만 흘리니 참. 언제 어른이 되려나."

은정은 창피한 듯 눈물을 닦으며 혼자 중얼거렸다. 동시에 주변에 누군가 있던 건 아닌지 둘러보았지만, 아무도 없는 걸 확인하고는 다행이라는 듯 숨을 내쉬었다. 그녀는 높게 솟은 바위 위로 올라가 지는 노을을 한참이나 바라보았다. 잔잔한 파도 소리와 갈매기 소리, 바람 소리가 한데 섞여 어우러졌다.

하염없이 노을을 바라보던 그녀는 눈이 부신 나머지 고개를 숙였다. 바위 아래쪽에 자그마한 유리구슬 같은 게 노을빛을 받아 반짝이고 있었다. 그녀는 처음에 누군가 유리구슬을 떨어뜨리고 간 것이니 했지만, 요즘 유리구슬을 지니고 다니는 사람은 거의 보지 못했으므로 그것의 정체를 한 번 더 확인하기 위해 바위에서 껑충 내려왔다.

유리구슬은 바위와 바위틈 속으로 모습을 감췄다. 그녀는 유리구슬이 움직이는 게 신기했고, 미동도 하지 않은 채 유리구슬이 정체를 드러낼 때까지 가만히 지켜보기로 했다. 바위틈에 숨었던 구슬이 조금씩 모습을 드러내기 시작했다. 바위틈에서 나온 그것은 구슬이 아닌 생명체였다. 둥글게 말려 있던 몸이 펴지고, 숨겨져 있던 다리가 모습을 드러냈다. 다리는 모두 일곱 개였다. 그리고 몸이 완전히 펴지자 은정은 너무 놀란 나머지 딸꾹질이 나왔다. 다행히 다리는 움직이지 않은 탓에 생명체는 얕은 바닷물 아래에서 유유히 물에 떠다니고 있었다.

몸이 온통 무지개색으로 빛나고 있었다. 작고 작은 유리구슬만 한 그 생명체는 분명, 무지개 문어였다. 은정은 입을 틀어막은 후, 터져 나오는 울음을 감추지 못했다. 그녀의 굵은 눈물방울이 수면 위에 둥근 원을 그리며 떨어졌다. 문어는 그 자리에서 가만히 떨어지는 눈물을 바라보았다. 그리고는 은정의 발 등위로 올라와 일곱 개의 다리로 그녀의 발을 포근하게 감싸주었다. 말캉하고 촉촉한 느낌이 그녀의 온몸을 타고 흘렀고, 그녀는 참았던 울음을 소리 내어 울기 시작했다. 문어는 흠칫 놀란 듯 보였으나 한참을 발 위에 앉아 흔들리는 파도 속에 몸을 지탱하며 앉아 있었다.

그녀의 눈물은 차츰 잦아들었고, 발등 위의 문어는 자신의 빨판을 조금씩 떼어내며 다시 바다로 나갈 준비를 했다. 어느새 바다에도 어둠이 내려앉았다. 문어는 조금씩 조금씩 물결에 휩쓸리듯 깊은 바다로 향했다. 작은 문어는 어느새 어둠 속에 사라지고 없었다.

'잘 살아야 해. 꼭. 잘 살아남아 줘. 아무것도 걱정하지 말고, 마음껏 숨 쉬면서 살아. 온 바다를 누비면서.'

은정은 실컷 울고 난 후, 시원해진 마음으로 자신의 차에 올랐다. 깜깜해진 해안도로 위, 밝게 빛나는 보름달과 쏟아지는 수억 개의 별들이 은정이 가는 길을 비추었다. 그녀는 이제 외롭지도, 아무것도 두렵지도 않았다. 완전히 새롭게 펼쳐질 인생의 바다가 그녀를 기다리고 있었다.

(+무지개
문어)

초판 1쇄 발행 2024. 5. 21.

지은이 이선주
펴낸이 김병호
펴낸곳 주식회사 바른북스

편집진행 김재영
디자인 배연수

등록 2019년 4월 3일 제2019-000040호
주소 서울시 성동구 연무장5길 9-16, 301호 (성수동2가, 블루스톤타워)
대표전화 070-7857-9719 | **경영지원** 02-3409-9719 | **팩스** 070-7610-9820

•바른북스는 여러분의 다양한 아이디어와 원고 투고를 설레는 마음으로 기다리고 있습니다.

이메일 barunbooks21@naver.com | **원고투고** barunbooks21@naver.com
홈페이지 www.barunbooks.com | **공식 블로그** blog.naver.com/barunbooks7
공식 포스트 post.naver.com/barunbooks7 | **페이스북** facebook.com/barunbooks7

ⓒ 이선주, 2024
ISBN 979-11-93879-68-9 03810